USA TODAY BESTSELLING AUTHOR

DALE MAYER

Des Menottes dans la Bruyère

Jolis Jardins Maudits 8

Des menottes dans la bruyère : Jolis Jardins Maudits, tome 8
Beverly Dale Mayer
Valley Publishing Ltd.
Traduit de l'anglais par Emma Valieu et Valentin Translation.

Copyright © 2019

Tous droits réservés. La reproduction ou l'utilisation de cet ouvrage, en tout ou en partie, par quelque moyen que ce soit, électronique, mécanique ou autre, existant ou à venir, y compris la photographie, la photocopie, et la conservation dans tout système de stockage ou de récupération de l'information, sont interdites sans l'autorisation écrite de l'éditeur à l'exception d'une citation dans le cadre d'une critique.

Il s'agit d'une œuvre de fiction. Les noms, les personnages, les lieux, les marques, les médias et les incidents mentionnés sont le produit de l'imagination de l'auteur ou utilisés de manière fictive. Toute ressemblance avec des événements, des lieux ou des personnes, existant ou ayant existé, est entièrement fortuite.

ISBN-13 : 978-1-773366-38-8
Format Print

Résumé du livre

Un nouveau polar « cozy mystery », par Dale Mayer, auteure de best-sellers au classement du USA Today. Suivez les aventures de Doreen Montgomery, jardinière et détective en herbe, et de ses adorables assistants (un chat, un chien et un perroquet) dans leurs enquêtes criminelles dans la jolie ville de Kelowna au Canada.

Du luxe à la misère… Tout est sous contrôle… jusqu'à ce que tout bascule. Et Doreen se retrouve coincée au milieu !

Les quatre cartons de dossiers que Doreen a hérités du journaliste Bridgeman Solomon l'ont déjà aidée à résoudre un crime et elle espère qu'ils continueront à l'éclairer alors qu'elle fourre son nez dans de nouvelles affaires. Mais quand elle découvre des menottes en satin rose dans la bruyère de son voisin, le très distant Richard de Genaro, elle a du mal à croire que ces documents puissent l'aider à ce sujet.

Ce n'est pas ce qui retient Doreen d'y jeter un œil, et en un rien de temps, elle remonte une nouvelle piste entre prostitution, détournement de fonds et, bien sûr, meurtre. Mais dès l'instant où les dossiers suggèrent un lien avec la spécialité de Doreen, une affaire classée, son ami et partenaire de crime, le brigadier Mack Moreau, s'assure de la garder à l'œil.

Accompagnée de ses fidèles animaux, Doreen décide d'en savoir plus sur le lien entre le banquier respectable, décédé dans un accident suivi d'un délit de fuite, et la prostituée à qui appartenaient les menottes en satin rose. Alors que Doreen assemble les pièces du puzzle, la fin de sa dernière enquête va la surprendre.

Inscrivez-vous ici pour être informés de toutes les nouveautés de Dale !
https://geni.us/DaleNews

Chapitre 1

Vendredi, fin d'après-midi…

— TOUT CE qu'il faut que vous fassiez maintenant, commença Mack, c'est rester loin des ennuis.

Doreen haussa les épaules.

— Comment pourrais-je en avoir ? J'ai jardiné toute la journée, et je vais m'attaquer au grand buisson d'hortensias. Je ne peux pas m'attirer d'ennuis avec ça.

Il la fixa.

— Hortensias ?

— Ces grosses plantes fleuries, expliqua-t-elle en haussant de nouveau les épaules. Je promets que je passerai la journée de demain à travailler dans mon jardin.

Il la dévisagea, dubitatif, remarquant également que ses trois animaux étaient assis pas loin et observaient leur échange comme un match de tennis. Ils ne paraissaient pas dérangés par la discussion. Ils savaient qu'il s'agissait là d'une conversation habituelle entre Mack et Doreen.

Elle rit.

— Bien sûr, je ne peux garantir ce que je pourrais trouver.

— Vous n'allez rien dénicher, lança-t-il avec un avertissement dans la voix.

— Et pourquoi pas ? Il y avait un flingue dans les gardénias. Je mettrai peut-être la main sur… (Elle s'arrêta et réfléchit un moment.) Et si je dégotais des menottes dans les hortensias ? supposa-t-elle, triomphante.

— Et si vous n'en débusquiez pas ? Et si vous arrêtiez simplement de déterrer des trucs ?

Et là-dessus, il opéra un demi-tour et s'en alla, furieux.

D'une attitude rebelle, elle le regarda sortir par la porte d'entrée, ses animaux – ces traîtres – trottant derrière lui, tous désireux de câlins et de caresses d'au revoir. Elle se traîna derrière lui, ses yeux tombant sur la brouette qui contenait le reste d'un peu de terre qu'elle avait *empruntée*. Elle devait encore la rendre à son voisin.

Elle en saisit les poignées et la poussa jusqu'à la maison voisine, son trio animalier dans son sillage. Là, elle frappa à la porte. Lorsqu'il l'ouvrit et la considéra avec suspicion, elle lui annonça :

— Je vous ramène seulement ça. Je vous promets de vous en obtenir plus afin de remplacer ce que j'ai pris.

Il secoua la tête.

— Ne vous embêtez pas. Ce n'est que du surplus de toute façon. C'était dehors parce que j'étais censé le benner dans le jardin de devant, mais je n'en ai pas eu le temps.

Il observa ses animaux. Mugs, Thaddeus et Goliath étaient suffisamment intelligents pour ne pas réclamer un câlin ou une tape sur la tête à Richard et restèrent proches de Doreen.

— Mettez ça là, dit Richard en désignant un point au coin du garage.

Elle opina du chef et répondit :

— Eh bien, merci pour la terre.

Elle leva les poignées de la brouette et déchargea ce qu'il en restait dans le tas qu'il avait montré. Simultanément, elle contempla les hortensias et lança :

— Ce parterre se porte vraiment très bien. Et cette bruyère est magnifique. L'hortensia est joli également.

— Oui, il est sympa. C'est la variété à fleurs bleues.

Comme elle étudiait le buisson, elle pensa à voix haute :

— Je suis surprise que ce buisson soit si petit cependant.

Il haussa les épaules.

— Il a toujours été comme ça. J'ignore pourquoi. Probablement pas assez de place pour grandir contre la maison.

Elle s'interrogea.

— Je peux jeter un coup d'œil ?

Il la fixa avec suspicion.

— Que pourriez-vous bien chercher ?

Son regard décela alors quelque chose de brillant dans la lumière du soleil. Pas dans les hortensias, mais plutôt dans la bruyère en fleurs, devant le plus gros buisson.

— Qui sait ? Quelque chose pourrait obstruer ses racines…

Au moins, cela lui donnait une excuse pour aller dans le parterre.

Elle s'accroupit au bord des hortensias, là où la bruyère était enchevêtrée dans un truc métallique.

Presque immédiatement, elle identifia l'objet. Elle retint une exclamation puis s'esclaffa. Avec une grande précaution, elle écarta les feuilles et le paillis qui s'était entassé au fil des ans. Mugs, Thaddeus et Goliath s'avancèrent tous pour l'*aider*.

— C'est bon, les gars, je m'en charge.

Et pour sûr, elle venait de trouver une paire de menottes, l'une des boucles étant refermée sur la plante.

Elle s'assit et hurla de rire. Il n'y en avait pas dans les hortensias, mais dans la bruyère !

Qui aurait pu deviner ça ?

Le plus drôle était qu'elles étaient en satin rose, tordues et usées… Elle ricana.

Elle avait hâte de l'annoncer à Mack…

Chapitre 2

Vendredi, fin d'après-midi…

À L'AIDE D'UN bâton à proximité, Doreen atteignit et libéra précautionneusement l'objet en métal. Il était profondément pris sous la bruyère, à moitié enterré et entortillé dans la végétation. Heureusement, les menottes étaient ouvertes et non verrouillées. Elle finit par les libérer et les tendit pour les montrer à son voisin. Elle ricana de nouveau et, tentant de retrouver un visage impassible, lui demanda :

— Vous avez perdu ça ?

Richard inspecta les menottes, partiellement recouvertes de ce qui semblait avoir été autrefois du satin doux rose, bien qu'elles soient désormais souillées avec de la terre et tachées avec le temps. Embarrassé, il fixa Doreen, la mâchoire tombante.

— Elles ne sont pas à moi, couina-t-il, le visage tout rouge.

— Eh bien, sans doute que non, admit Doreen. Elles sont roses. Peut-être à votre femme ?

Il était si furieux qu'il donnait l'impression de vouloir taper du pied. Au lieu de ça, il tourna les talons et rugit :

— Retirez cette saleté de mon jardin ! (Puis, une fois

qu'il atteignit le seuil de sa porte, il se retourna et lâcha :)
Vous les y avez probablement plantées !

Elle le regarda, stupéfaite.

— Eh bien, ce ne sont pas les miennes ! Et il est évident qu'elles étaient là depuis longtemps, bien avant mon arrivée. Qui aurait cru que vous étiez un pervers dans la sphère privée ?

Il lui claqua la porte au visage.

Elle éclata de rire avant de rassembler suffisamment de sérieux pour partir. Appelant ses bestioles, elle poussa la brouette d'une main et tint les menottes dans l'autre, toujours passées autour du bâton avec lequel elle les avait attrapées. Lorsqu'elle atteignit sa maison, elle parqua la brouette dans son garage et ramena les menottes à l'intérieur. Elle les déposa soigneusement sur une serviette en papier et les observa.

— Des menottes dans la bruyère, se dit-elle pour elle-même. Mack ne croira jamais ça.

Non pas qu'elle était prête à lui en parler. Ce n'était définitivement pas une affaire de police, mais bien une histoire de fesses. Et, bien sûr, cela faisait naître toutes sortes de questions intéressantes. Elle n'avait jamais vraiment été confrontée à des sex-toys, alors cela offrait un tout nouveau degré d'investigations. Et elle s'attendait également à de mauvaises surprises en lançant ce type de requêtes. Elle avait de bons antivirus, mais elle était vouée à atterrir sur des sites pornos. Pas vraiment ce qu'elle pouvait considérer comme sa lecture quotidienne. Mais bon, si c'était tout ce qu'elle avait à disposition pour effectuer ses recherches, alors peu importait.

Toutefois, elle était soulagée que son jour de travail non rémunéré dédié à épauler la police locale soit plus ou moins terminé, avec l'éventualité que tout ici, à sa maison, se soit tassé, et que Steve ait été attrapé puis, avec de la chance, mis en prison. Elle opta donc pour une tasse de thé chaud au bord de la crique. Cela la surprenait comme le son apaisant de l'eau l'aidait à retrouver ses esprits et lui donnait de la vigueur au lieu de l'épuiser. Là, tout de suite, elle ne souhaitait pas un trop-plein d'énergie, car elle voulait se mettre au lit de bonne heure ce soir. Et en prenant en compte ce par quoi elle était passée ces derniers jours, un bain chaud et un coucher tôt seraient parfaits.

Mais elle ne pouvait s'empêcher de penser aux menottes. Quel endroit étrange où les mettre ! Son voisin devait avoir dans les 70 ans. Il lui avait raconté qu'il avait une femme, Sicily, bien qu'elle ne l'ait jamais vue. Elle avait entendu cette étrange voix androgyne dans leur jardin, derrière la grande barrière en bois, de temps en temps. Dès lors, elle n'avait jamais été certaine de savoir si elle s'adressait à Richard ou à Sicily.

Et Doreen n'était même pas sûre que *lui* était un *il* ou que Sicily était une *elle*. Même s'il était un *il*, peut-être que Richard était homosexuel. Elle n'avait aucun problème avec ça. Mais si son partenaire se cachait, ça expliquerait pourquoi personne ne les avait jamais aperçus ensemble. Dans les deux cas, peut-être que les menottes leur appartenaient.

Elle afficha un sourire en coin à cette idée. Il y avait quelque chose de très sympa à imaginer son mystérieux voisin grincheux avec des menottes en satin rose.

Elle se détendit au bord de la crique, le soleil couchant illuminant le vert des arbres autour d'elle et de ses animaux. C'était véritablement un endroit unique qu'elle était très reconnaissante de disposer. Elle ne pouvait imaginer vivre dans ces maisons de ville avec des voisins si proches des deux côtés. Elle appréciait cette crique avec ses grands espaces ouverts, un chemin accessible et un endroit pour les animaux. Et c'était peut-être bien grâce à elle que Doreen avait fini par trouver des solutions à tant d'affaires non résolues. Elle venait naturellement ici pour se procurer de la joie. Elle savait que les médias la harcèleraient chaque fois qu'elle aiderait à dénouer une énigme, et cela signifierait généralement que son jardin de devant serait de nouveau inaccessible. La plupart du temps, les médias ne la suivaient pas jusque-là, mais elle ne pouvait garantir qu'il en serait toujours ainsi.

Elle ne voulait même pas réfléchir à combien de dossiers classés sa dernière enquête allait élucider. Elle espérait au moins que la confession d'Annette Helmsman sur son lit de mort allait contribuer à en clore plusieurs d'entre eux. Et maintenant que l'implication de Steve était confirmée, cela en résoudrait un supplémentaire, si ce n'était deux. Et potentiellement bien plus.

Une fois que les autorités auraient creusé cette histoire et vérifié les finances de Steve, qui savait combien d'autres femmes avaient été payées pour garder le silence ? Doreen se demanda si certaines d'entre elles étaient toujours en vie. Peut-être avaient-elles été enterrées sur sa propriété. Sans parler du corps qu'ils avaient trouvé totalement calciné et qu'ils avaient d'abord cru comme étant celui de Steve. Sur ce, elle retourna à la maison où elle appela Mack.

Ce fut d'une voix fatiguée qu'il lui répondit :

— S'il vous plaît, pas ce soir.

Elle grimaça.

— Je voulais seulement m'assurer que vous alliez bien, improvisa-t-elle. Je sais que cela a été une journée particulièrement dure.

— Vous croyez ? D'un autre côté, Steve est en prison et

n'en dit pas des masses. Mais désormais, nous avons un assez bon accès à toute sa vie. Cela va prendre des semaines pour tout éplucher.

— Sauf si vous en obtenez davantage de sa part, rétorqua-t-elle. Vous pourriez jouer la carte de Penny dans ce but. Je suis quasi sûre qu'il a quelque chose à voir avec les morts de George et de l'infirmière.

— De quelle façon ?

— J'ai simplement l'impression que Penny et Steve ont été amis, si ce n'est plus, pendant des décennies. Et je crois que c'était là l'origine des querelles entre elle et George. Il était probablement toujours inquiet à cette idée.

— Un cheminement de pensée intéressant, concéda Mack. On peut s'en servir pour interroger chacun d'eux et voir ce que l'autre a à offrir.

— Évidemment, si c'est l'amour véritable, aucun n'ira balancer sur l'autre.

Mack ricana à moitié.

— L'amour véritable a tendance à rester sur le carreau par instinct de survie quand on parle de faire de la prison.

— De toute façon, les deux vont être incarcérés, releva Doreen. Mais on ne peut pas se permettre de douter sur l'éventualité que Penny ait travaillé seule et que Steve s'en sorte avec d'autres crimes. Ou sur leur implication à tous les deux, sans toutefois pouvoir en apporter la preuve formelle. En revanche, s'il est également accusé pour d'autres meurtres…

— Ça dépend. On n'a pas encore totalement enquêté dans la maison de Steve. On y retournera, probablement avec des chiens renifleurs. Alors, on verra ce qu'on y trouvera.

— Comme à qui appartenait le corps qui a été brûlé dans l'incendie de sa propriété ?

— Ça concerne la police, Doreen, soupira-t-il. On regardera ça.

— Bien, dit-elle.

— Vous semblez fatiguée également.

— Pour une bonne raison, riposta-t-elle.

— Si vous pouviez rester loin des ennuis pour une fois…

— Absolument ! ricana-t-elle. Ne serait-ce pas chouette ? (Puis elle sourit et ajouta :) Je vous vois demain, si le dîner tient toujours ?

— Oui. Pas d'inquiétude.

— Parfait. Dans ce cas, je vais raccrocher. Et je vais m'asseoir près de la crique, essayer de me relaxer, de me détendre. Il me faut une bonne nuit de sommeil.

— C'est de plusieurs dont vous avez besoin, et de rester loin des ennuis.

— Toutes les antiquités étant désormais parties, presque l'entièreté du cas de Penny résolue et maintenant que Steve est sous les verrous, je crois que ça devrait aller. Oh, sauf pour une chose !

— Une chose ? répéta la voix assombrie de Mack.

— J'ai trouvé un objet de façon étrangement fortuite.

Mack lâcha un profond soupir à l'autre bout du fil.

— Je n'aime pas comment ça sonne. Quoi ? Et où ?

— Eh bien, cela vous fera bien rire quand je vous le dirai. J'ai réellement trouvé des menottes. Pas dans les hortensias, mais dans un carré de bruyère.

— On reste dans les plantes, lança-t-il en riant. Et pourquoi auriez-vous trouvé des menottes ?

— J'ai ramené le reste de terre chez mon voisin. Et, pendant que j'y étais, j'ai vu quelque chose briller dans son grand carré de bruyère. Il y avait tellement de belles fleurs qu'il fallait que je les admire. Et alors, j'ai aperçu l'objet en métal.

Quand j'ai écarté le buisson pour mieux le distinguer, j'ai compris ce qui se trouvait là. J'ai ensuite utilisé un bâton pour les sortir de la terre.

— Des menottes ? demanda-t-il, incrédule.

— Des menottes dans la bruyère du jardin de mon voisin, oui, confirma-t-elle en pouffant. Alors, vous devriez être content que ce ne soit pas chez moi !

— Je doute fortement que leur présence ait une signification, donc c'est super. Je suppose que votre voisin a adoré.

— Pas tellement. Dans ce cas précis, ce ne sont pas de vraies menottes non plus.

Elle savait que son humour aurait dû être un indice révélateur, mais Mack était de toute évidence fatigué tandis qu'il questionna suspicieusement :

— Que voulez-vous dire par « pas de vraies menottes » ?

— Elles sont enveloppées de satin rose, précisa-t-elle dans un gloussement.

Il ricana puis s'esclaffa.

— Eh bien, je suis ravi d'entendre ça.

— Et, bien sûr, elles sont plutôt sales comme si elles avaient été là depuis longtemps. Je les ai rapportées ici, mais je les mettrai dans la poubelle.

Elle n'avait pas prévu de les jeter, mais elle souhaitait savoir si Mack avait des raisons pour qu'elle les garde.

— Faites donc ça, acquiesça-t-il. Je suis presque certain que vous n'avez pas besoin de gérer ça en plus maintenant. Bref, je dois y aller. Ça a été une journée difficile.

Et il raccrocha.

Elle l'imita, puis elle prit les menottes et les plaça dans un sac à zip avec la serviette en papier sur laquelle elle les avait placées, et les posa enfin sur l'étagère à proximité qui était déjà bien encombrée. Cela la fit froncer des sourcils, mais elle n'avait pas vraiment d'autre endroit où les conserver. Ce n'était pas comme si elle avait un meuble où elle pouvait ranger des pièces à conviction. Elle possédait bien une pile de paniers en plastique cependant. Elle se rendit au placard du couloir pour les en sortir et mit les menottes dans celui du haut. Puis elle le rangea. Elle appela les animaux pour aller au lit de bonne heure, et ils marchèrent tous jusqu'à l'étage.

Chapitre 3

Samedi, tôt dans la matinée…

LE MATIN SUIVANT, Doreen ouvrit les yeux. La première pensée qui traversa son esprit, ce furent des spaghettis. Aujourd'hui, c'était le jour dédié, et elle avait hâte. Son estomac grognait déjà, et elle n'était même plus certaine d'avoir mangé la nuit dernière. Probablement quelques crackers avec du fromage. C'est ce qu'elle avait consommé la plupart du temps, et les jours se suivaient et se ressemblaient. Néanmoins, son estomac avait pris l'habitude de recevoir régulièrement de la nourriture cuisinée par Mack, mais la veille au soir, elle avait été trop fatiguée et épuisée pour prétendre à mieux. Les événements de la journée l'avaient rattrapée, l'emmenant au-delà de la conscience de ce qu'elle avait traversé et aussi de toutes les choses qu'elle avait encore à accomplir.

Elle était toujours au lit, planifiant sa journée et ressentant la présence de ses trois animaux. Goliath était blotti contre sa tête. Mugs était couché sur ses pieds. Elle crut avoir entendu le petit couinement du perchoir de Thaddeus, au-dessus de sa tête. Son corps essaya de la convaincre de ne pas en faire plus. Il l'avertit qu'elle le paierait si elle osait bouger.

Elle secoua la tête et dit :

— Tu as prévu une grosse journée de travail dans ton jardin aujourd'hui.

Elle se déplaça et gémit de douleur. Mais alors, elle se souvint de sa bagarre avec Steve et du jardinage effectué chez Millicent et dans son propre terrain la veille, et elle comprit qu'elle avait tous les droits d'être courbaturée. Lentement, elle fit son chemin hors du lit, puis jusqu'à la douche.

Cependant, l'aboiement de Mugs attira son attention. Elle sortit, s'enveloppa dans une serviette et demanda :

— Mugs ? Quel est le problème ?

Il l'ignora et continua à aboyer. C'est alors qu'elle entendit quelqu'un à la porte d'entrée. Tout en grommelant, elle enfila un peignoir et courut au rez-de-chaussée. Elle jeta un coup d'œil par la fenêtre du salon et vit Mack qui se tenait là, un air furieux sur le visage. Elle soupira, désactiva l'alarme et lui ouvrit.

— Qu'est-ce qui vous tracasse comme ça ? demanda-t-elle.

— Moi ? lui lança-t-il en la regardant avec surprise. Il est encore tôt, et vous avez déjà l'air en colère.

— Mon corps est courbaturé à cause d'hier, je viens juste de sortir du lit et de la douche.

— Bien. Je vais préparer le café pendant que vous finissez et vous habillez.

Elle roula des yeux à son intention puis retourna à l'étage tandis qu'il se dirigeait vers la cuisine. Elle devrait vraiment lui faire racheter du café pour renouveler son stock, mais le truc, c'était qu'elle lui devait probablement plusieurs repas. Alors, une livre de café n'était pas la mer à boire.

Habillée et les cheveux ramenés en arrière, mais tombant sur ses épaules, elle parcourut son chemin jusqu'au bas des escaliers.

Mack la considéra et lui indiqua :

— Vous êtes encore fatiguée. Et n'avez-vous pas perdu du poids ?

— Je ne sais pas, répondit-elle doucement. Mes pantalons sont un peu grands.

Il secoua la tête.

— Avez-vous mangé au moins une fois hier ?

— N'avons-nous pas partagé des sandwichs ensemble ?

Il opina du chef.

— Avez-vous dîné ?

Elle fronça les sourcils puis fit non de la tête.

— Je crois que j'ai pris quelques crackers et du fromage.

Il soupira et sortit la poêle à frire, puis ouvrit le frigo.

— Je n'ai pas de jambon, précisa-t-elle, mais j'ai du fromage.

Avec intérêt, elle l'observa mettre des toasts et ajouter du beurre dans la poêle avant de procéder au cassage d'une demi-douzaine d'œufs. Elle plissa le front.

— N'avez-vous pas mangé ?

— C'est pour vous, rétorqua-t-il d'une voix grave. Vous devez avaler quelque chose.

Une fois que les œufs furent presque préparés, il attrapa le fromage, le râpa sur le dessus puis s'attela à un délicat mélange des ingrédients. À la fin, il ajouta un soupçon de ciboulette de son jardin dans la poêle. Elle le regarda avec fascination et déclara :

— Vous obtenez ça à partir de rien !

— Ça ? rebondit-il en souriant. J'ai créé *ça* avec des œufs et du fromage. N'est-ce pas incroyable ? Des œufs brouillés à partir d'œufs et de fromage !

Elle le dévisagea fixement.

— Vous n'avez pas besoin d'être sarcastique.

— Non. En effet. (Il déposa les œufs brouillés dans une assiette, sortit le toast du grille-pain, le beurra et dressa le tout avant de le placer sur la table.) Mangez maintenant.

— Je ne peux pas avaler tout ça ! s'exclama-t-elle. Ça fait six œufs !

Il l'observa fermement et lui indiqua :

— Je finirai ce que vous laisserez, si Mugs et Goliath ne s'en chargent pas.

Elle s'assit, et il posa une tasse de café devant elle. Elle sourit et murmura à ses bestioles :

— Il est peut-être arrivé grincheux et en colère, mais je suis plutôt contente d'avoir quelque chose de différent à manger.

— Que voulez-vous dire par *quelque chose de différent à manger* ?

— Je commençais à en avoir un peu assez du fromage et des crackers.

Il fixa son assiette pendant un long moment.

— Avez-vous concocté d'autres plats pour votre petit-déjeuner ?

— Une omelette. M'avez-vous montré quoi réaliser d'autre ? demanda-t-elle, prenant sa première fourchetée d'œufs brouillés.

Elle s'arrêta, ferma les yeux et soupira de délice. Plusieurs minutes s'écoulèrent tandis qu'elle humait la moitié de son assiette. Mack secoua la tête.

— Je vous ai servi une simple omelette. Et vous en avez préparé vous-même. J'ai les photos dans mon téléphone, que vous m'avez envoyées comme preuves. Je ne vous ai pas montré comment y ajouter des ingrédients ou comment utiliser des œufs pour les transformer en simples œufs brouillés.

Elle opina du chef.

— Ça, c'était facile.

— C'est très facile. Vous m'avez regardé faire.

— Oui, mais le goût n'est pas si quelconque. C'est profond et riche, avec une saveur de fromage.

Elle dévora comme une femme affamée, car, à ce moment, c'était ce qu'elle était. Avant de s'en rendre compte, il ne restait plus qu'une petite portion d'œufs brouillés. Elle la mit sur son toast, leva ce dernier et en avala un premier morceau. Puis elle s'assit confortablement dans son siège en soupirant d'aise, mais considéra le second bout de toast et déclara :

— Je ne crois pas pouvoir le manger.

— Je suggère fermement que vous essayiez.

Mack marcha jusqu'au placard et en sortit le beurre de cacahuètes et la confiture.

Doreen les badigeonna et coupa la tartine en deux. Elle lui en donna la moitié et s'attaqua à la sienne. Il prit sa part et l'engloutit en trois bouchées. Elle l'observa disparaître tandis qu'elle grignotait la sienne.

— C'est le problème avec vous, dit-il. Vous mettez tellement d'efforts dans votre façon de manger que vous avez brûlé toutes les calories avant même qu'elles n'atteignent votre estomac.

Elle ignora sa remarque et savoura lentement comme bon lui semblait. Puis elle saisit son café et s'enquit :

— Alors, qu'est-ce qui vous agace ce matin ?

— Où sont-elles ?

Elle fronça les sourcils, confuse.

— Où sont quoi ?

— Les menottes en satin rose ! lâcha-t-il en grognant.

Elle le regarda et essaya difficilement de ne pas sourire, mais ne pouvait s'en empêcher. Ses lèvres s'étirèrent, et la première note d'un ricanement s'échappa. Et alors, elle éclata de rire. Mack la fixait. Mugs, qui avait été sagement assis aux pieds de Doreen, sauta sur ses pattes arrière et lui adressa un « Ouaf ! » Elle affichait un rictus, mais s'esclaffait encore de façon incontrôlable en s'abaissant pour le câliner. Ensuite, elle perçut un son encore plus étrange. Elle jeta un coup d'œil à Thaddeus perché sur le rebord de fenêtre qui imitait son rire. C'était le caquètement – presque un reniflement – le plus bizarre qu'elle avait jamais entendu.

Finalement, Mack se gaussa à son tour.

— Ouah ! Quelle pagaille on fait ce matin, clama Doreen, en gloussant toujours. (Elle observa Mack et l'interrogea :) Pourquoi vous intéressez-vous à ces menottes ? Vous souhaitiez que je les jette à la poubelle la nuit dernière.

— Je veux les voir, expliqua-t-il.

Tout en ricanant, mais ravie d'accéder à sa requête, elle sauta sur ses pieds et se dirigea jusqu'au placard de l'entrée. Elle en sortit la pile de paniers et ramena celui du dessus afin que Mack puisse découvrir le sac avec les menottes à l'intérieur.

Il le souleva et demanda :

— Vous les avez mises sur une serviette en papier ?

Elle acquiesça.

— Ensuite, je l'ai glissée dans le sac, au cas où quelque chose tomberait.

Il hocha la tête et examina avec précaution les menottes, toujours à l'intérieur du sachet en plastique.

Elle remplit leurs tasses de café puis s'assit, remarquant l'air résigné sur son visage. Elle posa les yeux sur le sac dans sa main, mais il était difficile de le discerner de là où elle était. De plus, la luminosité était faible.

— Que voyez-vous ?

— Des initiales, MP, indiqua-t-il d'une voix lourde et grave.

— Des initiales ? Quoi ? (Elle sauta sur ses pieds et examina de plus près.) Donc on peut les rendre à quelqu'un. Vous croyez vraiment qu'une personne souhaiterait les récupérer ?

— On ne peut pas les renvoyer, à personne, contesta-t-il calmement. Car je suis quasi certain que ces menottes appartiennent à une femme, une prostituée connue en ville, mais qui a disparu il y a environ dix ans.

Doreen le fixa pendant un long moment.

— Mais elles n'ont pas pu être enterrées là pendant tout ce temps.

— Non, je présume que non. Le matériau aurait pourri.

— Alors…

— Alors, nous avons ici un problème avec une preuve non essentielle qui avait disparu du poste de police.

La mâchoire de Doreen en tomba.

— Provenant de votre placard de pièces à conviction ou peu importe ce que vous utilisez pour conserver tous ces trucs-là ?

Mack confirma d'un signe de tête.

— Concernant les affaires classées, on ne se débarrasse pas de tout. Certains commissariats le font quand ils manquent de place. Mais évidemment, si nous essayons encore de résoudre une enquête, nous ne jetons pas les divers indices dont nous disposons.

— Mais ça, c'est une preuve difficilement pertinente, non ?

— En effet, elle a été prélevée durant l'investigation, et il n'y avait aucune empreinte ou quoi que ce soit dessus. Et son sac à main avait été retrouvé dans une allée, près de là où elle bossait généralement. Tout a été photographié, et les copies numériques ont été gardées. Mais le sac et son contenu ont rejoint les pièces à conviction.

— Vous n'aviez toutefois personne à qui les remettre, alors que leur est-il arrivé ?

Il haussa les épaules.

— Ils sont restés parmi les preuves scientifiques pendant un long moment. Puis ils ont disparu. Nous avons supposé à l'époque qu'ils avaient été jetés et que personne ne l'avait indiqué par écrit. Le nettoyage était officiel, donc personne n'en a vraiment été agacé…

Elle le dévisagea, fascinée.

— Alors, vous pensez que ça, ça ne concerne pas sa disparition, qui est probablement un meurtre, mais plutôt quelqu'un qui se serait introduit dans l'entrepôt ou le placard des pièces à conviction ou peu importe comment vous l'appelez ?

— Exactement, confirma-t-il en opinant lentement du chef.

— OK, laissez-moi clarifier. Une femme est supposément assassinée, et vous collectez toutes sortes de preuves. Mais, après les avoir analysés, peu importe qu'ils soient dignes d'intérêt ou pas, vous n'avez personne à qui les rendre, car elle n'a pas de famille. Alors, vous les mettez tous de côté jusqu'à leur vol. Pendant… quoi… Combien d'années ?

— Sept, annonça-t-il lentement. Dans le cas présent.

— Donc des années après la disparition – mais j'appelle ça un meurtre –, quelqu'un jette la boîte… ce qui semble pointer du doigt un membre du département de police. Initialement en tout cas. Mais peut-être que la benne a été dévalisée, et je pense à des enfants qui l'auraient trouvée et bazardée ici, dans le jardin du voisin. Et comme ce n'était pas essentiel dans l'affaire, alors ces gosses n'avaient pas d'importance non plus. Plus de préjudice. Comme si une personne avait dérobé le sac à main en espérant mettre la main sur de l'argent, mais n'ayant rien trouvé, avait simplement balancé le reste.

Mack hocha la tête.

— Mais alors, où est le sac ? Ou, dans ce cas, le reste du contenu de la boîte ?

— Ça pourrait être n'importe où ! En particulier si le sac était de bonne qualité. Le restant ? Possiblement jeté dans les buissons devant lesquels ils sont passés à pied ou en voiture… Cette partie-là, nous ne la connaîtrons sûrement jamais. Et on atterrit dans le jardin de mon voisin, énonça-t-elle. Voyez ? On me joue une farce. Est-ce que quelqu'un ayant travaillé dans la police est lié à Richard ? Ou l'a peut-être détesté ? Ou, comme je l'ai dit au début, ça peut seulement avoir été des gosses curieux…

— Bien sûr que c'est possible. Et plus précisément, ça finit entre vos mains.

Elle gloussa.

— Y a-t-il un moyen de savoir ce qui manque d'autre ?

— Les objets n'étaient pas considérés comme pertinents dans cette affaire. La boîte entière a disparu.

— Mais vous avez une liste de ces articles quelque part, non ?

Mack haussa les épaules.

— On va vérifier ça.

— Et si elle était une prostituée et que ça, c'est lié à… vous savez ? Comme les menottes en satin rose, est-ce que les autres preuves étaient du même acabit ?

Il opina du chef.

— Oui, complètement. De ce que je me souviens.

— Dans ce cas, peut-être que quelqu'un était au courant que la boîte se trouvait là et désirait simplement s'amuser avec ? suggéra-t-elle précautionneusement, pas certaine de savoir le formuler.

— La plupart des gens ne volent pas de sex-toys dans les pièces à conviction de la police. Ni n'en essaient qui ont déjà été utilisés.

— Non. Mais de toute évidence, quelque chose s'est passé. D'autres trucs ont été dérobés ?

— Non. Et la boîte ne constituait pas un élément important dans cette disparition – oui, maintenant, on peut la considérer comme un meurtre après tout ce temps –, donc personne ne s'y est intéressé jusqu'à ce qu'elle se perde. Même alors, c'était pas un drame, ça a seulement irrité mon ami.

— Donc cette boîte a pu être ciblée, mais pourquoi ? Il est plus probable qu'elle ait été jetée et que personne ne voulait avoir d'ennuis, raison pour laquelle on n'en a pas parlé. Puis quelqu'un l'a vue dans la poubelle et l'a récupérée sans savoir ce qu'elle contenait… réfléchit-elle à voix haute.

— Et c'est pour ça qu'on a fini par être au courant, continua-t-il. Trois années ont passé après la première déclaration de la disparition de la personne, nous avons rouvert le dossier, et nous avons tenté de trouver n'importe quoi de nouveau qu'on aurait pu manquer. Il avait été décidé que le contenu de la boîte n'avait aucune valeur. Et elle a été mise de côté.

— Alors, si elle a été volée peu de temps après le compte rendu du département, je pense qu'elle intéressait quelqu'un. Mais… (Elle haussa les épaules.) C'est un vol d'objets sans valeur, et c'est fâcheux, mais ça ne signifie pas que c'est forcément criminel.

— Eh bien, c'est illégal *parce que* c'est un vol, contesta-t-il sèchement. En particulier quand c'est dérobé au service de police. Mais le dossier d'origine n'est clairement pas en haut de la liste de ceux qui attendent d'être résolus.

— C'est très intéressant, dit-elle. Il semblerait vraiment que les objets ont été simplement balancés. Comme si une personne les avait eus en main avant de les jeter par la fenêtre en passant par-là. Dès lors, en tenant compte de cette hypothèse, pendant toutes ces années – sept depuis la disparition de la boîte –, est-ce que le satin n'aurait pas dû être davantage détérioré ?

— À quel point les menottes étaient-elles proches de la maison ? Est-ce que la bruyère les protégeait ? Où sont les arroseurs automatiques ? Est-ce que les menottes étaient simplement sous les branches, protégées et au sec ? Y a-t-il une raison pour qu'elles ne semblent pas détériorées par la météo ou par le temps ? Je vais les emmener à la police scientifique et voir s'ils en tirent quoi que ce soit.

— Je vous en prie, acquiesça-t-elle.

— Bon, quand vous aurez fini votre café, vous me montrerez l'endroit où vous les avez trouvées.

Elle roula des yeux.

— Bien sûr ! Mon voisin va adorer.

Le bon point, c'était que Richard ne pointerait sûrement pas le bout de son nez. Il était probablement trop embarrassé. Doreen s'y rendit avec Mack et lui désigna l'emplacement exact. Il n'y avait aucun bout de satin dans la bruyère.

— Vous devriez faire quelques photos, suggéra-t-elle. Je n'y ai pas pensé lorsque je les ai tirées de là. Il y avait la chaîne entre les deux menottes, ou peu importe comment vous appelez cette partie qui les relie. Vous pouvez constater que j'ai légèrement creusé.

Mack hocha la tête, prit plusieurs clichés puis lui dit :

— Bien. J'emporte ça et les menottes jusqu'au poste, et je verrai ce que le chef voudra en faire.

— Ça me paraît bien.

Elle resta dehors pendant que Mack s'en allait en voiture, Mugs et Goliath assis à ses côtés. Les deux regardaient Mack tandis que Thaddeus montrait un grand intérêt pour la bruyère. Il tira sur une tige et la jeta sur le sol, puis recommença avec une autre et encore une autre.

— Oh non, arrête ça ! gronda-t-elle. On ne souille pas de jolies plantes comme ça. Surtout quand ce ne sont pas les nôtres.

Elle le posa doucement dans sa main et le plaça sur son épaule. Il couina, outragé, et essaya de retourner près de la bruyère, mais elle ne lui en laissa pas l'occasion. De retour à la maison, elle ferma la porte d'entrée et nettoya la cuisine. Elle s'occupait de petites bricoles.

Avec l'histoire de Steve désormais entre les mains de la police, et toujours indécise sur le sort à réserver aux six coffres qu'elle avait trouvés dans le placard de l'entrée, elle était tentée de commencer avec les coupures de journaux sur Bob Small. Mais soudain, elle se sentit très fatiguée. Profondément lasse. Peut-être était-ce le comportement de l'humanité qui l'épuisait. Vraiment, les humains étaient une espèce pourrie, supposée être reine de cette planète. Sans doute qu'un café l'aiderait. Et, bien sûr, avec les allées et venues de Mack, ils allaient en manquer. Juste au moment où elle allait en préparer un, Nan appela.

— Que dirais-tu d'une tasse de thé et d'un croissant ? proposa-t-elle.

— Eh bien, un thé, oui, mais je suis plutôt gavée. J'ai ingurgité un très gros petit-déjeuner.

— Parfait, lança Nan. Si tu descends, tu pourras prendre les croissants pour ton déjeuner. Ils sont pleins de jambon et de fromage.

Le visage de Doreen s'illumina.

— Ça semble merveilleux !

— Tu dois être exténuée. Peut-être devrais-je te rejoindre.

Attirée par cette idée, Doreen gloussa et répondit :

— Si tu souhaites venir ici pour te balader, d'accord. Tu veux que je passe te prendre ?

— Non, non, non. Je sors de mon patio, là. Je serai ici dans quinze minutes. Prépare le thé.

Chapitre 4

Samedi matin…

RIANT AVEC GRAND plaisir, Doreen savait qu'il était trop tôt pour mettre en route la bouilloire, alors elle attendrait quelques minutes pour accorder à Nan le temps d'arriver. Accompagnée de son gang, elle retourna à la crique où elle contempla l'eau durant ces heures matinales. Elle devenait accro au son de ce lieu, au doux clapotis contre les pierres. Le niveau montait de nouveau, mais pas tant que ça, de cinq centimètres peut-être. C'était cependant suffisant pour qu'elle s'arrête et le regarde de travers.

Puis elle observa sa propriété. La maison était là depuis longtemps, mais il ne lui était pas venu à l'esprit qu'en cas de crue, l'eau pourrait rentrer dans son sous-sol. À cette pensée, elle décida d'en discuter avec Nan. En se tournant pour voir si elle approchait, Doreen aperçut sa grand-mère à l'autre bout du chemin. Doreen marcha pour la rencontrer à mi-parcours en portant Goliath, pendant que Thaddeus était perché sur son épaule et que Mugs avait le pas bondissant. Immédiatement, Nan s'extasia devant chaque animal, tour à tour, les honorant de câlins, de caresses et de mots d'amour.

— Nan, le sous-sol a-t-il déjà été inondé ? demanda Doreen.

— Pas vraiment, répondit Nan. Une ou deux fois au fil des ans, mais cela dépend de la fonte saisonnière de la neige au sommet. Rien de conséquent depuis des décennies. Je m'étais inquiétée à propos des meubles en bas, mais heureusement, ils sont tous partis.

— Tu n'as pas de pompe de vidange là-dedans, hein ?

Nan secoua la tête.

— Non, en effet. Garde simplement un œil ouvert.

— Mais tu y avais stocké toutes ces antiquités, déplora Doreen, frappée par l'ampleur de la catastrophe si elle avait dû se produire. Et si elles avaient été endommagées ?

Nan haussa les épaules.

— Heureusement, ça n'est pas arrivé. La plupart d'entre elles avaient été récupérées durant ces dix dernières années. Si la rivière monte trop vite, comme elle descend vers ta crique, elle imbibe le sol environnant. C'est pourquoi les maisons en sont si éloignées. C'est toujours aussi idiot d'avoir un sous-sol quand on se situe le long d'un cours d'eau comme ça, car, en vérité, ce n'est pas la crue qui peut l'atteindre, mais l'accumulation dans la nappe phréatique. C'est quelque chose que tu devrais vérifier.

— Comment ça ?

— Amener une pompe de vidange. Tu as celles en-dehors de la maison si tu ne les as pas encore trouvées.

Comme Doreen ne pipait mot, Nan la dévisagea et reprit :

— Oh, ma chérie, je ne t'ai pas expliqué, c'est ça ?

Doreen secoua lentement la tête.

— En-dehors de la maison ?

— Il y en a deux, en fait. Elles empêchent l'eau de pénétrer dans le sous-sol.

— Mais tu as bien dit que ça avait été inondé plusieurs fois ?

— Seulement en l'absence de pompe. À cette époque, je ne les avais pas. Elles ont été installées plus tard.

Elles pénétrèrent dans le jardin de derrière, et Nan se dirigea vers le coin du garage, écarta quelques buissons puis pointa du doigt un couvercle rond en bois.

— Soulève ça, intima-t-elle.

Doreen obéit et fut choquée de trouver un cylindre en métal et un système mécanique à l'intérieur.

— Maintenant, les tuyaux devraient être quelque part par ici, indiqua Nan en tournant sur elle-même. Tu en accroches un à ce bout-là, et l'eau est envoyée vers la crique.

— Mais ça représente une longue distance. Quel genre de tuyau tu raccordes là-dessus ?

Nan erra autour de la maison.

— Il y avait un caisson ici.

Alors, Doreen se souvint que sous la lourde végétation du côté de la demeure, elle en avait trouvé un pas très haut, peut-être une version en bois pour l'irrigation. Elle en informa Nan, et elles se rendirent à l'endroit concerné. Nan l'ouvrit, et dedans se trouvait un tuyau de pompe noir et bleu. Elle revint avec l'une des extrémités et déclara :

— Prends l'autre bout, et déroule-le simplement jusqu'à la crique. Il est assez lourd.

Malgré l'avertissement, Doreen fut surprise par son poids.

— On a besoin de faire ça maintenant ? interrogea Doreen.

— Si tu vois où se trouve la pompe, tu constateras qu'il y a déjà un peu d'eau dans la citerne.

Doreen déroula le tuyau sur le gazon. Lorsqu'elle revint,

Nan lui en donna un autre plus petit.

— Va les assembler, lui dit-elle. Ces espèces de clapets sont au bout.

Doreen obéit, en joignant les clapets. Se sentant mieux après ça, elle rejoignit de nouveau Nan qui était déjà prête à lui montrer comment attacher le tuyau allongé à la pompe. Nan le glissa dans celui du sol, le connectant ainsi au système à l'intérieur, et elle intima alors :

— Prends un tuyau, ma chérie.

Doreen baissa les yeux sur celui de la pompe, et Nan secoua la tête en riant.

— Celui du jardin.

Il se trouvait à l'arrière de la maison, vers le porche, alors Doreen apporta l'autre extrémité à Nan.

— Tourne-le pour l'actionner, indiqua Nan. Et dirige l'eau vers ce cylindre en métal.

Doreen regarda et entendit la pompe émettre un bruit étrange pendant qu'elle se remplissait. Ensuite, elle envoya l'eau circuler dans le plus gros tuyau jusqu'à la crique.

— Parfait. C'est comme ça que tu maintiens ton sous-sol au sec, informa Nan. Pour le moment, ne touche à rien. On peut laisser le tuyau de la pompe contre la barrière. Tu as un supplément de quatre à six mètres dans le caisson. Si tu en branches un autre le long de la barricade, ça ponctionnera le chemin dans la crique. (Nan s'affaira autour du caisson et en sortit un autre ensemble de tuyaux.) Je me souviens que, lorsque la police a creusé dans mon jardin, raconta Nan légèrement outragée, il y avait une autre pompe.

Doreen fronça les sourcils et se rendit rapidement au coin le plus éloigné.

— Je ne me rappelle pas en avoir vu une.

Mais sans surprise, dans le sol que les policiers avaient

retourné et où ils avaient jeté un tas de terre se trouvait une autre pièce circulaire en bois.

— Eh j'ai simplement cru que c'étaient des détritus, déclara Doreen.

Ensemble, elles grattèrent toute la terre du dessus et soulevèrent le couvercle. Et là, en dessous, se trouvaient un autre anneau en métal et une pompe. Elles répétèrent le processus de connexion des tuyaux et de la pompe.

— Maintenant, tu peux laisser ça de côté, dit alors Nan, et chaque fois que l'eau commencera à monter, ces deux pompes maintiendront l'eau loin de la maison. Cela dit, si tu aménages ici, tu devrais songer à faire enterrer des canalisations de façon permanente, de manière à ne plus jamais t'en inquiéter.

Doreen regarda dans le trou et se rendit compte que les pompes étaient à plus d'un mètre de profondeur. C'était certainement plus ou moins là que se trouvait le sous-sol. Mais si c'était pérenne… Elle hocha la tête et énonça :

— Alors, tant qu'on garde ces pompes en état de marche, l'eau n'entrera pas dans la maison, c'est ça ?

— C'est ça, confirma Nan avec un rictus. C'est toujours une aventure de vivre près d'une rivière, ma chère.

Doreen soupira.

— Tu sais quoi ? Ça ne m'était jamais venu à l'esprit de t'interroger là-dessus puisque j'ignorais leur existence. J'ai simplement remarqué que le niveau dans la crique avait monté, et c'est ce qui m'a inquiétée aujourd'hui.

— J'entends bien. Heureusement, je m'en serais souvenu avant que tu ne sois inondée.

Doreen frémit.

— Mais tout va bien désormais, hein ?

— Tout va bien !

Doreen sourit, reconnaissante d'avoir pensé à demander à Nan.

— J'ai observé que la crique se remplissait depuis une semaine, raconta-t-elle. Et j'ai commencé à me demander jusqu'où ça pouvait grimper.

— Tu peux t'attendre à ce que ça monte d'un coup avec la colline ici. Mais ça ne dure pas. On est seulement susceptible de vivre ça pendant six ou huit heures. Cependant, n'hésite pas à prendre un moment pour contempler ce phénomène. De temps en temps, on connaît de grosses inondations, et là, il est possible que tu aies des soucis avec les pompes.

— D'accord, acquiesça Doreen, baissant les yeux sur la pompe la plus proche d'elle, au coin. Pas cette année, j'espère.

— Je ne le souhaite pas, confirma Nan avant de regarder autour d'elle. Tu as mis la bouilloire en marche ?

Doreen gloussa.

— Non, mais je vais le faire. Entre, Nan.

Chapitre 5

UNE FOIS A l'intérieur, Doreen prépara du thé et s'assit avec Nan.

— Alors, mets-moi au parfum, exigea sa grand-mère. Tu ne m'as pas donné tous les détails à propos de Steve.

— Je t'en ai fourni un paquet, contesta Doreen en grimaçant. Et tu ne peux pas vraiment me blâmer pour ne pas t'avoir tout dévoilé. Il m'a attaquée encore une fois.

— Et j'ai dû l'entendre de Darren, qui l'a dit à Ritchie qui est venu me le raconter.

Doreen soupira.

— Je ne voulais pas t'inquiéter. Je préférais que tu ne sois pas embarrassée par une nouvelle agression à mon encontre.

— C'est la chronologie, ma chère. J'ai besoin de dates.

— Tout n'est qu'une question de pari pour toi, hein ? grogna Doreen.

— À ce stade, tout n'est que dossiers classés, et je présume que la police en a plein à gérer en ce moment.

— Beaucoup de pistes à suivre, de pièces à assembler, de gens à interroger, *et cetera*, admit Doreen. Steve était lourdement impliqué dans un tas d'affaires diverses. Et bien sûr, les flics pensent que, peut-être, ils trouveront les femmes qu'il a prétendument remboursées enterrées dans sa propriété.

Nan parut surexcitée, et Doreen roula des yeux.

— Tu devrais penser au fait qu'elles ont perdu la vie, car Steve était cupide.

— Oui, mais réfléchis-y simplement. Ça fait trois femmes disparues. Songe aux familles qui ont attendu des nouvelles de leurs êtres chers.

— Elles étaient toutes vulnérables. Qui sait si les proches étaient au courant ne serait-ce que de leur disparition, répondit calmement Doreen. On doit garder un côté humain au milieu de toute cette barbarie.

— Bien sûr, ma chérie, approuva Nan en ayant cependant l'air plus excité encore. Je suis tellement contente que tu t'occupes de ça. De toute évidence, ça aide beaucoup de monde. Sans oublier les gens de tout le pays. Qui sait à quel point ça a pu s'étendre ?

— Mack a suggéré d'emmener les chiens renifleurs à la propriété de Steve. En espérant qu'ils trouvent quelque chose.

Le visage de Nan s'illumina également à ces propos. Elle brillerait littéralement si elle s'éclairait davantage.

— C'est si excitant ! Ce serait fascinant de comprendre comment s'y prennent ces chiens.

Doreen y réfléchit et hocha la tête.

— Tu as raison. J'adorerais les voir à l'œuvre.

— Appelle Mack, ma chérie. Peut-être que ça ne le dérangera pas que tu regardes.

— Je suis presque sûre que ça l'embarrassera, contesta Doreen en riant. Il n'était pas très content de moi ce matin.

Le visage de Nan se tordit en air curieux, mais complice.

— Ce matin ? demanda-t-elle délicatement.

— Il est arrivé ici complètement fou, expliqua Doreen. Il m'a préparé mon petit-déjeuner et ensuite a voulu en savoir plus sur les menottes que j'ai trouvées.

Nan frappa des mains et bondit sur son siège, ce qui fit sourire Doreen.

— Tu deviens plus excitée et te comportes davantage comme une ado chaque jour !

— C'est mon droit, lança Nan en balayant l'air d'un geste désinvolte. Tu as entendu parler de ces adultes qui vivent une seconde jeunesse ? Je me suis simplement arrêtée à l'adolescence. C'est tellement amusant. Quand j'avais cet âge, je ne pouvais rien faire. Je veux dire *vraiment* rien ! Mais aujourd'hui ? Waouh ! (Elle s'inclina vers l'avant et ajouta à voix basse :) Raconte-moi à propos des menottes.

— Seulement si tu ne le répètes pas à tes camarades de Rosemoor, l'avertit Doreen.

Nan dessina une croix sur son cœur. Doreen n'était pas sûre que ce soit suffisant, alors elle réitéra :

— Promets-le-moi, Nan.

Sa grand-mère la fixa, puis ses épaules s'affaissèrent.

— D'accord.

Mais ensuite, une fois qu'elle eut entendu tous les détails, elle se mit à rire, essayant de se retenir derrière sa main posée sur la bouche tandis qu'elle gloussait.

— Oh, mon Dieu... Es-tu certaine qu'elles n'appartiennent pas à ton voisin ?

— Il paraissait assez vexé, argua Doreen. Et il n'est pas sorti de chez lui quand j'ai montré à Mack l'endroit où je les avais dénichées.

— Je crois me souvenir de quelque chose à propos de sa

disparition, présumée assassinée, indiqua Nan. Il y a eu un énorme scandale à proposer de l'aide accordée aux femmes qui font le trottoir pour trouver une façon de gagner leur vie. Un de ces sujets brûlants qui vont et viennent. Tu vois, cette année-là, on s'était intéressé à celles qui se prostituent, car la vie et ses circonstances les ont forcées à vendre leur corps. L'année d'après, ça ne concernait que les dealers et les drogués qui maintiennent le commerce. Ensuite, ce sont les mères célibataires et les relations violentes. (Elle secoua la tête.) Je sais qu'on doit tous les soutenir, mais on dirait qu'ils disparaissent simplement pour revenir dans les faits divers et qu'ils n'ont pas de situation stable.

— Et, bien sûr, c'est en gros ce qui se passe ici aussi, déduisit Doreen. Car l'affaire a été classée.

— Une autre…, déclara Nan comme si elle s'y attendait.

— Non, pas vraiment. Je n'enquête pas. Les menottes étaient initialement dans une boîte dont la police s'était débarrassée, car son contenu n'aidait pas à démêler l'histoire.

— Peut-être, éluda Nan en secouant la tête. Et pourtant, peut-être pas, car désormais tu as trouvé ces menottes, alors qui sait ?

Doreen opina du chef.

— Je n'irai pas sur ce terrain-là. Laissons ça de côté.

Les deux femmes se détendirent finalement et prirent leur thé. Nan se ravigota, leva son index, plongea une main dans sa poche et dit :

— J'avais oublié ça.

En effet, elle avait deux croissants au jambon et au fromage.

— Nan, tu dois avoir de très grandes poches ! lâcha Doreen avec admiration. Bravo !

En vérité, elle portait un chandail large de style afghan

très coloré avec de grosses poches carrées de chaque côté.

— C'est parfait pour ça ! acquiesça Nan. Et tu devais me montrer les boucles d'oreille en diamant. Tu as oublié la fois dernière.

— Mince !

Doreen bondit sur ses pieds, monta dans la chambre puis ramena le grand saladier qui contenait tout ce qu'elle avait trouvé dans les vêtements de Nan.

— Jette un œil là-dedans. J'y ai tout mis.

Pendant que Nan était une pile électrique et cherchait dans le plat, Doreen ne pouvait s'empêcher de penser aux chiens policiers. Elle décida d'appeler Mack. Ignorant son grognement, elle le questionna :

— Y a-t-il une chance pour que je puisse voir comment travaillent les chiens renifleurs ?

— Je ne sais pas, répondit-il, l'air surpris. Je prévois d'y être si je peux m'échapper. À ce propos, la scientifique n'a rien trouvé d'utile sur les menottes.

— Oh ! siffla-t-elle momentanément distraite. OK, c'est trop dommage.

— C'est ce à quoi je m'attendais.

— Bien, revenons-en à Steve. Je suppose que je suis en train de vous demander si je peux être présente moi aussi, reprit-elle précipitamment. Bien entendu, je ne resterai pas sur votre chemin. (Mack ricana en entendant ça.) D'accord, laissez-moi corriger. J'essaierai de ne pas rester dans vos pattes.

— Pour ce que j'en sais, c'est presque fini, apprit Mack. Je suis en retard.

Doreen soupira.

— Oh, d'accord, faites-moi savoir si vous trouvez quelque chose alors, intima-t-elle avant de raccrocher.

Pendant ce temps-là, Nan considérait le grand saladier rempli de pièces, de rouleaux de billets et de cartes de visite. Elle fouilla dans le tas et sourit.

— Qui aurait cru que j'aurais égaré tous ces trucs il y a des années de cela ?

— Je ne pense pas vraiment qu'ils étaient plus perdus que mal rangés ou simplement laissés en plan, contesta Doreen.

Elle scruta elle-même dans le plat et trouva les boucles d'oreille. Elle les prit et les tendit à sa grand-mère.

Nan se rassit et indiqua avec douceur :

— Ce sont de vrais diamants, tu sais ?

Doreen détestait penser directement à la valeur marchande des bijoux quand, en vérité, c'étaient de belles boucles qu'elle porterait volontiers elle-même.

— Tu n'en tireras probablement pas grand-chose, minimisa Nan. Elles sont démodées.

Elle en présenta une à Doreen qui examina les multiples cœurs en leur sein.

— Le style me paraît intemporel.

— Garde-les, l'incita Nan.

— Elles signifient quelque chose pour toi, déclina Doreen. De qui proviennent-elles ?

Nan agita simplement un doigt et dit :

— Un ami.

— Un autre amant ? reformula sèchement Doreen. Tu t'en es bien tirée avec eux, en matière de cadeaux, hein ?

— En effet, confirma Nan, la main tenant le saladier plein d'argent. As-tu compté combien il y a là-dedans ?

— Pas encore. J'ai commencé en essayant de garder le rythme puis j'ai abandonné.

— Tu devras acheter quelques enveloppes spéciales pour

les pièces. Il y en a un sacré paquet.

— Je sais. Je ne crois pas être en mesure de simplement les apporter telles quelles à la banque.

Nan secoua la tête.

— En effet, mais tu peux trouver ces enveloppes au bazar du coin ou à la banque et les rouler toi-même.

Elle sortit les plus grands billets et les lissa afin qu'ils puissent bien poser à plat. Puis elle regarda autour d'elle, prit une chaise libre, posa le saladier dessus et annonça :

— Faisons le tri dans cet argent, et nous verrons s'il y a autre chose.

Elles regroupèrent les billets de cent, de cinquante, de vingt, de dix et de cinq en plusieurs tas distincts. Elles trouvèrent même deux vieilles coupures qui n'étaient plus du tout utilisées au Canada.

Nan les tapota de la main et dit :

— Tu peux encore les apporter à la banque.

— Un quelconque intérêt à les garder ?

Nan secoua la tête.

— Seulement comme objets de collection.

Une fois les billets triés, elles sortirent toutes les cartes de visite et les petits morceaux de papier. Doreen les donna à Nan pour qu'elle puisse les consulter. Les cartes de visite, une fois vérifiées, furent envoyées à la poubelle par Nan qui lança :

— Peu importe qui ils étaient, c'était il y a longtemps. Donc personne de captivant là-dedans.

Les notes furent lues ensuite. Nan sourit et expliqua :

— Ça, c'est une liste de courses, et ça, une énumération de tâches comme aller à la banque et à la poste. (Elle les froissa et les jeta.) Merci pour le voyage dans les vieux souvenirs !

Ensuite, elles séparèrent les pièces, érigeant une pile des plus grosses puis descendant petit à petit jusqu'à ce que plus un seul sou ne reste dans le saladier.

— Et celles-là, tu ne peux définitivement plus les utiliser, affirma Nan. Je crois cependant que si tu les enroules, tu peux les convertir en cash à la banque.

— OK, alors je dois me rendre d'abord à la banque pour obtenir les rouleaux, puis y retourner après y avoir enveloppé toutes les pièces.

— Tu devrais aussi y déposer plusieurs de ces billets. Tu as subi tellement de cambriolages, tu as de la chance que rien n'ait été volé dans ce saladier.

Doreen resta à la fixer.

— Je n'y avais même pas pensé ! Combien y a-t-il là-dedans ?

— On va le savoir, dit Nan qui se mit à compter chaque pile, avec Doreen qui notait le total de chacune sur un bloc-notes.

Avec tous les billets posés devant elles, elles notèrent la somme de 924 dollars.

— Nan, c'est énorme !

— Bien ! lâcha sa grand-mère. Ajoute les pièces, et tu verras que tu approches du millier. Je ne pense pas que tu atteindras 1000 dollars, mais tu n'en seras pas très loin.

— Ouah… souffla Doreen en se levant pour verser de nouveau de thé. Oh ! et il y a quelques drôles de bricoles dans le fond du saladier aussi. (Elle en retira ce qui ressemblait à du marbre et le tendit à Nan.) Je n'ai aucune idée de ce que c'est. On en a trouvé trois dans le vase Ming, ou peut-être deux. (Là-dessus, elle se tourna sur elle-même, cherchant quelque chose. Puis elle reprit :) Ainsi que ces petites pierres colorées.

— Je m'en souviens vaguement, indiqua Nan en faisant rouler une balle en bois dans sa main. (Ce fut à ce moment que son regard se posa sur les *pierres colorées* et qu'il devint immédiatement distrait.) Ce sont des opales, ma chère. Des opales desserties.

Elle en prit une et la fit tourner sous la lumière, observant les jolies teintes briller de l'intérieur à la pierre.

— J'ai trouvé qu'elles étaient vraiment jolies, révéla Doreen avant de froncer les sourcils. Tu sais quoi ? On aurait pu croire que j'aurais reconnu des opales. J'avais de beaux bijoux avant.

— Mais les opales ne dépendent que du goût des gens. Ton ex-mari ne jurait que par les diamants.

— C'est vrai, confirma Doreen en étudiant les gemmes, laissant le soleil les frapper pour regarder le feu brûler à travers. Qu'est-ce que j'en fais ?

— Quand tu seras en manque d'argent, vends-les. Elles proviennent de ma grand-mère.

Le regard de Doreen se posa sur Nan.

— Tout comme les perles et les émeraudes ?

— Exactement. Et les boutons de manchette. C'est incroyable que tout ça ait été conservé sans même que je sois au courant ! Mais le collier d'émeraude ? C'était unique. (Nan fronça les sourcils.) Je peux le voir ?

Doreen se rendit à l'étage, attrapa les pochettes en velours qu'elle avait trouvées dans les tiroirs cachés de l'ensemble antique pour chambre à coucher, puis revint au rez-de-chaussée. Sur la table de la cuisine, elle sortit les perles, le beau collier d'émeraude et les boutons de manchette.

— Absolument magnifiques, lâcha Nan. Si tu as besoin de liquidités, vends-les. Mais sinon, tu devrais les garder. Ce sont des bijoux de famille. Et il faut que tu les conserves en lieu sûr au cas où tu serais de nouveau cambriolée.

— Par chance, le système de sécurité m'en protégera. De plus, la rumeur a sûrement couru que toutes les antiquités se trouvent chez Christie's désormais. (Doreen caressa doucement les pierres vertes.) Elles sont superbes. Cependant, je n'aurai jamais l'occasion de les porter.

— Tu n'en sais rien, contesta Nan. Et je te dis de les garder. Je t'informe que tu *peux les vendre*, si tu le souhaites, mais si tu obtiens suffisamment d'argent des autres objets, alors peut-être que tu n'auras pas besoin de t'y résoudre.

— Je suppose que la revente des bijoux n'est pas tout à fait comparable à celle du mobilier antique, si ?

— Non. Mais si tu trouves un bon bijoutier, il pourrait les écouler pour toi. Il te les rachèterait probablement, les nettoierait, réparerait sûrement ce qui est cassé le cas échéant, et les vendrait ensuite par ses propres moyens.

— À un prix bien plus élevé, précisa Doreen d'un ton sec. Je pourrais d'abord demander à Scott.

— Oui. Mais après, si tu y réfléchis, il te rend service également, car il te les achète.

— Je dois admettre que j'hésite à les revendre, concéda Doreen.

— Bien. Tu as le droit d'être sentimentale. Tu as besoin de les faire expertiser pour l'assurance et qu'elles soient couvertes. Parce que si elles venaient à disparaître, la compagnie te les rembourserait.

Doreen hocha la tête, saisit le bloc-notes avec sa liste des choses à faire et écrivit.

— Je suppose que je dois veiller à ce que l'assurance jette un œil maintenant que la maison est vide, non ?

— En effet, de toute évidence. Et merci, d'ailleurs, de

prendre soin de la paperasse. Tu as tout numérisé, car j'ai reçu l'e-mail également.

Nan regarda autour d'elle, s'arrêta sur la bibliothèque puis sourit.

— J'ai encore ces quatre livres aussi, ajouta Doreen en les apercevant.

— Contacte Fen Gunderson. Il devrait connaître quelqu'un qui pourrait être intéressé. Autrement, donne-les, ma chérie. Il semble ne rester que ça, alors pourquoi pas ?

— Il y a encore les six coffres.

— Que veux-tu en faire ?

— Je n'ai trouvé aucun membre de la famille encore en vie qui aurait été preneur, sauf pour revendre leur contenu, et ça ne me paraît pas très juste. Il y a une association historique en ville. J'avais pensé les emmener là-bas. Tous les vêtements de nuit étaient de toute évidence fabriqués à la main et pourraient être dignes d'intérêt. Ensuite, je verrai s'ils sont séduits par d'autres objets. Et honnêtement, j'ai pensé – et je l'ai mentionné à Mack – que j'aimerais peut-être conserver le service de table. (Doreen marqua une pause avant de poursuivre :) Je devrais en apprendre plus de Scott pour confirmer qu'il ne s'agit pas de pièces trop hors de prix, dit-elle d'un ton moqueur. Mais si ce n'est pas le cas et s'il ne les veut pas, j'envisage de garder la vaisselle et de m'en servir. Je n'ai que tes assiettes ébréchées actuellement.

— Tout le monde a besoin d'un beau service du dimanche, en porcelaine de Chine, approuva Nan d'un air ravi. Et je suis persuadée que la femme qui possédait les coffres conservés dans ces cartons serait heureuse d'apprendre que tu les gardes.

— Ce sont trois cartons pleins de vaisselle. Et j'ai pensé que les lettres d'amour pourraient être exposées avec les vêtements.

Nan tapota la table tandis qu'elle regardait au loin.

— Je crois me rappeler avoir entendu parler d'une personne impliquée dans l'association historique, mais je n'arrive pas à me souvenir de qui.

— Je dois passer quelques coups de fil et peut-être m'arrêter avec quelques objets pour voir s'ils sont intéressés. Bien sûr, on a la Société des Pionniers ici, qui a pour dessein de préserver notre histoire, et peut-être que celle-ci est importante également.

— Oui, acquiesça Nan. J'aime vraiment beaucoup cette idée. Tu as également tous les dossiers que Solomon a collectés tout au long de sa vie de journaliste, et c'est à peu près tout ?

— Et les coupures de journaux sur Bob Small provenant de ton ami, que j'ai gardées, ajouta Doreen en souriant.

— C'est vrai, confirma Nan avant de sauter sur ses pieds. Je vais te laisser y aller maintenant. Tu as probablement envie de jeter un coup d'œil distrait vers la maison de Steve et voir si les chiens policiers sont en train de travailler en ce moment.

— Je ne veux m'impliquer dans rien d'officiel. J'ai agacé suffisamment de gens dans la communauté du maintien de l'ordre.

— Tu as aussi ravi beaucoup de monde, dont certaines personnes dans cette corporation. Tu ne devrais pas culpabiliser si tu veux découvrir comment opèrent les chiens renifleurs. Je suis sûre qu'il y aura foule de toute façon. (Nan marqua une pause puis regarda la crique et de nouveau Doreen.) Peut-être devrais-tu partir du côté de la crique.

— Je voulais aussi jardiner…

Là-dessus, les femmes se mirent debout et allèrent au

jardin arrière, où Doreen indiqua jusqu'où elle avait creusé et désherbé.

— Ça commence à être vraiment joli, réagit Nan. Et n'oublie pas de garder un œil sur les pompes.

En adressant un signe de la main, Nan descendit vers la crique. Doreen n'était pas à l'aise avec le fait de la laisser marcher seule sur ce chemin, mais il n'y avait aucune raison de la suivre non plus. Alors, elle resta à sa place jusqu'à ce que sa grand-mère disparaisse derrière un virage. Ce n'était vraiment qu'à quelques pâtés de maisons de chez elle. Avec Mugs et Goliath à ses pieds, Doreen sourit et suggéra :

— Et si on allait se balader dans la direction opposée ?

Mugs approuva par un aboiement et Goliath par un miaulement.

Thaddeus, pour ne pas être en reste, répondit : « Thaddeus est là ! Thaddeus est là ! »

— Je sais, mon grand ! lui lança Doreen. Et si tu me promets de ne plus te moquer de moi, tu pourras chevaucher mon épaule.

Il commença à rire. Pas aussi bizarrement ni aussi fort que la veille, mais c'était le même genre de ricanement. Elle secoua la tête en s'adressant à lui :

— Tu devrais surveiller tes manières ! rouspéta-t-elle en empruntant le chemin vers la propriété de Steve.

« Tu devrais surveiller tes manières ! » répéta Thaddeus. « Tu devrais surveiller tes manières ! »

Doreen grogna.

— Comment se fait-il que tu imites toujours ce qu'il ne faut pas ?

Le perroquet l'ignora à partir de cet instant, secouant les ailes et froissant ses plumes comme s'il voulait être plus à l'aise sur son épaule droite. Elle sourit et marcha le long de la rivière. Elle avait assez mangé depuis la visite de Mack ce matin, et elle serait vraiment tranquille pour plusieurs heures. De plus, elle désirait découvrir ce que les chiens renifleurs étaient capables de réaliser. Cependant, comme elle s'approchait de la rivière, elle découvrit plusieurs flics alignés tout autour de la propriété. Et il y avait Arnold.

Il leva un doigt dans sa direction et le remua de gauche à droite. Elle le regarda fixement.

— J'ai le droit de marcher là !

— Oui, répondit-il, mais pas sur la propriété.

— Je n'allais pas dessus, informa-t-elle. Je voulais simplement voir les chiens de police. Observer comment ils bossent.

— Un peu trop bien, indiqua-t-il d'un air grave.

Alors, il désigna plusieurs marques sur la pelouse. Doreen fronça les sourcils.

— S'il vous plaît, dites-moi que ce ne sont pas tous des corps…

— Alors, je ne dirai rien, lança-t-il en lui tournant le dos et en la quittant en silence.

— Attendez, attendez ! C'est le cas ?

Il la dévisagea et répondit :

— Avez-vous la moindre idée de la tonne de paperasse qu'on a à présent ?

Elle lui sourit, sachant désormais qu'il n'était bourru qu'en apparence.

— Comprenez-vous combien de familles vont pouvoir faire leur deuil maintenant ? rebondit-elle.

Il opina rapidement du chef et déclara :

— Je le sais, mais on n'a pas besoin de vous actuellement. On s'en occupe.

Chapitre 6

Samedi, début d'après-midi…

DOREEN NE VOULAIT pas s'en aller, mais les flics ne la laissant pas prendre de photos, explorer ni rien effectuer d'autre que se tenir là sans bruit, elle finit par faire demi-tour et prit la direction de sa maison. Les animaux étaient tout aussi contents de rester comme de partir. Ils étaient simplement heureux d'être de nouveau dehors, comme si leur jour de repos avait été plus que suffisant pour eux et qu'ils étaient déjà prêts à filer et à s'occuper autrement. Elle n'était pas certaine de savoir comment ça fonctionnait, mais tenant compte de la gravité de ce qu'il se passait chez Steve, elle était ravie d'imaginer que ces femmes – s'il s'agissait bien de corps – allaient finalement avoir une chance d'être *entendues* et que leurs familles allaient être prévenues. Cependant, cela restait une très triste affaire.

Elle ralentit son pas et s'arrêta pour ramasser des cailloux dans la crique où le niveau d'eau, de toute évidence, montait. Elle étudia les autres pierres pour constater que presque aucune n'était visible au milieu de la rivière et que l'eau arrivait désormais sur la berge. Comme elle s'arrêtait et examinait sa hauteur, elle songea qu'il était bien possible que, dans quelques jours ou une semaine, elle ne soit plus en mesure de marcher le long de la rive, ce qui signifiait qu'elle allait perdre ce chemin qui menait à la maison de Steve. Elle se demanda si elle avait des bottes en caoutchouc quelque part. Elles lui permettraient de continuer à marcher un peu par ici même s'il y avait de la boue ou si c'était un peu inondé. Cela étant, les sentiers allaient des deux côtés de la rivière, donc elle pourrait garder un œil sur ce qui se passait chez Steve avant que l'eau monte suffisamment pour lui causer le moindre souci. Le pire des scénarios l'obligerait à prendre le passage côté rue de la propriété.

Finalement de retour à son domicile, Doreen entra et prépara du café avant de prendre l'un des deux croissants, puis alla s'asseoir dehors sur une chaise près de la table de la véranda. Elle devait travailler dans son jardin, donc dès qu'elle eut fini de manger, elle se remit sur ses pieds et passa près d'un massif de bruyère, ce qui la fit glousser. Elle regarda immédiatement la maison du voisin, repensant aux menottes en satin rose, et ne put les considérer autrement que comme les plus invraisemblables. Dans quelles circonstances une paire de menottes pour jeu érotique aurait-elle pu finir dans un carré de bruyère de son terrain ?

Elle aurait évidemment pu avoir été jetée là, même avant qu'il emménage, selon la date à laquelle il avait acheté le lieu. Elle ignorait depuis combien de temps il vivait dans cette maison. Et cela voulait dire qu'il y avait des chances pour que les menottes ne soient pas à lui, mais que quelqu'un d'autre les ait balancées. Mais pourquoi ici ? Et comment ? Une autre prostituée ? Mais comment aurait-elle pu les avoir en main alors qu'elles étaient en possession de la police ? Doreen l'ignorait.

Non, sa meilleure option était qu'un gamin avait piqué

le carton au commissariat, qu'il avait farfouillé dedans et balancé ce qui n'avait pas de valeur. Mince, ça aurait pu être plusieurs gosses qui se seraient partagé le butin ! Mais comment un enfant entre-t-il dans un poste de police pour voler les preuves qui s'y trouvent ?

Toutes ces pensées circulaient dans sa tête, mais elle ne détenait aucune réponse. C'était frustrant, car elle ne pourrait pas en faire plus si elle n'obtenait pas davantage de pistes. Il n'y avait pas plus d'infos dans l'affaire classée d'origine. Mack n'avait pas précisé grand-chose à son propos. Son esprit divaguant de plus en plus vers d'autres idées folles, elle continua à travailler dans son jardin, terminant un autre parterre, puis œuvra encore une heure tout en mettant de côté certaines de ses pensées initiales.

Peut-être que le tout premier voleur avait vu ses biens dérobés également. Ce serait justice. La nouvelle personne aurait pu marcher ou conduire dans la zone et se rendre compte que son coup de filet serait inutile, puis aurait largué le tout dans le jardin de Richard. Mais pourquoi là, elle l'ignorait. Cependant, ce n'était pas comme si Richard n'était jamais dans son terrain, et il était peu probable qu'il n'ait pas trouvé les menottes avant elle. Elle ne l'avait jamais rien vu faire d'autre que se tenir au seuil de sa porte, comme un ogre. Cependant, cela ne signifiait pas qu'il ne sortait pas une fois la nuit tombée avec une lampe de poche pendant qu'elle n'était pas dans le coin. Elle gloussa de nouveau en imaginant la scène, car ce n'était tellement pas le genre de Richard.

Toutefois, elle était en train d'émettre un jugement personnel, et ce n'était pas juste non plus. Lorsqu'elle eut besoin d'une pause dans son pénible travail, elle s'arrêta, essuya la sueur de son front et s'affaissa. Peut-être était-ce suffisant pour aujourd'hui. Elle avait progressé de plus de trois mètres.

Ça paraissait peu, et, dans un jardin bien entretenu, ça n'aurait en effet pas été beaucoup. Mais ici, où les plantes avaient besoin d'être taillées, les racines libérées et les herbes ainsi que la terre entière tout autour retournées, c'était carrément conséquent.

Elle devrait vraiment ajouter de la terre à cet endroit. Mais pas tant qu'elle n'aurait pas une idée de ce qu'elle gardait ou pas. Il y avait un petit espace sur le côté de sa demeure à dégager dans ce but, mais elle était consciente qu'elle ne pourrait pas approcher suffisamment un engin tel qu'un camion-benne pour livrer de gros sacs cubiques de terre, qu'elle pourrait ensuite acheminer avec la brouette. Cela représenterait alors une trop grosse charge de travail. À moins de disposer d'une grue qui pourrait lever tout ça au-dessus de la maison.

Elle s'illumina à cette idée puis se rendit compte que quelqu'un s'en chargerait probablement, mais que cela coûterait très cher. Elle retourna à la maison et décida de se concocter une limonade fraîche. Elle avait bu assez de café pour un moment. Elle n'avait pas consommé de limonade fraîche depuis longtemps, mais elle n'en avait jamais préparé elle-même.

— À quel point ce serait difficile ? demanda-t-elle à voix haute à Thaddeus.

Elle trancha des rondelles de citron frais, les mit dans le pichet qu'elle remplit d'eau froide et de glaçons. Puis elle prit le sucre et en inséra le quart d'une tasse. Elle mélangea et goûta. Ça avait encore un peu trop le goût d'eau. Secouant la tête, elle attrapa d'autres citrons, les pressa et donna à Thaddeus l'une des moitiés. Il s'employa à y donner des coups de bec.

Changeant d'idée au sujet de la friandise de l'oiseau, elle

le saisit de sous ses serres pendant qu'il ne regardait pas. Puis elle lui donna un morceau de céleri à la place.

— Pense vert, lui dit-elle. Le vert, c'est bon pour ta santé. Je n'ai aucune idée concernant le jaune.

Il lui lança un coup d'œil puis asséna un coup de bec au légume. Parfait. Elle réessaya la limonade.

— OK, maintenant, c'est super acide !

Elle ajouta plus de sucre, mais avec parcimonie. Elle n'en avait pas beaucoup et n'avait pas une bouche à sucre de toute façon. Enfin, elle ne le pensait pas. Mais chaque fois qu'elle descendait jusque chez Nan, elle s'arrangeait pour engloutir du pain à la courgette ou quelque chose d'aussi délicieux. Alors, peut-être que ses préférences gustatives évoluaient. Elle testa de nouveau sa limonade et se lécha les babines.

— Parfait ! s'exclama-t-elle.

Elle se servit un grand verre, plaça le pichet dans le frigo et retourna dehors, dans son jardin. Elle étudia les petits carrés où la bruyère fleurissait joliment et déclara :

— Tu sais quoi ? La bruyère est toujours belle à cette époque de l'année. Mais tu t'en occupes si peu qu'il est à l'abandon.

Le massif s'était étendu avec le temps. Elle avait cependant besoin d'en avoir dix fois plus, et elle se demanda si elle pouvait éventuellement en demander un peu à son voisin, car son jardin en était sérieusement peuplé. Le sien irait mieux si elle en prenait la moitié. Mais où la mettre ?

Elle déambula jusqu'au bord du terrain où se trouvait la crique et réfléchit à la façon dont la bruyère aiderait à retenir la terre lorsque la rivière sortirait de nouveau de son lit. De plus, un peu de végétation constituerait une chouette bordure le long du ruisseau, maintenant que la vieille clôture abîmée avait été retirée. Elle traversa sa parcelle, déplanta un peu de bruyère et la déplaça vers la crique. Puis, ne se donnant pas l'occasion d'y réfléchir davantage, elle saisit une pelle et marcha jusqu'au-devant de la maison de son voisin. Elle frappa à la porte. Enfin, elle recommença à trois reprises puisque les deux premières avaient été vaines.

La porte finit par s'ouvrir et Richard la fixa.

Elle lui adressa un grand rictus joyeux.

— Je me demandais si je pouvais vous prendre un peu de bruyère. Elle a vraiment besoin d'être taillée, et ça pourrait l'amincir un peu.

Ses sourcils atteignirent le haut de son front, puis il la dévisagea encore plus intensément.

— Pourquoi ? Pour que vous y trouviez d'autres trucs ?

La mâchoire de Doreen en tomba.

— Oh ! je n'avais jamais pensé à ça, lâcha-t-elle en se reculant de quelques pas pour observer le grand massif. Qu'est-ce qu'il pourrait y avoir d'autre ?

— Rien, répondit-il, avant de regarder le buisson à son tour et de hausser les épaules. Je suppose que vous pouvez en récupérer un peu. Mais je ne veux pas que ça ait l'air d'un pillage.

— Je ne serai pas en train de voler, si ? dit-elle gentiment. Vous m'avez donné l'autorisation. Par conséquent, je vais simplement en déplacer un peu.

Ses sourcils se rapprochèrent alors qu'il augmentait la puissance de son regard. Elle sourit et ajouta :

— Je ne sais pas si vous avez d'autres plantes dans votre jardin dont vous voudriez vous débarrasser, mais je pensais en mettre le long de la crique. Le jardin de Nan a souffert dès qu'elle n'a plus été capable de s'en occuper aussi bien qu'avant. Alors, j'essaie d'y apporter un peu plus de végétation pour le revitaliser.

Il regarda sa bruyère puis désigna l'endroit où elle se courbait en un grand massif sur le devant.

Rien qu'avec la couleur, Doreen pouvait remarquer qu'il s'agissait d'une variété totalement distincte.

— Pourquoi ne pas prélever un peu de celle-là ? Elle est d'une nuance différente, ce qui n'est pas très bien assorti.

Elle hocha la tête.

— Cela vous laisserait quelque chose de plus uniforme.

Elle marcha au milieu de son parterre caillouteux, se pencha là où se trouvait la bruyère à la couleur étrange et déclara :

— Si vous ne voulez pas de celle-là, je peux probablement en déterrer une bonne partie, et ainsi les deux derrière pourront grandir ensemble. Je peux même sans doute les décaler un peu. Ou déplacer légèrement votre couverture rocheuse pour cacher le trou.

Il opina du chef.

— Arrangez-vous seulement pour ne pas donner l'impression que vous avez pris un gros morceau en plein milieu.

— Je peux faire ça.

Avant qu'elle ait pu finir sa phrase, il était de retour dans sa maison. Elle dérangea doucement les cailloux. Et avec grande difficulté, elle tenta de comprendre où la bruyère commençait et où elle s'arrêtait. En tout cas pour ce qui concernait cette histoire de couleur unique. Une fois les pieds séparés, elle plaça délicatement sa pelle en dessous et en dégagea une partie. Quand elle eut terminé, elle disposait d'un massif de presque un mètre de long.

Richard n'apprécierait pas particulièrement, car cela lui laisserait un gros trou. Elle retourna à sa maison, prit une brouette, revint puis souleva la bruyère déracinée jusqu'à celle-ci. Après ça, elle libéra délicatement et déplaça les autres végétaux de quelques centimètres, un par un.

Maintenant que tout était replanté et les fleurs joliment arrangées, l'excavation était en grande partie masquée. Elle empila de nouveau les pierres et attrapa le tuyau pour les rincer, simplement pour ne pas donner l'impression que quelqu'un était venu ici. Comme elle l'enroulait après avoir fini, elle aperçut Richard à proximité, les mains sur les hanches, qui étudiait son travail.

— Désolée, dit-elle. Je ne savais pas si je devais vous demander la permission pour le tuyau, mais j'essayais simplement de nettoyer ce que j'avais sali en creusant et transplantant les plantes.

— Ça me paraît bien, affirma-t-il à contrecœur.

Ravie, elle lui sourit.

— Les fleurs étaient plutôt nombreuses, alors elles se porteront mieux maintenant.

— Je croyais que la bruyère aimait être bien entourée.

— En effet, confirma-t-elle avec entrain. Si elle a de l'espace pour s'épanouir. Mais tous luttent contre les rhododendrons ici, donc pour les nutriments. Avec le surplomb du toit, elles n'ont pas assez d'eau de pluie non plus.

— Je me suis renseigné pour installer une irrigation souterraine, mais bon…

Il haussa les épaules. Doreen le comprenait. Que ce soit le temps, l'argent ou l'énergie, tout le monde avait une bonne raison de ne rien entreprendre.

— Ça m'a l'air bien ainsi, déclara-t-elle. La bruyère ne fleurira plus dans peu de temps, alors c'est agréable de l'apprécier pendant qu'elle affiche autant de couleurs.

Il hocha la tête, et elle lui sourit avant de prendre sa

brouette et de retourner lentement dans son terrain. Elle aurait aimé savoir ce que Richard avait d'autre dans le sien. Peut-être pourrait-elle réclamer un peu plus de plantes. Elle avait presque envie de rire à ses astuces très économiques, mais les jardiniers restaient des jardiniers. Bien qu'elle ait réussi à parler à certains d'entre eux lorsqu'elle était mariée, il était inutile de discuter de ce sujet avec la plupart des femmes de la société, car elles ne s'occupaient pas de leur jardin.

Tandis qu'ici, elle espérait rencontrer des amoureux de la flore et peut-être faire du troc. Elle possédait plusieurs hémérocalles, mais elles étaient basiques, et elle savait que certaines d'entre elles pouvaient être énormes et composées de jolies couleurs. Même constat avec les dahlias. Elle adorerait avoir des dahlias dinnerplate comme ceux qu'elle avait croisés pendant ses promenades, car ils étaient magnifiques. Et ceux de Penny étaient probablement jolis. Si Doreen pouvait en obtenir un ou deux pieds, ce serait intéressant aussi. Mais elle était consciente qu'elle était *persona non grata* depuis que Penny était en prison, alors peu importait qu'elle le demande gentiment. Elle n'obtiendrait rien.

Elle se demanda si elle devait rechercher des groupes d'échange de plantes, soit dans le journal local, soit en ligne. Et elle devait réfléchir à ce qu'elle était en mesure de troquer. Une bonne partie du jardin de Nan était surchargé, mais certaines sections étaient sérieusement en peine.

Elle se rendit au bord de la crique et y planta la bruyère le long du coin gauche de la clôture. Cela donnerait une bordure très colorée à la rive. Une fois cela fait, elle déchargea le reste de la terre tout autour, la tassa, marcha jusqu'à la rivière avec sa pelle et prit un peu d'eau fraîche pour la verser tout autour du massif nouvellement planté. Elle répéta son geste plusieurs fois jusqu'à ce que la plante soit correctement arrosée. Elle finit par se tenir là et admirer son travail.

— Je sais que tu vas galérer quelque temps, murmura-t-elle à la bruyère, mais ça va aller. Tu iras mieux bientôt.

Puis elle poussa la brouette jusqu'au garage. Quand elle en sortit par la porte latérale, elle vit un véhicule s'avancer. C'était Mack, venu pour préparer le dîner. Dès qu'il sortit, Mugs piétina presque Goliath pour le rejoindre. Le chat miaula de colère et partit dans la direction opposée. Doreen rit. Peut-être avait-ce été le plan de Mugs depuis le tout début.

Elle regarda autour d'elle et constata que Thaddeus avait marché avec elle dans le garage et était à présent à ses pieds, les yeux levés vers Mack. Bien que son oiseau soit de bonne taille, il demeurait quand même proche du sol, et elle craignait toujours qu'il soit piétiné. C'était une chose que le chien fasse faire des sauts périlleux à Goliath, et ça en était une tout autre pour ce pauvre Thaddeus. Elle le prit et le posa sur son épaule.

Il devint tout excité, froissant ses plumes et criant : « Mack est là ! Mack est là ! »

Mack le regarda et lui dit :

— On dirait que Thaddeus est là. Thaddeus est là !

Le perroquet ouvrit son bec et lui fit écho : « Thaddeus est là ! Thaddeus est là ! »

Doreen secoua la tête.

— S'il vous plaît, ne l'encouragez pas.

Mack rit, étreignit et caressa Mugs.

— Il est super, lança-t-il, se levant lentement pour caresser de sa main la tête de Thaddeus. (Puis il regarda autour de lui et s'enquit :) Qu'est-il arrivé à Goliath ?

— Mugs est arrivé. Il l'a envoyé dans une série de vols

planés, et Goliath s'en est allé, offensé. (Doreen observa autour d'elle et cria :) Goliath ? Viens ici, mon pote !

Mais il n'y eut aucune réponse. Elle jeta un coup d'œil vers la maison de Richard et trouva le chat assis bien au milieu de la bruyère. Heureusement, à un endroit différent de celui qu'elle avait dérangé aujourd'hui. Elle grimaça.

— Goliath, viens ici, mon grand. Va-t'en de là !

— Je suppose que ce voisin n'est pas particulièrement amical ?

— Il m'a surprise aujourd'hui, raconta Doreen. Je lui ai demandé si je pouvais avoir un peu de bruyère de son jardin pour le mien, à l'arrière. Il m'a laissée prendre cette énorme partie avec une drôle de couleur. Il n'aimait pas cette nuance en fin de compte. Il voulait des bruyères de teinte uniforme, alors il m'a permis de prélever celle-là. Mais pour cela, j'ai dû bouger et changer de place la plupart des autres plantes du parterre. Ainsi, ça occupe tout l'espace nouvellement dégagé. Ça a l'air assez joli maintenant, mais Goliath est assis à gauche de l'endroit que j'ai modifié.

Après avoir expliqué ça, elle marcha au bord de l'allée et l'appela, mais Goliath ne voulait rien avoir à faire avec elle. À la place, il s'étira de toute sa longueur sur le tapis de fleurs violettes.

— Non, non, non ! hurla-t-elle.

Elle descendit le chemin en courant et l'atteignit pour l'attraper. Juste avant qu'elle n'y arrive, il fonça vers Mack.

Mais cela suffit à Doreen pour découvrir ce qu'il avait dérangé. Elle fronça les sourcils. Elle avait travaillé dans ce parterre de fleurs plus tôt pendant au moins une demi-heure, mais pas dans cette zone. Dans ce gros et solide massif sur lequel Goliath s'était affalé se trouvait un autre objet brillant. Elle sépara délicatement les bruyères et trouva un anneau.

Elle l'attrapa une fois de plus avec une petite branche et le leva, puis l'apporta ensuite à Mack. Elle le lui tendit et dit :

— Vous pouvez blâmer Goliath pour celui-là, pas moi.

Il le regarda, les sourcils levés, et déclara :

— C'est une bague plutôt chouette, mais elle n'a pas l'air d'avoir de la valeur.

Elle hocha la tête.

— Et c'était seulement à quelques centimètres de là où se trouvaient les menottes.

Il la dévisagea, et elle haussa les épaules.

C'était alors que la porte du voisin s'ouvrit derrière eux et que Richard sortit.

— Et maintenant, qu'avez-vous trouvé ? vociféra-t-il.

Doreen lui adressa son sourire le plus doux.

— Un anneau. J'ai pensé qu'il devait aller avec les menottes.

Son visage devint rouge comme une tomate, et il rentra en claquant la porte.

Elle s'esclaffa.

— Il a peur que je croie que les menottes lui appartiennent. Que j'imagine qu'il aurait pu inviter une personne pour lui tenir compagnie.

Mack la regarda de tout son sérieux.

— Mais on ignore si ce n'est pas le cas, si ?

Elle secoua la tête.

— Non, on n'en sait rien du tout. Mais aucune fille ne les aurait probablement apportées, si elles provenaient du poste de police. Alors, vous voulez la bague ou je la rends au voisin ?

— Laissez-moi utiliser un sac, répondit Mack, la voix lourde de fatigue.

— Je suis désolée. Je suppose que j'ai ajouté pas mal de

travail à votre liste de tâches, hein ?

— En effet, admit-il. Mais également un énorme sens du devoir accompli, donc je m'en moque. Chacun de nous s'en fiche.

— Je suis allée regarder les chiens renifleurs chez Steve, mais je n'ai pas été autorisée à accéder à la propriété, se plaignit-elle.

— On m'a informé que vous étiez là-bas. Rien n'était permis pour ne pas distraire les chiens. Je n'avais pas songé à ça lorsque vous avez demandé.

— Oh ! moi non plus.

— Non, je suis sûr que non. Le problème, c'est que les chiens ont trouvé quelque chose, plusieurs éléments même. Mais on doit creuser très précautionneusement.

— Je suis désolée, souffla-t-elle calmement. J'ai vu les marques sur la pelouse.

Il opina du chef.

— Ça ne veut pas nécessairement dire que ce sont des cadavres. Pas de conclusions hâtives dans ce cas.

— Quand pouvez-vous aller là-bas et fouiller ?

— Ils s'y attellent en ce moment. Si on localise réellement des restes humains, alors, évidemment, on devra enquêter plus profondément et sérieusement.

Doreen hocha la tête.

— Pourtant, si ce sont des corps, ce serait vraiment bien de savoir que ces gens ont été retrouvés et récupérés.

— Nous n'en sommes pas encore là, opposa-t-il avant de lui proposer un café.

— Bien sûr. Ou vous pouvez avoir de la limonade.

À cela, il la regarda et lui demanda :

— Vous avez préparé de la limonade ?

Chapitre 7

Samedi après-midi...

DOREEN REPONDIT AU choc de Mack par un reniflement et se redressa de toute sa hauteur, s'enveloppant de son manteau de dédain et lui lâcha :

— Ce n'est pas difficile à faire. Ce ne sont que des citrons et de l'eau sucrée.

Ses lèvres tressaillirent, mais il répondit docilement :

— J'adorerais goûter un verre de limonade.

Alors, elle sortit le pichet du frigo et le servit. Puis elle patienta, haïssant l'éventualité que ce soit détestable pour les papilles de Mack.

Mais il parut abasourdi.

— C'est bon !

— N'ayez pas l'air si étonné, dit-elle sèchement.

Il rit.

— Agréablement surpris. Vous vous améliorez.

— Je n'ai rien cuisiné. Je vous laisse ce rôle.

— Ce qui explique pourquoi nous mangerons des spaghettis ce soir, annonça-t-il, mais vous allez les préparer, pas moi.

Elle remit la limonade dans le frigo.

— De quoi ai-je besoin pour commencer ?

Il se tint à ses côtés et énuméra :

— Sortez la viande hachée, le céleri et les oignons. L'ail est déjà sur le comptoir. On aura besoin de tomates fraîches aussi. Il vous reste encore du vin rouge ?

Elle fit non de la tête.

— Je ne crois pas. Ce serait du vinaigre si c'était le cas.

— Bien vu.

Il attrapa la grande casserole et, suivant ses instructions, elle apprit à faire revenir le bœuf haché, à ajouter les oignons, le céleri et toutes les épices. Puis elle finit par émincer les tomates fraîches.

Il saisit deux cuillères, en donna une à Doreen, et il plongea la sienne dans la sauce.

— Hmm !

Elle hésita puis la goûta à son tour.

— C'est bon ! s'exclama-t-elle.

— Évidemment ! Maintenant, on va laisser ça mijoter.

Elle renifla le dessus de la casserole et lança :

— Ouah… J'espère vraiment pouvoir me souvenir de ça.

Alors, il pointa du doigt son téléphone. Elle le regarda et dit avec un large sourire :

— Vous avez filmé, n'est-ce pas ?

Il rit.

— Oui, et je peux vous envoyer la vidéo. Vous pourrez la visionner la prochaine fois que vous préparerez de la sauce.

— Je pourrais cuisiner plusieurs tournées et tout congeler, ainsi j'aurais à manger pour des semaines.

— Il n'y a aucune raison de s'en priver, sauf que vous n'avez pas beaucoup de place dans votre congélateur.

Elle considéra de nouveau la casserole et soupira légèrement.

— Vous avez raison. Et je ne peux certainement pas me permettre de manger ça chaque fois…

— C'est un repas très bon marché, énonça-t-il le plus sérieusement du monde. Vous pourrez y consentir au moins une fois par semaine, si ce n'est deux.

À cet instant, son estomac grogna. Il la dévisagea. Elle leva les mains, comme sans défense, et se justifia :

— J'ai déjeuné plus tôt, mais depuis j'ai pratiqué plusieurs heures de jardinage.

Elle dirigea un geste vers l'extérieur afin de lui montrer à quel point elle avait avancé. Il contempla le résultat avec étonnement.

— Ça commence à être très joli !

— Je suis loin d'avoir terminé cependant. J'essaie encore de rendre cohérent ce qu'il y a dans ce terrain. Une fois que j'aurai achevé ce côté, je m'attaquerai à l'autre. Et si je désire changer complètement la disposition, je dois mettre ça sur papier.

— Quel genre de modifications ?

Elle désigna la petite terrasse et expliqua :

— J'espérais étendre cette terrasse jusqu'au bout, ainsi elle mesurerait environ quatre mètres. Ce serait agréable de disposer d'un petit barbecue et d'un endroit où s'asseoir à une plus grande table pour le repas, pas une simple petite table de bistrot.

Il hocha la tête et affirma :

— Ce ne serait pas compliqué. Surtout si vous gardez la hauteur d'un mètre. Vous n'auriez pas besoin de permis.

À ce dernier mot, son estomac se tordit.

— Un permis ? Ça paraît cher.

— Ça peut l'être, mais ça dépend aussi de la distance à laquelle la maison se trouve des autres riverains.

Le cœur de Doreen se tordit encore plus.

— Ce qui veut dire ?

— Que vous ne pourriez pas bâtir n'importe quoi trop proche de la crique sans un permis. Je crois que la règle s'établit à quinze mètres… ou peut-être cinq. (Il fronça les sourcils.) Je vérifierai.

Il descendit vers la crique jusqu'à la limite de la propriété, fit des enjambées pour mesurer, puis après un demi-tour stoppa à environ six mètres de la maison.

— Vous savez quoi ? Je crois que vous pourriez étendre votre terrasse au moins jusqu'ici.

Elle considéra le large espace avec surprise.

— Vraiment ! Et il n'y a pas de raison de s'en priver si vous souhaitez quelque chose d'aussi grand. Même si vous n'avez pas besoin d'autant. Surtout qu'il n'y a pas de fenêtre au sous-sol qui serait condamnée, alors on pourrait réaliser une terrasse solide avec un bel escalier qui descendrait sur le côté. Vous pourriez avoir un patio en bas aussi.

Elle évalua à quelle distance il se trouvait. C'était presque à l'endroit où elle avait interrompu son désherbage.

— On n'a pas à l'agrandir jusqu'à la clôture non plus, argua-t-elle en étudiant celle de Richard.

— Non, vous avez besoin d'un dégagement de deux mètres sans avoir à demander de dérogation, et ce n'est pas vraiment nécessaire. On pourrait installer des escaliers sur ce bord-ci également, ainsi vous pourriez planter des fleurs, si vous le voulez. En fait, ça empiéterait sur une bonne partie du jardin dont vous n'auriez alors plus à vous soucier. (Il se retourna, regarda et ajouta :) D'ici à ce que vous ameniez de la terre par ici et que vous vous occupiez de cette zone, vous pourriez obtenir une belle pelouse des deux côtés ainsi qu'une grande terrasse.

— J'adorerais avoir une grande terrasse ! s'exclama-t-elle chaleureusement. Quelque chose avec de chouettes mobiliers d'extérieur, un bar, des chaises et une table.

— Si c'est ce dont vous avez envie, peut-être que six mètres ne seront pas de trop. C'est considérable cependant, et vous devez prendre en compte que plus c'est étendu, plus ça coûtera cher.

Elle grimaça.

— C'est la main-d'œuvre, surtout. (Elle s'interrompit puis reprit, hésitante :) Je me demandais si c'était quelque chose dont je pourrais m'occuper.

Il la regarda avec surprise.

— Ce n'est pas si dur, dit-il avec précaution, mais vous devez mettre à niveau et installer des blocs pour votre patio. Vous savez, des blocs d'ancrage ? Vous devrez y sceller toutes les poutres et ça, ce n'est pas compliqué, mais ça va engendrer du boulot puisque c'est lourd. Je préfèrerais que vous n'ayez pas à lever du bois.

— Oh… Et si je ne peux pas m'occuper de ça, je ne pourrai pas porter ces blocs non plus ?

— Les blocs, ça va. C'est le bois, et ça dépendra si on fait ça quatre par quatre tout du long, d'un bout à l'autre. Je crois que la plus grande longueur avec laquelle on peut s'en tirer est quatre mètres, sans payer la livraison, mais ça ne signifie pas qu'on ne peut pas envisager le double.

— D'accord, acquiesça Doreen comme si elle avait compris. Je regarderai ça. Mais j'aime vraiment l'idée d'avoir une grande terrasse.

— Je vois ça. Vous passez pas mal de temps ici, alors pourquoi pas ? Ce n'est pas comme si vous pouviez posséder une piscine à cause de la crique, mais vous pouvez tout à fait avoir un patio et une agréable terrasse, et même une cuisine d'été, selon la somme que vous voulez y investir.

La mâchoire de Doreen tomba.

— Une cuisine d'été ?

Il hocha la tête, enthousiaste.

— Barbecue, plans de travail, évier. Elles sont vraiment sympas !

Elle opina du chef lentement.

— Avez-vous pris en compte le fait que j'ai déjà une cuisine dont je ne sais même pas me servir, alors une seconde que je ne saurais utiliser, n'est-ce pas un peu redondant ?

Il tourna les talons pour la dévisager puis éclata de rire. Elle le fixa.

— Je ne suis vraiment pas contente que vous veniez ici pour prendre votre dose quotidienne d'humour. Je veux dire, je me doute que vous vous ennuyez pas mal sur internet désormais.

Au fond d'elle, elle était cependant ravie, car elle avait délibérément sorti une blague. Et il l'avait interprétée telle quelle.

— Oh, vous vous en sortez bien ! la taquina-t-il en posant son bras sur ses épaules et en l'attirant près de son torse pour lui offrir une étreinte. De plus, vous êtes en train d'apprendre à cuisiner. C'est vous qui avez préparé la sauce spaghetti aujourd'hui.

Elle y pensa, et un sourire ravi se glissa sur ses lèvres.

— Vous avez raison sur ce point. Mais un barbecue paraît plus dangereux que le diable électrique que j'ai là-dedans.

Il continua à glousser tout en secouant la tête et répondit :

— Certaines personnes affirmeraient que c'est au contraire plus facile. J'adore m'occuper du barbecue.

— Ah oui ?

— Oui. Je sais que vous avez probablement de la maintenance à réaliser dans votre maison, mais quand vous obtiendrez l'argent de la vente des antiquités, vous devriez réfléchir à amener le gaz naturel et à installer une cuisinière ou un barbecue ici, dehors. C'est assez facile d'ajouter quelques plans de travail de chaque côté et un abri au-dessus de nos têtes. Vous n'avez pas besoin que ce soit trop sophistiqué, mais je crois que la salle de bains du bas est pile de ce côté, alors ça ne représenterait pas grand-chose d'ajouter un évier là. Vous devrez simplement rediriger les eaux usées vers les égouts.

Elle hocha encore la tête comme si elle comprenait de quoi il parlait. En théorie, oui, et plus elle était embarquée dans l'excitation de Mack, plus elle pouvait visualiser la terrasse et son potentiel.

— À quel point est-ce difficile à concrétiser ? demanda-t-elle.

Il se gela sur place et grimaça.

— Ce n'est pas *difficile*, corrigea-t-il lentement.

Elle le regarda fixement.

— Mais on en revient au même problème, celui où je pourrais être dans l'incapacité de soulever les sacs de ciment.

Il y réfléchit et répondit :

— Honnêtement, vous en seriez probablement capable, et vous pourriez même réaliser le mélange vous-même, mais vous ne seriez pas en mesure de vous occuper de plusieurs tâches en même temps, et le béton est assez difficile à travailler. Il existe toutefois des moules que vous pouvez acheter ou peut-être même emprunter. Vous pourriez en remplir un à la fois si c'est votre vitesse de croisière. Vous pourriez même avoir quelque chose comme des dalles qui descendraient tout du long jusqu'à la crique en traversant le jardin, selon ce qui vous fait envie.

Elle opina du chef.

— Ce serait bien moins onéreux de m'en occuper moi-même. Vous savez combien ça coûterait de payer quelqu'un ?

— Beaucoup, admit-il. Mais premièrement, il vous faut un plan, et ne voyez pas trop petit seulement parce que vous croyez que vous n'arriverez pas à tout gérer toute seule. Je pourrais venir et vous aider pour les postes les plus physiques.

Puis il marqua une pause et se déplaça, étudiant l'espace en question.

— On peut aussi faire venir une bétonnière, si on réalise tous les travaux de fondation et si le cadre de la terrasse est déjà prêt. Ça donnerait un patio et un petit chemin assez propres et lisses. Ça n'aurait pas la même allure cependant, et on devrait payer le camion. Mais alors, il pourrait verser depuis votre allée de garage, ici. (Il désigna avec ses bras le côté du garage.) Vous savez quoi ? Vous pourriez faire couler une chaussée tout du long en partant de l'avant de votre garage, et vous n'auriez pas toute cette saleté à gérer ici.

Doreen vit que *cette saleté* était composée à moitié de gravier et de mauvaises herbes, où la nature reprenait ses droits.

— Potentiellement, continua Mack, on peut aussi en verser un peu jusqu'à la crique. Vous pouvez réparer les chemins dans les zones d'eau. Vous ne pouvez pas en ajouter sans un permis cependant.

— Donc… même si un sentier en mauvais état se trouve là, je ne peux pas en créer un autre ?

— Exactement. Vous ne pouvez rien ajouter de nouveau à une zone riveraine, mais vous avez le droit de remettre en état ce qui existe déjà.

Elle descendit de quelques mètres, étudia les zones détériorées, puis dit :

— Alors, ce que je devrais faire, c'est m'asseoir avec une feuille de papier, dessiner quelque chose qui inclut une grande terrasse, un patio et des chemins, puis nettoyer cette saleté, car on ne pourra rien verser par-dessus. Je ne suis pas certaine de savoir comment on forme des allées circulaires.

— Ce ne sont pas tant les cercles que les courbes, corrigea-t-il, l'air absent. Mais vous pourriez avoir un parcours qui serpente ou qui traverse les jardins pour revenir au centre, ou simplement un sympathique sentier qui part d'ici même jusqu'à la crique. C'est là où vous marchez le plus de toute façon, non ?

Elle confirma d'un signe de tête et répondit :

— Et donc seulement conserver les parterres sur les côtés, tels quels. Et disposer d'une agréable zone herbeuse de part et d'autre de l'allée. Ce serait joli et élégant.

— Ce serait très simple. Ajoutez le patio ici et la terrasse là-haut, et je crois que vous obtiendrez un très chouette espace.

— Et que pensez-vous d'un patio en bas, tout au bout de la zone riveraine près de la crique ?

— S'il y a déjà quelque chose là-bas, on pourra y couler du béton. Autrement, vous vous contenterez de poser ces blocs pour patio sur le gravier. Ce n'est pas un problème.

— Ça me paraît bien, acquiesça-t-elle en hochant la tête. Je vais y réfléchir. (Elle rebroussa chemin et observa la terrasse.) Une idée de ce que pourrait coûter l'extension de la terrasse ?

— Eh bien, si vous le faites vous-même…

— Et que diriez-vous que je le fasse *moi-même*, reformula-t-elle en insistant, mais éventuellement avec votre aide ? J'ignore si vous pourriez trouver quelqu'un d'autre pour nous assister pendant un jour ou deux. C'est une chose de payer pour une journée de labeur et une autre de faire venir quelqu'un qui part de rien. Le truc, c'est que j'ignore par où commencer.

— J'en ai construit deux, des simples, révéla Mack. Et c'est plutôt facile, car on est déjà au niveau du sol, donc on sort de la terrasse et on y est. On n'a pas à s'inquiéter d'autre chose que de mettre une balustrade, sauf si vous souhaitez des escaliers tout du long sur lesquels vous pourrez vous asseoir.

Elle adorait cette perspective.

— Mais ça gonflera la note, non ?

— Les balustrades ne sont pas données, alors ce sera équivalent.

Elle sourit.

— Vous savez quoi ? J'aime vraiment cette idée.

Elle bondit sur la petite terrasse et s'y sentit déjà claustrophobe. Elle retourna à l'intérieur, et il la suivit. Elle remarqua la bague dans le sac plastique, sur la table. Elle la prit.

— Vous devriez mettre ça dans votre poche afin de ne pas le perdre, suggéra-t-elle à Mack.

Il lui attrapa des mains, et l'expression de son visage se modifia tandis qu'il étudiait l'anneau.

— S'agit-il d'un vrai ? s'enquit Doreen.

Il essaya de le tenir en pleine lumière, mais il était très sale. Il ressemblait à un solitaire en diamant, et il était plutôt de bonne taille, mais presque trop parfait.

— Je crois que c'est un faux, annonça-t-elle.

— Je m'interroge… indiqua Mack. Il aurait besoin d'un bon nettoyage.

— Il a souvent été lavé. Quand vous y réfléchissez, ce

jardin a été arrosé à d'innombrables reprises.

Il opina du chef et se rendit à l'évier pour mettre un peu d'eau sur la bague à l'intérieur du sac, suffisamment pour la rincer. Et ensuite, il referma le sachet.

— Je ne suis pas sûr qu'il s'agisse d'un bijou fantaisie.

Doreen secoua la tête.

— Je crois que si. Mais de bonne qualité. Comme celui que porterait quelqu'un tout en conservant le vrai dans un coffre. Assez bien imité pour ne pas avoir l'air faux. Je dirais au moins un carat.

Il n'était pas d'un design trop contemporain, et comportait de simples extrémités surélevées et un unique diamant perché sur le dessus.

— Il a l'allure d'une bague de fiançailles traditionnelle. Mais plus je l'observe, plus je constate combien il est faux.

Mack la dévisagea, et elle poursuivit :

— Cherchez une inscription. Elles sont généralement gravées.

Cela prit un peu de temps pour avoir la bonne lumière, car l'anneau lui-même était très fin.

— Quel était le nom de la femme ? demanda Doreen, tentant de regarder avec Mack. On voit un M.

— Si c'est celle que j'imagine, dit-il, son nom était Meredith.

Chapitre 8

Samedi, fin d'après-midi…

— ON DIRAIT que vous avez là quelque chose qui pourrait rouvrir pleinement le dossier de Meredith, lança Doreen d'une voix aussi calme que celle de Mack. Je ne vois pas comment il aurait pu glisser de son doigt.

— Eh bien, il n'est plus dessus, sauf si vous avez trouvé un doigt quelque part là-bas ? questionna Mack, d'un ton plus grave.

Elle secoua la tête.

— Non, mais je le répète, je ne cherchais rien. Le reflet du métal à la lumière du soleil a attiré mon regard. Et souvenez-vous : c'est Goliath qui nous l'a montré, celui-ci.

Il opina du chef.

— Je devrais y retourner et jeter un sérieux coup d'œil.

— Vous devriez, oui. Maintenant, nous disposons de menottes *et* d'une bague.

— Je sais. Je n'aime pas ça du tout.

— Non, mais ça fait de la propriété de mon voisin une scène très intéressante désormais.

— Pas tant que ça. Ces objets sont probablement là depuis longtemps. (Il regarda vers la maison de Richard et fronça les sourcils.) Vous savez depuis quand il vit ici ?

Elle secoua la tête, mais sortit son téléphone et déclara :

— Nan le saura.

Il la considéra.

— Je peux aussi vérifier les registres fonciers.

Doreen haussa les épaules, car elle avait déjà composé le numéro de Nan. Dès que la voix à l'autre bout du fil se fit joyeusement entendre, Doreen lâcha :

— Bonjour, Nan ! Est-ce que tu sais depuis quand Richard habite dans cette maison ?

Sa grand-mère, comme si elle comprenait qu'il ne s'agissait pas d'une plaisanterie, mais d'une question bien sérieuse, répondit pensivement :

— Tu sais quoi, je dirais au moins dix ans.

— Pas plus que ça ?

— Je l'ignore. Ça fait un moment maintenant, argua Nan d'une voix confuse, comme si elle avait conscience que cela ne représentait pas suffisamment de certitude.

— D'accord, très bien. Je peux trouver en effectuant une recherche sur internet.

— Est-ce important ?

— Pas tant que ça, éluda Doreen chaleureusement. Je peux obtenir l'info de mon côté.

— D'accord, dans ce cas. Est-ce que ça va ?

— Je vais bien. J'ai jardiné, et je suis sur le point de m'asseoir et de manger des spaghettis.

— Oh, charmant ! Est-ce que Mack est avec toi ? s'enquit Nan sur un ton exagéré.

— Oui, confirma Doreen en gloussant. J'ai fait la sauce sous sa supervision.

Mack parla d'une voix plus forte qu'elle, affirmant :

— Elle s'en est bien tirée !

Nan parut ravie en entendant la voix de Mack.

— Oh ! Je suis si contente, ma chérie, si contente qu'il te donne des leçons de cuisine.

— On a discuté d'un éventuel projet d'installation d'une terrasse, dehors.

— Quelque chose est arrivé à l'actuelle ? s'inquiéta Nan, perplexe.

— Non, non, la rassura Doreen. Elle est toujours là, mais on pensait en construire une plus grande, où je pourrais mettre des canapés ou des chaises et un parasol pour s'installer au soleil. Et peut-être un barbecue, tu vois.

— Oh, ce serait charmant ! Sers-toi dans l'argent que tu gagnes, et fais-en bon usage !

— C'était le plan, acquiesça Doreen. Mais ce ne sera pas avant un moment, le temps que tout l'argent des enchères soit restitué et que j'aie le chèque en main. Ça dépendra du résultat de mes recherches sur la façon de construire une terrasse la plus économique possible.

— Tu as vendu les pièces détachées de voitures, rappela Nan. Si tu utilises cet argent et l'échanges contre une plus grande terrasse, ce sera un compromis parfait.

— Oh… Je n'y avais même pas pensé, mais ça serait envisageable. Tout sera en lien avec ma situation financière. Je n'ai aucune idée des taxes locales, et elles arrivent dans quelques mois.

— Dans moins de temps que ça, corrigea Nan. Tu devrais déjà avoir les papiers. Je crois qu'il est question d'environ 500 dollars.

— Vraiment ? Ce n'est pas si énorme, alors. Je m'attendais plutôt à cinq mille.

— Oh, peut-être… Honnêtement, j'ai oublié, éluda Nan avant de raccrocher.

— Ce n'est pas rassurant, lança Doreen en se tournant vers Mack. Entre cinq cents et cinq mille, il y a une sacrée différence !

— Mais pour Nan, il n'y a qu'un zéro en plus, dit Mack en riant. Et vous pouvez trouver votre taxe d'habitation facilement. Il y a le site du gouvernement pour ça. Vous y indiquez seulement votre numéro de dossier pour cet endroit, et c'est bon.

— Et je trouve ça où ?

— Bonne question… Dans la paperasse des précédentes années.

— Oh, super ! Je suppose que la taxation a été interrompue à cause du changement de propriétaire ?

— Ce serait logique. Mais tout ira bien, vous trouverez. Et ça ne devrait pas représenter tant que ça. Mes taxes ne sont pas si élevées ni celles de ma mère.

— *Si élevées* ?

— Peut-être six ou sept cents dollars. Commencez par savoir ce que vous désirez pour votre terrasse. Ensuite, nous pourrons étudier combien ça coûtera d'obtenir les matériaux et de nous en occuper nous-mêmes, car c'est à peine au-dessus du sol. Je ne pense pas que ce sera trop cher, peut-être seulement 2 000 dollars.

Elle eut du mal à avaler sa salive, mais fit courageusement un signe de tête.

— *Seulement deux mille.* Donc, en théorie, si je peux payer les taxes et les autres factures à venir à l'aide de la monnaie de Nan contenue dans le saladier ainsi qu'à mes boulots de jardinage, je pourrai tout de même investir une partie de l'argent gagné avec les pièces détachées dans la terrasse.

Sur ces propos, elle regarda dehors et comprit à quel

point elle souhaitait cette terrasse. Mack opina du chef.

— Pour celle déjà existante, tout ce que vous aurez à réaliser, c'est de refaire les panneaux. Ils ont l'air plutôt anciens, alors vous devriez les retirer, et on pourrait en installer de nouveaux. Il vous faut des supports pour le petit toit, là, mais vous pouvez ôter la balustrade si vous voulez que les deux aillent ensemble.

Elle adorait cette idée également.

— Eh bien, je suppose que la première chose à considérer, c'est savoir combien de parpaings nous aurons besoin, ainsi que les ancres pour installer les grandes poutres. Il faudra que je lance quelques recherches.

— Faites donc ça. (Puis il retourna à la cuisinière et déclara :) Il est temps pour vous de mélanger la sauce.

Elle souleva le couvercle, mais il la poussa en arrière et la mit en garde contre la vapeur. Une fois celle-ci dissipée, Doreen touilla la sauce spaghetti, et ses arômes emplirent la pièce. Mack, cependant, la regardait d'un air critique et dit :

— Elle est un peu épaisse.

— Ah oui ? demanda Doreen, inquiète. On fait quoi dans ce cas-là ?

— Eh bien, de l'eau entraînerait une perte de goût. Avez-vous d'autres tomates ? En soupe, écrasées, en sauce… n'importe quoi qu'on puisse utiliser pour la booster un peu ?

Elle l'entraîna vers le garde-manger et annonça :

— Voilà tout ce que j'ai.

— OK… Je m'en souviens après mon nettoyage de la semaine dernière. Vous n'avez vraiment pas grand-chose, hein ?

Elle fit non de la tête. Il hocha la sienne, alla au frigo et en sortit cinq tomates fraîches. Il les coupa et les incorpora.

— Je suppose que ça ne va pas changer grand-chose, si ?

questionna Doreen.

— De simples tomates peuvent empirer la consistance, corrigea-t-il. On peut utiliser de la soupe à la tomate pour casser un peu ça, si on veut. On peut aussi se servir d'un peu de crème.

Il ouvrit alors le frigo, trouva la crème et en mit une bonne cuillerée. Elle observa, abasourdie, cet ingrédient éclaircir la sauce.

— Les tomates ne vont pas la rendre plus acide ?

— Vous pouvez aussi ajouter du sucre, mais je n'en suis pas particulièrement fan, car on peut rapidement ruiner une bonne sauce.

— Je n'aime pas le sucre de toute façon, lâcha Doreen.

— Sauf quand il vient sous la forme d'un cake aux courgettes ?

— Exactement ! répondit-elle en riant.

Chapitre 9

Samedi, fin d'après-midi...

— J'Y PENSAIS justement ce matin, quand je préparais la limonade, relata Doreen. Car chaque fois que je vais voir Nan, elle a soit du cake aux courgettes, soit des muffins, soit autre chose de délicieux que je peux emporter chez moi.

— C'est une bonne chose. Elle s'occupe de vous.

— Bien sûr. Mais ne devrais-je pas, moi, m'occuper d'elle ?

Mack hocha la tête.

— Et vous le faites ! Vous devez vous souvenir que son état de santé mental est le plus important. Elle a de la nourriture. Un toit au-dessus de sa tête. De l'argent à dépenser. Mais ce qu'elle a vraiment maintenant, c'est une petite-fille qui l'adore. Alors, demeurez présente pour elle, et elle continuera à se soucier de vous.

— Ça me plaît bien, admit calmement Doreen.

Juste à ce moment, Mack ouvrit un autre placard et en sortit une grande casserole qu'il posa bruyamment sur la cuisinière.

— Et celle-là, c'est pour quoi ? demanda-t-elle.

— Les pâtes, informa-t-il.

Son visage s'illumina.

— Et l'eau ?

Il lui adressa un signe de tête et répondit :

— J'ai mis en route la bouilloire pendant que vous aviez le dos tourné.

Elle l'examina et, en effet, elle était pleine d'eau bouillante. Il la versa dans la casserole, ouvrit le robinet et remplit de nouveau la bouilloire pour la remettre à sa place.

— C'est plus rapide comme ça ?

— Eh bien, l'eau est déjà à ébullition alors que ça doit encore se réchauffer ici, car la casserole elle-même doit monter en température, expliqua-t-il. D'ici là, on pourra ajouter plus d'eau bouillante, et ça devrait suffire à faire cuire les pâtes.

— Alors, ça signifie qu'on mange bientôt ? questionna Doreen.

— Oui, bientôt. Mais ce sera encore dans quelques minutes, alors on va baisser le thermostat pour la sauce et laisser les tomates mijoter. Ensuite, nous laisserons l'eau bouillir, et je me rendrai à la maison du voisin pour jeter un œil à sa bruyère.

Le visage de Doreen s'illumina. Mack secoua la tête. Elle fronça les sourcils. Il pouffa. Et elle le fixa du regard.

— Oui, j'y vais seul, lança-t-il. Je veux m'assurer qu'il n'y a rien d'autre là-bas.

— Dans ce cas, vous devriez prendre mes gants de jardinage, suggéra-t-elle en marchant vers la balustrade de la véranda pour y ramasser la paire qu'elle utilisait.

Il la regarda et branla du chef.

— Quoi ? Qu'est-ce qui ne va pas avec mes gants ? (Elle les observa alors.) Ils sont parfaits pour moi.

Mack saisit l'un d'eux, le fit claquer contre sa main et

lâcha :

— Voilà pourquoi.

Doreen ricana.

— Ce n'est pas ma faute si vous êtes trop grand.

— Je ne suis pas trop grand, grogna-t-il. Et si je n'ai pas le droit de formuler de remarques sur votre gabarit, vous n'êtes pas autorisée à en faire sur le mien !

Et là-dessus, il tourna les talons et se dirigea vers la porte d'entrée.

Elle n'était pas certaine de savoir s'il avait plaisanté ou si elle l'avait offensé. Elle courut derrière lui et l'interpella :

— Ça va, vous savez !

À la porte, il s'arrêta pour la regarder et lui demanda :

— Qu'est-ce qui va ?

— Votre gabarit !

Il éclata de rire.

— Je suis au courant ! Et en plus, quand c'est trop grand, c'est pas forcément une mauvaise chose !

Dès qu'il lui balança cette phrase, il lui adressa un clin d'œil et disparut. Elle se sentit rougir de la nuque aux joues. Puis elle se mit à rigoler, car c'était elle qui l'avait provoqué en utilisant ce mot. Cependant, comme ses animaux essayaient de suivre Mack, elle était forcée de rester à l'intérieur, car, dès qu'elle ouvrirait la porte, ils allaient tous courir jusqu'à la maison d'à côté. Et elle savait déjà que c'était inenvisageable. Le voisin ne l'aimait pas, pour commencer. Et il n'appréciait pas ses animaux non plus.

Elle regarda par la fenêtre du salon et aperçut Mack dehors qui frappait à la porte du voisin et entretenait une petite discussion avec lui. Ensuite, les deux marchèrent jusqu'à la bruyère. Richard se tordait presque les mains, comme s'il était inquiet de ce qu'on pourrait y trouver d'autre. Ou d'être accusé.

Mack continua à lui parler, mais la conversation était trop basse pour qu'elle puisse l'entendre, et ça la rendait folle. Il vérifia avec précaution dans le buisson, essayant de ne rien abîmer, et il finit par se redresser et sourire à Richard qui parut soulagé. Alors que Mack marchait vers elle, elle retourna à la cuisine afin de ne pas donner l'impression qu'elle l'attendait et mélangea de nouveau la sauce.

Dès qu'il y pénétra, les animaux furent immédiatement sur lui comme s'il était parti pendant des heures. Il prit Goliath cette fois et l'amena dans la cuisine. Il était à moitié perché sur ses épaules, tout ronronnant, pendant que Mack vérifiait la sauce.

— Alors, vous n'avez rien trouvé, hein ? demanda Doreen.

— Non, lâcha-t-il gaiement. À mon soulagement et au sien.

— C'est pas grave, souffla-t-elle. Vous avez déjà la bague de fiançailles.

— C'était une prostituée, prononça brièvement Mack.

Sur ces propos, Doreen se tourna vers lui, les mains sur les hanches.

— Elle était peut-être une prostituée, mais ça ne signifiait pas qu'elle ne pouvait pas tomber amoureuse, trouver un compagnon et essayer d'avoir une vie meilleure.

— Hé, on se calme, je ne le disais pas de cette façon.

— Si ! gronda-t-elle d'un air rebelle.

Cela le fit lever les yeux au ciel. Il attrapa la bouilloire et ajouta de l'eau bouillante dans la casserole.

— Peut-être, oui, admit-il. C'était un pauvre jugement de ma part. Elle souhaitait probablement un autre mode de vie.

— Ce que vous oubliez également, c'est qu'une personne en situation précaire doit travailler pour gagner de l'argent. Elle allait difficilement gâcher une bague en diamant.

— Peut-être. Mais on doit encore savoir si c'est une vraie ou une fausse. J'attendrai d'en savoir plus.

— Alors, vous allez rouvrir l'affaire maintenant, hein ?

Il soupira lourdement.

— Je n'ai pas vraiment d'autre choix que d'y jeter un nouveau coup d'œil.

Il replaça le couvercle sur la casserole de pâtes puis le releva pour y verser une bonne poignée de sel.

Doreen le dévisagea fixement.

— On en a déjà parlé. Il faut du sel. Aucun des plats de spaghettis que j'ai cuisinés jusque-là n'était trop salé, hein ?

Elle fit non de la tête.

— Non, vous avez raison. Je ne comprends pas pourquoi, mais on dirait que c'est comme ça.

— Exactement, alors ne paniquez pas.

Elle grimaça un sourire.

— Quand pourra-t-on mettre les pâtes ?

— Dans quelques minutes. Vous avez faim ?

— Je meurs de faim ! acquiesça-t-elle en riant. Et toutes les bestioles aussi.

Pendant qu'elle attendait la cuisson des pâtes, elle nourrit les animaux. Puis elle sortit sur la terrasse et étudia l'espace dont elle disposait actuellement. Si elle pouvait avoir une plus grande terrasse, elle serait heureuse. Elle réalisa un bond de côté, délimitant mentalement jusqu'où elle souhaitait que celle-ci arrive. Elle devait retourner à l'intérieur. Elle n'avait pas de mètre avec elle, mais elle désirait l'étendre d'au moins trois mètres supplémentaires, ce qui représenterait probablement un total de cinq mètres, donc encore trois mètres de plus seraient même mieux. Elle fit un grand pas et se tourna vers elle, puis hocha la tête. Elle vit Mack à l'entrée de porte et lui annonça :

— Je crois que six mètres, ce serait bien.

— Six, c'est beaucoup. Il faudra qu'on mesure et qu'on mette des bâtons ou autre pour vous aider à visualiser. Alors, vous pourrez constater si c'est trop grand.

— Vous insinuez que ça pourrait dominer le jardin ?

— Oui. Vous voulez toujours que tout ait l'air proportionné.

— C'est vrai. Dans ce cas, cinq mètres, c'est sans doute pas mal.

— On vérifiera après dîner. Si le devoir ne m'appelle pas étant donné que j'y étais tous les jours de la semaine, on sortira le mètre et on disposera des repères au sol. Vous pourrez ainsi y réfléchir.

Cette idée ravit Doreen.

— Les spaghettis vont encore prendre au moins dix minutes…

Mack leva les yeux au ciel.

— Attendez.

Il dut se rendre au garage, car elle pouvait entendre les portes s'ouvrir et se refermer, puis il en sortit avec le mètre. Ensemble, ils délimitèrent cinq mètres, ce qui était assez proche de ce qu'elle avait estimé. Il tenait un petit bout de bois à la main. Il se servit du marteau pour l'enfoncer dans le sol, et ils en placèrent un de l'autre côté également.

— Maintenant, si vous partez d'ici jusqu'à la maison, dit-il, ça mesure cinq mètres par cinq. Et c'est bien grand.

Elle confirma d'un signe de tête.

— Mais si on place des escaliers de ce côté ou là, ça pourrait constituer un patio.

Elle désigna alors l'espace restant qui se rapprocherait également de cinq mètres.

Il mesura, hocha la tête et déclara :

— Ça fait un peu moins de cinq mètres. Mais si on rattache le trottoir sur le côté, qui nécessite un mètre au minimum, on atteindra cinq mètres, et ça vous laissera environ un mètre pour le jardin.

— Ça se goupille plutôt bien.

Mack se rendit dans le terrain, attrapa quelques pierres et les disposa aux endroits qu'ils regardaient. À chaque pierre qu'il plaça, Mugs vint renifler, tandis que Goliath sautait de l'une à l'autre en suivant la ligne. Thaddeus supervisait Mack durant tout le processus. C'était une véritable affaire de famille.

— Maintenant, lança Mack, les pâtes doivent être cuites. Allons manger.

Doreen rit.

— Je suis plus que prête ! Mais désormais, je suis vraiment excitée à l'idée d'entreprendre quelque chose pour moi aussi.

— Vous avez raison de l'être. Vous avez beaucoup fait pour les autres. Souvenez-vous-en. Tout est une question d'équilibre. Alors, réfléchissez à ce que vous voulez, et ensuite nous verrons combien ça coûte de réaliser ce que vous pensez être le mieux.

Chapitre 10

Dimanche matin...

L E MATIN SUIVANT, Doreen se retourna, dérangeant Goliath qui prit la fuite en courant. Ensuite, elle poussa un grognement, ferma les yeux et voulut continuer à dormir. Mais Mugs n'était pas de cet avis. Il se promena sur le lit – toujours un matelas posé au sol –, reniflant dans sa nuque et son épaule, puis la poussa avec sa tête.

— Vraiment ? marmonna-t-elle. Ce n'est pas le matin encore !

« Thaddeus est là. Thaddeus est là. »

— Ça, c'est sûr ! grommela-t-elle.

Mugs poussa son épaule une fois, deux fois puis se tendit avec l'une de ses grosses pattes avant de la laisser tomber sur son bras. Sa rugosité la fit grimacer.

— On va te trouver de la crème pour tes pattes, dit-elle tout bas.

Elle ouvrit les yeux, jeta un œil circulaire à la pièce et remarqua la lumière du jour à l'intérieur. Alors, peu importe qu'elle croie ou non que ce soit le matin, le reste du monde semblait penser que ça l'était. Et Mugs aussi, assurément. Elle roula sur le dos et se tendit pour le gratouiller, mais ce n'était pas ce qu'il voulait. Il avait envie d'aller dehors, car il lui aboyait dessus plusieurs fois et la poussait.

En émettant un grognement, elle se positionna à la verticale et fit un rapide passage à la salle de bains. Puis elle mena Mugs au rez-de-chaussée. Elle retira le système de sécurité et ouvrit la porte de derrière, toujours en bâillant et encore vêtue de son pyjama, puis le laissa sortir. Elle le regarda se diriger vers le premier buisson et uriner dessus. Elle bougonna.

— Tu sais que ces pivoines ne survivront pas si tu continues, hein ?

Il l'ignora et se mit à arracher l'herbe à côté. Puis il courut autour, comme redynamisé par l'infusion d'air frais d'un matin de printemps.

— Je vais t'imiter, lança-t-elle avec ironie. Dès que j'aurai eu du café.

Elle laissa la porte se refermer avec Mugs dehors et mit la cafetière en route. Dès que le goutte-à-goutte fut terminé, elle posa un pied sur la terrasse et s'étira. Il fallait vraiment qu'elle reprenne le yoga. Ces derniers mois, elle avait perdu cette sensation de calme et de quiétude dont elle s'était servie pour maintenir la stabilité dans cette vilaine relation qu'elle avait appelée « mariage ». Elle regarda autour d'elle et se rendit compte à quel point elle désirait cette grande terrasse pour ajouter à l'endroit une dose de zen.

Elle fit quelques pas en direction de l'expansion envisagée et se dit que cela ouvrirait complètement le jardin. Elle pourrait installer des escaliers tout du long ou poser des balustrades dessus. Les deux idées constituaient de chouettes options. Thaddeus sauta sur un coin de roche et battit des ailes.

Doreen estima que ça rendrait encore plus joli de réaliser

des angles cassés plutôt que droits. D'un autre côté, cela signifierait également une hausse des coûts. Elle alla sur le bord droit pour regarder le côté de la maison et réfléchir aux options d'aménagement possibles à cet endroit.

Avant que le café soit prêt, elle attrapa un bloc-notes et s'assit à la table de dehors, esquissant des idées. Elle allait devoir consulter des photos sur internet.

Le problème, c'était qu'elle avait tendance à en vouloir toujours plus. Simplement parce que voir quelque chose de grandiose chez les autres ne signifiait pas qu'elle pouvait se permettre de se l'offrir. Et parfois, le mieux est de rester simple. Si elle construisait tout en beau bois, elle savait qu'elle aurait à le traiter, mais ignorait à quelle fréquence. Tous les dix ans, peut-être ? Et elle se dit que cela dépendrait de si le bois pour la terrasse était prétraité, ce qui coûterait plus cher encore une fois, mais fournirait une protection contre les éléments.

Sa première tasse de café disparut sans même avoir été savourée tandis que la deuxième fut bue bien plus lentement. Et finalement, elle retourna à la crique avec une troisième tasse, les animaux à ses côtés, et se retourna pour observer la maison. Mack avait abordé un point intéressant concernant les proportions, et elle le comprenait. Elle pourrait avoir un canapé d'extérieur. Peut-être pouvait-elle trouver de la seconde main ou même encore moins cher grâce aux soldes de fins de série ? Ou peut-être qu'elle pourrait construire un banc.

Elle fronça les sourcils à cette pensée, car vraiment, parfois, elle désirait un siège moelleux et pas trop dur sur lequel s'asseoir. Elle soupira de joie, se demandant comment tout cela pouvait être possible. Le fait que Mack lui ait offert son aide était énorme, car il détenait la force dont elle ne disposait pas. Elle pourrait commander des blocs et payer un bonus pour la livraison, ce qui, elle l'espérait, coûterait seulement environ 50 dollars. Elle pourrait les déplacer avec la brouette jusqu'au jardin, mais elle ne pensait pas être en mesure de bouger les châssis de base de deux mètres sur deux, s'ils comptaient les utiliser. Peut-être qu'un mètre par un mètre suffirait, mais elle n'était pas sûre de pouvoir davantage les traîner.

C'était l'un des moments où elle se rendait compte à quel point c'était un inconvénient d'être une femme. Avec cette extension de terrasse en tête, elle avait pris quelques notes et ajusté un peu les pierres afin d'obtenir un meilleur agencement et un aspect plus artistique le long des bords de son jardin. Elle pensait désirer quelque chose qui fournirait un peu d'ombre sur la terrasse, mais elle ne voulait pas bloquer la vue sur la crique, donc ça pourrait ne pas fonctionner.

Fredonnant pour elle-même, elle revint à l'intérieur, à la recherche de quoi manger. Puis elle se souvint des spaghettis de la veille. Tout en gloussant, elle se dirigea vers le frigo et en sortit les nouilles froides et le pot de sauce restants. Elle les réchauffa au micro-ondes puis elle prit une cuillerée de la sauce et la versa sur les pâtes.

Avec son assiette chaude de spaghettis, elle s'assit de nouveau à sa petite table de véranda et eut un hochement de tête en imaginant à quel point ce serait beau d'avoir une grande table ici, dehors. Au lieu de dévorer son petit-déjeuner, elle mangea lentement et apprécia chaque bouchée.

Elle n'avait pas encore reçu la vidéo montrant comment elle s'y était prise la veille, mais elle coucha sur le papier tout ce dont elle se souvenait de la préparation du plat. Elle possédait toujours les notes et la vidéo de Mack quand il l'avait concoctée la première fois, mais cette fois tout avait été différent, car c'était elle qui avait cuisiné.

Et c'était une sauce qu'elle prévoyait de préparer encore et encore. Elle ne voulait même pas congeler ce qui restait. Elle souhaitait seulement tout engloutir. C'était tellement bon ! Après une vie passée avec le sentiment de ne pas avoir mangé assez de pâtes, elle appréciait totalement de consommer de nouveau de simples glucides.

Elle rit en pensant à cela, car son futur ex-mari avait constamment surveillé sa ligne pour elle. Il approuverait certainement le fait qu'elle frôle la silhouette maigre aujourd'hui. Pourtant, Mack essayait constamment de la nourrir, et peut-être était-ce une bonne chose également. Cela étant, elle gagnait du muscle. Elle regarda ses bras et sourit ; le jardinage qu'elle avait effectué depuis son emménagement lui avait dessiné ses biceps. À la place des bras maigres et lisses qu'elle avait avant, on voyait désormais de belles collines et vallées. Légères, bien sûr, mais plus définies que ce qu'elle avait connu auparavant.

Pendant qu'elle mangeait, elle étudia la maison du voisin et s'interrogea à propos de la bague et des menottes. Bien que Mack soit allé dans le jardin de Richard et ait regardé ce qu'il pourrait y trouver d'autre, elle se demanda s'il n'avait pas manqué quelque chose. Bon sang, et elle ? C'était elle qui avait tout dérangé sur place. C'était vraiment perturbant de penser que deux objets y étaient enfouis. Encore que l'un était plutôt sentimental tandis que l'autre l'était si peu. Pourtant, peut-être que les deux étaient révélateurs de la double vie de cette Meredith. Peut-être était-elle fiancée. Peut-être avait-elle trouvé un moyen de s'en sortir et que les menottes étaient un rappel de celle qu'elle continuait à être, à ses yeux.

Doreen soupira en secouant lentement la tête. Elle ne pouvait imaginer une telle vie. Et, une fois de plus, elle était pour toujours redevable à Nan de lui avoir fourni un toit et une énorme quantité d'antiquités très chères.

Tandis qu'elle s'adossait confortablement et regardait son jardin, elle se rendit compte qu'elle n'avait aucun planning pour la journée. Alors, sans doute pourrait-elle commencer par effectuer des recherches. Elle ne voulait pas être distraite par les sites de jardinage, mais elle savait que, tant qu'elle aurait son propre ordinateur, cela arriverait.

Et concernant Meredith ? Doreen prit son téléphone et envoya un SMS à Mack, relatant qu'elle venait de manger des spaghettis pour le petit-déjeuner et que c'était délicieux, puis elle lui demanda quel était le nom de famille de Meredith. Il répondit par un **Bonjour** et n'ajouta rien d'autre.

Elle fixa son téléphone et tapa un texte rapidement. **Et le nom de famille ?**

Pourquoi ?

Parce que je vais lancer quelques recherches. Étant donné que les dernières ont fini par aider des gens…

Meredith Pollock.

Elle rit lorsqu'elle reçut immédiatement le nom.

— Cher Mack… se dit-elle à elle-même. Vous n'appréciez probablement pas toute la paperasse, mais vous adorez classer définitivement des affaires !

Et, bien sûr, une prostituée était le genre de personnes auxquelles le public était sensible. Il aimait croire que la police ne lui avait pas accordé la même attention que pour quelqu'un d'important aux yeux de la société. Peut-être y avait-il une part de vérité, mais Doreen pensait également que cela avait beaucoup à voir avec le style de vie. C'était plus facile d'obtenir des informations sur une tranche de la population que sur une autre. Doreen rencontrerait le même problème elle-même.

Elle se déplaça jusqu'à son ordinateur et entama ses recherches. Presque rien n'en ressortit, excepté une étrange mention au dossier d'une affaire classée disponible en ligne qu'elle n'avait jamais vue auparavant et qui considérait Meredith comme une personne disparue. Doreen s'accorda une pause. Une femme disparue ou assassinée ? Elle s'interrogea là-dessus. Elle envoya un nouveau SMS à Mack, lui demandant s'ils avaient déjà trouvé un corps.

Non.

Elle hocha la tête, mais ne répondit pas et continua son investigation. Avec son fidèle carnet à portée, elle y inscrivit le nom de Meredith Pollock sur le bord et commença à prendre des notes. Mais dès qu'elle reposa le calepin, elle réfléchit… N'y aurait-il rien concernant cette femme dans les dossiers de Solomon ? Il y avait tellement de documents dedans qu'elle n'avait aucun moyen de se souvenir de tous les noms. Elle n'avait surtout pas besoin de partir en quête d'autres cas, mais… et si Solomon possédait quelque chose là-dessus ? Il avait été journaliste pendant des décennies.

Sur ce, elle se rendit au placard et en sortit les quatre cartons. Elle devrait les étiqueter afin d'être en mesure de ne prendre que celui qu'elle souhaitait. Rapidement, elle passa en revue les dossiers, mais ne trouva rien concernant Pollock. Elle vérifia la lettre *M* pour Meredith, simplement pour être sûre, mais rien de ce côté non plus. Ce qu'elle devait faire, c'était préparer une liste des noms dans les onglets des dossiers. Elle n'avait pas encore de registre à disposition qui en mentionnait le contenu.

Pile à ce moment, la sonnette retentit. Doreen se redressa, mais ne put distinguer personne à travers la fenêtre du salon. Mugs aboyait comme un fou à la porte d'entrée tandis que Goliath était parti dans la direction opposée. Doreen repoussa les cartons dans le placard et le referma afin de pouvoir ouvrir au visiteur. Une jeune femme se tenait devant elle. Doreen sourit et lui dit :

— Oui, je peux vous aider ?

La femme lui adressa un rictus lumineux et répondit, d'une petite voix :

— Vous l'avez déjà fait. Je suis Crystal.

Cela prit un moment aux neurones du cerveau de Doreen pour se connecter. Puis elle s'exclama de surprise et écarta instinctivement les bras sans savoir pourquoi. Cependant, Crystal s'y jeta d'elle-même, et elles s'étreignirent. Elles restèrent ainsi un long moment, pendant lequel Doreen sentait les larmes poindre au coin de ses yeux.

Les animaux slalomaient entre elles, caressant leurs jambes sur le chemin, donnant à Crystal une salutation de bienvenue à leur manière.

Quand les deux femmes finirent par se séparer, Doreen lui sourit de nouveau et lança :

— Je suis tellement ravie de te voir !

— Je suis revenue en ville il y a quelques jours, expliqua Crystal. J'ai essayé de sortir en douce de chez moi pour venir ici sans attirer les médias. J'ai entendu qu'ils étaient omniprésents chez vous aussi.

— Ils l'ont bien été par le passé, confirma Doreen en conservant son rictus. Mais heureusement, ils ne sont pas là actuellement. Entre !

Une théière entre elles, elles s'assirent dehors sur la petite terrasse, les animaux à proximité. Crystal raconta tout ce qui lui était arrivé dans son autre vie.

— La seule personne que j'ai un peu regretté de quitter… c'est ma maman. Mais à ce moment-là, j'étais vraiment inquiète à propos de son petit ami. J'étais suffisamment âgée pour comprendre qu'il représentait une grande source d'ennuis… quand il venait dans ma chambre et se tenait dans l'embrasure de la porte, pour me regarder en pensant que je dormais…

Elle haussa les épaules.

— Tu en as parlé à ta mère ? lui demanda Doreen.

Crystal hocha la tête.

— Mais elle ne voulait pas voir son mauvais côté.

— Et forcément, quand tu as disparu, il a très rapidement été suspecté.

— Tant mieux. Mais il est sans doute encore en liberté.

— Peut-être. Je chercherai son nom, au cas où on pourrait obtenir des nouvelles récentes sur ce qui lui est arrivé. La dernière fois que j'ai entendu parler de lui, il avait simplement disparu des radars.

Dès que Doreen eut prononcé ces mots, elle grimaça. Disparaître des radars, dans son monde, ça signifiait que la personne était morte.

— Je serais heureuse s'il avait bel et bien disparu, avoua Crystal. Il était vraiment louche. Je n'arrivais pas à comprendre comment ma mère pouvait autant l'aimer.

— Je ne pense pas que ça avait un lien avec ses sentiments pour lui, corrigea calmement Doreen, mais plutôt qu'elle était vraiment reconnaissante qu'il l'aime.

Crystal la dévisagea un moment puis opina du chef.

— Je suppose que le divorce avec mon père l'a vraiment blessée, hein ?

— Ça et la présence de Mary, précisa Doreen. C'est une chose de se séparer et une autre d'être immédiatement remplacée par quelqu'un qui a tenu compagnie à ton mari pendant tout ce temps.

— Mon père a toujours été gentil avec moi, mais je ne me berçais d'aucune illusion quant à son intégrité. Lui et ma mère se battaient tout le temps, et il a amené un paquet de gens violents à la maison. Je ne me suis jamais sentie en sécurité là-bas. Mary n'était jamais amicale.

— Pour de bonnes raisons, lâcha Doreen avant d'observer Crystal et de lui demander : Tu es au courant de toute l'histoire, maintenant ?

Crystal acquiesça.

— Ma mère et moi sommes réunies, et c'est vraiment bien de l'avoir de nouveau dans ma vie. Elle a changé aussi. Je suis heureuse de la connaître désormais.

— J'en suis sûre. C'est pour cela qu'elle est venue me voir, tu sais ? Afin que toute cette affaire soit résolue et qu'on puisse te retrouver.

— Mais de là à penser qu'en réalité elle savait ou avait des soupçons sur ce qui était arrivé et qu'elle n'ait rien tenté…

— Ce que je crois, c'est qu'elle a bien entrepris quelque chose. Penses-y. Parce que tu as maintenant 18 ans, tu peux revenir chez toi de toi-même. Et ne plus être une enfant te permet désormais de déterminer le meilleur moment pour cela.

— Je vais intégrer l'université. Il y en a une en ville dans laquelle je pensais déposer un dossier d'inscription.

— C'est une chouette idée ! C'est chez toi, ici. Je sais que c'est difficile à concevoir après être partie tant d'années, mais c'est vraiment un endroit dans lequel tu aimeras peut-être vivre de nouveau.

— Sans doute. (Elle hésita et recula sa chaise, puis conclut :) Je voulais simplement m'arrêter et vous remercier.

— De rien, vraiment, exprima sincèrement Doreen. Je suis tellement contente que tu te sois arrêtée. C'est difficile de travailler sur ces affaires et de ne pas toujours en connaître le dénouement.

— Selon ma mère, vous jouissez d'une certaine réputation en ville maintenant.

Doreen rit.

— Peut-être, mais tu sais ce qu'on raconte à propos des renommées. Il y en a des mauvaises et puis des pires.

— Oh, c'est mignon ! s'exclama Crystal en riant aussi. Eh bien, dans ce cas, je crois que c'est une bonne réputation.

— Seulement parce que tu es du bon côté, précisa gentiment Doreen. Un tas de gens vont en prison à cause de moi.

Crystal tressaillit puis déclara :

— Je parlerai et prendrai la défense des frères. Du moins, en ce qui concerne mon kidnapping, j'y suis allée de mon plein gré.

— Et pour une bonne raison, ajouta Doreen en hochant la tête. Mais tu étais une enfant et non responsable de tes actes. C'étaient des adultes, et ils auraient pu faire les choses différemment.

— Je sais qu'on peut dire que les gens peuvent commettre les actes les plus étranges, peut-être même des choses justes, mais de la pire des manières, rétorqua Crystal. Alors, j'hésite à devenir avocate, annonça-t-elle d'un ton abrupt, comme si elle cherchait une sorte d'approbation.

Cela donna du fil à retordre à Doreen, car elle avait une opinion vraiment affreuse des avocats. Alors, elle se leva et prononça d'un ton calme :

— Si c'est là que te guide ton cœur, suis-le. Tu feras une formidable avocate, la défenseuse des gens ou des enfants. Je te vois bien pratiquer ce genre de métier.

Crystal lui adressa un très large sourire.

— Merci. Je dois y aller. J'ai promis à ma mère de déjeuner avec elle.

Puis elle se retourna, sortit et fit à Doreen un petit signe de la main avant de filer.

<h1 style="text-align:center">Chapitre 11</h1>

Dimanche, en milieu de matinée…

D OREEN REGARDA CRYSTAL faire un second signe de la main tandis qu'elle redescendait l'impasse jusqu'au virage. Dès qu'elle fut hors de vue, Doreen inspira profondément et expira lentement.

— C'était une visite à laquelle on ne s'attendait pas, dit-elle à Mugs.

Il aboya à ses côtés, et elle sourit à son rictus idiot. Elle se pencha et le serra fort contre elle.

— C'est le côté positif de ce qu'on réalise et qu'on voit peu souvent, hein ?

Mais là encore, Crystal avait été considérée disparue. Ce n'était pas un corps enterré quelque part avec une étiquette à l'orteil et un numéro d'affaire classée. Et ça aussi, ça faisait toute la différence. Doreen retourna à la cuisine et sortit de nouveau les dossiers de Solomon, plus déterminée que jamais à ne pas oublier ce qui s'y trouvait. Elle tapa rigoureusement une liste de tous les noms présents. Elle était surprise que Solomon n'en ait pas déjà préparé une, mais peut-être était-ce parce qu'il les connaissait tous personnellement.

Elle ouvrit chaque classeur pour comprendre la nature de

l'affaire en question. Elle ne voulait pas tous les lire intégralement, mais heureusement, Solomon avait placé un bref résumé à la première page de chacun. Elle en parcourut rapidement le sommaire, et, dès lors, elle détenait une bonne page d'un document Word en guise d'aperçu pour chaque cas. Quand elle acheva cette opération, alors qu'elle pensait en avoir fini, elle n'avait en réalité traité qu'un carton, et il en restait trois. Poussant un grognement, elle échangea les boîtes et entama la suivante.

Quand son téléphone sonna, c'était Nan.

— J'ai eu un visiteur ce matin, lui annonça Doreen d'une voix joyeuse, mais calme.

— Qui ? demanda Nan, curieuse. Tu n'en reçois pas trop, j'espère ? Du moins, pas des étrangers…

— Non, la rassura Doreen avant de lui expliquer qui s'était montré.

Nan lâcha un cri de surprise puis s'exclama avec joie :

— Oh, c'est adorable ! Je sais qu'il y aura des charges de tous bords dans son affaire, car elle en a impacté tellement d'autres, mais c'est bien que Crystal soit venue jusqu'à ta porte. De quoi avait-elle l'air ?

— Heureuse, répondit Doreen. Ravie d'être à la maison, je crois. Elle était contente d'avoir retrouvé sa mère et renoué avec sa famille. Elle va aussi s'inscrire à l'université du coin, il me semble, en vue de devenir avocate un jour. En tout cas, pour le moment.

— Oui, elle est encore jeune. Donne-lui dix ans, et elle pourrait emprunter une voie complètement différente.

— Au moins maintenant, elle a un nouveau départ pour sa vie d'adulte.

— Oui, ma chérie. En parlant de vie, certains d'entre nous descendent en ville jusqu'à un petit restaurant sur la plage. Tu aimerais nous y accompagner ?

Doreen regarda le téléphone avec stupeur.

— Oh ! généralement, on ne m'invite pas à déjeuner avec tout un groupe comme le vôtre, dit-elle en fronçant les sourcils. Pourquoi allez-vous là-bas ?

— C'est pour du jardinage, l'informa Nan. Un paquet d'entre nous en sont fanas, mais nous sommes tous plus ou moins vieux et séniles, donc ce ne sera probablement pas ta tasse de thé.

Doreen gloussa.

— Tu es loin d'être sénile. Tu es fringante et possèdes un esprit très vif et aiguisé.

— Je sais, se vanta Nan avec une note de satisfaction dans la voix. Il y a aussi une très bonne petite boulangerie à côté du restaurant.

— C'est quel genre de restaurant ? interrogea Doreen qui aurait souhaité ne pas avoir pris un petit-déjeuner aussi lourd. J'ai mangé une grosse assiette de spaghettis ce matin.

— Oh… Eh bien, pourquoi ne pas faire l'impasse cette fois, et tu pourras venir à la prochaine !

Dès que Nan prononça ces mots, elle raccrocha et laissa Doreen fixer l'écran de son téléphone. Elle se demanda à quoi tout ceci rimait. Nan avait révoqué son invitation dès que Doreen avait parlé des spaghettis, comme si c'était rédhibitoire. Cela lui rappela des images du passé avec son ex qui lui dictait sa conduite. Se forçant à repousser ces pensées au fin fond de son esprit, elle se remit au travail. Une heure passa avant qu'elle s'en rende compte. Elle finit le second carton puis éteignit son ordinateur et se leva en appelant les animaux.

— Venez ! Il faut qu'on fasse un peu d'exercice !

Alors qu'elle était sur le point de se diriger vers la sortie avec ses gants de jardinage, la sonnette retentit de nouveau. Elle fronça les sourcils tandis que Mugs, une fois encore, commençait à aboyer et à hurler devant la porte. Elle s'y dirigea et l'ouvrit pour découvrir le voisin, Richard, qui la fixait tout en tenant quelque chose à la main. Elle regarda l'étrange sac et plissa le front.

— C'était dans le jardin, annonça-t-il. Du côté opposé, près de mon autre voisin. Mais je doute que ce soit lié.

— Merci, lui lança Doreen en lui prenant l'objet. Nous n'avons pas encore de réponse à vous apporter pour le moment cependant.

— Je n'en doute pas. (Il haussa les épaules et ajouta :) Ce serait bien d'en avoir.

Puis il fit demi-tour et s'en alla le pas lourd.

Elle l'observa partir avant de reporter son attention vers l'objet en question. Ça ressemblait au contenu d'un sac à main, avec plusieurs morceaux de pièces d'identité. Elle traîna des pieds jusqu'à la cuisine, renversa le tout sur la table et comprit que l'ensemble provenait de la même femme. Meredith Pollock, d'après les documents.

Doreen savait que Mack s'en donnerait à cœur joie si elle touchait ces affaires, mais elle ignorait comment examiner les objets malgré tout. Soudain, elle eut une brillante idée : elle alluma son scanner, prit sa pince à épiler et numérisa avec précaution chaque morceau afin d'avoir une copie digitale des deux côtés.

Puis elle sortit son téléphone, composa le numéro et dit :

— Mack ?

— Oui, c'est mon nom. Mais ne le criez pas sur les toits, plaisanta-t-il, peut-être avec le sourire, mais la fatigue dans sa voix était évidente, ce qui fit capoter sa tentative d'humour.

— Avez-vous trouvé un corps sur la propriété de Steve ?

— Bonjour, Doreen. Comment allez-vous ?

Cela signifiait qu'elle n'obtiendrait aucune réponse.

— Mon voisin vient juste de revenir ici, raconta-t-elle abruptement.

— Quel voisin, et en quoi ça m'intéresse ?

— Celui qui avait la bague et les menottes.

À ces mots, elle sentit un changement d'ambiance.

— Et ?

— Il a trouvé d'autres petites choses. Il affirme les avoir dénichées du côté de son autre voisin. Je crois que c'était simplement un moyen d'insinuer que ce dernier aurait pu les jeter chez lui.

— Qu'a-t-il dégoté ?

Doreen marcha jusqu'à son ordinateur, l'ouvrit et répondit :

— Trois pièces d'identité.

— De quel genre ? grogna-t-il.

Elle tapa le nom de Mack dans un nouvel e-mail, ajouta les scans en pièces jointes et les lui envoya.

— Je viens de vous en adresser les copies.

— Vous les avez touchées, bien sûr…

— Avec une pince à épiler. Mais vous pouvez parier que le Maître du temps et mère Nature ont déposé leurs sales doigts partout dessus, ironisa-t-elle, exaspérée. Tout comme mon voisin. Cependant, ils sont dans un sac en ce moment, et j'ai utilisé ma pince pour les scanner.

Il y eut un moment de silence tandis qu'il tapait sur son clavier.

— Vous avez reçu le message ? s'enquit-elle.

— Il vient d'arriver, et vous pourriez m'en dévoiler davantage, vous savez ?

— Je pourrais. Mais une image vaut mille mots.

Et tout à coup, pour se montrer maligne dès le début de la journée de Mack, elle lui raccrocha au nez.

Elle s'affaira et nettoya la théière et les tasses à la suite de la visite de Crystal, puis pensa qu'elle n'avait même pas eu l'occasion de parler d'elle à Mack. Alors qu'elle retournait dehors, elle crut entendre un bruit. Probablement son téléphone qu'elle avait laissé sur la balustrade, alors elle l'ignora. Elle voulait abattre du travail, et la personne rappellerait plus tard dans tous les cas. Elle s'occupa de son parterre, en avançant d'un mètre supplémentaire vers la maison. Tout à coup, elle distingua un son derrière elle.

Elle se retourna et fut surprise de voir Mack, les mains sur les hanches, en train de la fixer. Elle leva les mains, paumes vers le haut.

— Et vous êtes encore remonté contre moi ! Pourquoi ?

— Je me le demande ! Où sont les cartes d'identité ?

— Sur la table de la cuisine, indiqua-t-elle avec entrain. Et vous voudrez peut-être discuter avec le voisin à propos de l'endroit où il les a trouvées.

— Je suis de la police, vous vous souvenez ? Je suis quasi sûr que je peux me débrouiller tout seul.

Doreen haussa les épaules et lança :

— OK, alors vous êtes grincheux aujourd'hui. J'ai pigé.

— Je suis grincheux, car vous continuez à me raccrocher au nez, dit-il en riant à moitié. Et je sais que vous trouvez que c'est marrant, mais il y a des moments où c'est vraiment casse-pieds parce que ça m'oblige à venir jusqu'ici.

— Bien, répondit Doreen.

Elle reposa sa pelle et marcha jusqu'à la cuisine pour y récupérer le sac et le lui donner. Il le regarda et remua la tête.

— Alors… on obtient de plus en plus d'éléments. Intéressant.

— Je sais ! s'exclama-t-elle. Et ceux-là sont relativement propres.

— Ce qui signifie ?

— Que nous n'avons pas eu de pluie depuis des jours, précisa-t-elle avec un geste désinvolte de la main. Mais vous voudrez peut-être considérer l'éventualité selon laquelle ces trucs n'étaient pas là depuis longtemps.

Mack redressa la tête.

— Remarque pertinente.

— Et bien sûr, ils sont plastifiés, donc la météo, la pluie ou la neige ne les abîmeraient pas de toute manière, alors peut-être est-ce matière à débat…

— Correct, approuva Mack en opinant du chef.

Comme il se tournait pour s'en aller, Doreen ajouta :

— J'ai aussi reçu une visite intéressante aujourd'hui.

Il pivota à mi-chemin et l'observa, attendant la suite.

— Crystal est passée.

Le plus doux des sourires apparut sur son visage.

— Bien. Je suis content qu'elle soit venue. Elle m'avait dit qu'elle l'envisageait, et je lui avais répondu que vous seriez accueillante, mais elle hésitait un peu.

— Elle n'avait aucune raison d'hésiter. J'étais heureuse de voir une personne en vie après la résolution de l'enquête la concernant.

De l'empathie apparut dans les yeux de Mack tandis qu'il observait Doreen.

— C'est difficile, hein ?

— Oui, confirma-t-elle. Tellement de morts… D'accidents, de suicides, de meurtres… (Elle secoua la tête.) Dans le cas présent, je suis absolument ravie que Crystal soit saine et sauve. Nous nous sommes installées sur ma minuscule terrasse et avons pris le thé.

— Votre terrasse est bien pour l'instant, jusqu'à ce que vous décidiez ce que vous désirez pour après, affirma Mack gaiement avant de faire demi-tour et de s'en aller.

Doreen attendit un moment puis marcha jusqu'au côté du garage pour voir si Mack était allé chez Richard. Sans surprise, ils étaient en train de discuter sur le devant de la maison. Elle remonta les marches de la sienne afin d'avoir une meilleure vue tout en restant à l'abri des regards, juste assez pour découvrir où Richard avait trouvé les cartes d'identité. Ça n'avait pas l'air si proche que ça de l'autre voisin. Une information intéressante.

Elle réfléchit à qui habitait là, mais ne parvenait pas à se le rappeler. C'était l'un des points négatifs de sa vie ici. Elle avait rencontré la femme au coin gauche, mais celle-ci l'avait attaquée, et, évidemment, elle avait son voisin grincheux, Richard. Mais qui d'autre résidait dans son impasse, elle ne s'en souvenait pas, tout du moins de leurs noms. Elle retourna à l'intérieur, son esprit empli de pensées. Il existait forcément un moyen d'avoir plus de réponses.

Chapitre 12

I L ETAIT ASSUREMENT possible d'obtenir plus de détails, mais Doreen passa le reste de la journée frustrée et contrariée de ne rien trouver de pertinent. Pas sur Meredith. Pas sur l'endroit où les objets avaient été jetés, bien que quelqu'un ait certainement eu une caméra de sécurité pointée dans cette direction. Mais, aussi loin qu'elle pouvait voir en déambulant dans le voisinage, personne n'en possédait, tout comme elle. Elle avait également demandé à Mack, simplement au cas où, mais il répondit par la négative. Alors, qui pouvait savoir depuis quand ces objets étaient là ?

Elle chercha également quelques mises à jour sur l'éventualité qu'un corps ait été trouvé chez Steve, mais elle achoppa. Elle décida donc d'aller se promener jusqu'à sa propriété, simplement pour entendre avec cérémonie qu'elle n'était pas autorisée sur les lieux.

Elle regarda fixement les agents de police. La plupart d'entre eux savaient qui elle était, et elle leur lança :

— Le moins que vous puissiez faire est de me dire si vous avez découvert quelque chose.

Ils se contentèrent de lui adresser un large sourire et de

lui répondre de poser la question à Mack.

Elle fit demi-tour en soupirant puis étudia les jardins devant lesquels elle passait, essayant de rester positive. Elle travaillerait de nouveau dans le terrain de Millicent vendredi. Heureusement, les mauvaises herbes étaient sous contrôle, mais elles cherchaient à se multiplier. Cela lui rappela celui de Penny. Doreen pourrait passer devant pour voir si la maison avait été vendue ou si elle y vivait encore ou pas… avait-elle été libérée sous caution ? À quoi ressemblaient les parterres aujourd'hui ?

Les animaux sur ses talons, Doreen parcourut le chemin jusque chez Penny et traversa la crique, parvenant difficilement à rester au sec. Le niveau de l'eau avait tellement grimpé qu'elle finit par arriver à destination trempée. Heureusement qu'elle portait Goliath et Thaddeus.

S'arrêtant du côté de chez Penny, elle déclara :

— Il y a des chances pour que ce soit la dernière fois, les amis.

Mugs aboya, complètement mouillé et nageant comme un fou pour sortir sur la rive escarpée. Inquiète, Doreen l'observa jusqu'à ce qu'il atterrisse sur la terre ferme, se secouant comme un dingue. Elle poussa un petit hurlement et sortit du sentier, puis commença à courir afin que Mugs l'imite. Ils arrivèrent chez Penny, mais toutes les lumières étaient éteintes, la porte du garage fermée, et il n'y avait aucun véhicule en vue.

Le jardin de devant qu'avait aménagé Doreen avait fière allure. La lampe solaire était parfaite, les plantes s'étaient imposées et étaient visiblement suffisamment arrosées. Elle hocha la tête d'un air ravi et s'en alla. Elle décida de ne pas prendre le risque de retourner à la crique. Surtout pas alors que Mugs peinait à en sortir. Alors, elle dut suivre le chemin le plus long.

Elle arriva à la passerelle qui traversait jusque chez elle, et elle l'emprunta. Elle s'arrêta puis la regarda, l'air soucieux.

— Qui a installé ce pont-là par le passé ? Qui l'entretenait ? De toute évidence, ce n'était pas la première version, étant donné que l'eau était si haute à l'époque que ça avait arraché les ponts routiers…

De retour chez elle, elle était déterminée à finaliser ce côté-ci du jardin et ils pourraient avancer avec les plans de la nouvelle terrasse. Elle travailla dur et finit par s'écrouler d'épuisement dans sa petite véranda avec un grand verre de limonade. Elle n'avait rien mangé depuis les spaghettis. Pourtant, elle se sentait bien alors qu'il était 2 heures.

Elle vérifia son téléphone, mais il n'y avait aucun message. Ça la rendait toujours suspicieuse. Elle prit son ordinateur et se trouva un coin d'ombre le long du mur pour effectuer d'autres recherches.

Elle avait manqué deux e-mails sur son téléphone, car elle n'avait pas reçu les notifications. Un de Mack, accusant réception des pièces d'identité, et un autre de la Société des Pionniers, annonçant qu'ils seraient ravis de jeter un œil à ce qu'elle possédait et lui demandant quand elle pourrait leur montrer les objets contenus dans les coffres. Un numéro de téléphone était indiqué en bas du message, alors Doreen les appela et proposa de leur amener tout ça aujourd'hui. Ils s'en réjouissaient.

Ne désirant pas s'en aller trop tard, elle retourna à la maison et sortit les coffrets. Elle déballa ensuite ceux qui contenaient toute la lingerie et décida qu'elle pourrait intégrer une vitrine en compagnie des lettres d'amour. Elle garda les scans de ces dernières puis, simplement parce qu'elle ne pouvait résister, elle prit également des photos des vêtements.

Le tout rempaqueté et ces deux coffres prêts à partir, il lui en restait encore trois pleins de vaisselle et un dernier avec des objets personnels qu'elle avait déjà passés en revue. Il lui semblait qu'ils méritaient aussi d'être exposés, si la Société était de cet avis. Puis elle examina de nouveau la vaisselle, la sortit, l'empila et la photographia à l'attention de Scott. Elle ne la cèderait pas à la Société avant de savoir si elle voulait la conserver ou si Scott estimait qu'elle avait beaucoup de valeur. Et elle aimait vraiment les motifs, simples. Avec Mugs sur ses talons, elle chargea la voiture avec les trois coffres et se dirigea vers la ville. Cela lui prit un peu de temps pour trouver la Société, située à l'extérieur de la zone de Richter Street.

Lorsqu'elle finit par trouver le petit musée, elle se gara à l'arrière, entra, se présenta et annonça qu'elle avait des caisses dans la voiture. Elle amena le premier et le leur montra. Il comportait des vêtements de nuit et d'autres habits. Plusieurs volontaires, membres du conseil d'administration, étaient présents, car ils venaient de conclure une réunion. Ils descendirent, ravis de voir l'ouvrage manuel et les objets personnels. Margery, la porte-parole, désigna à Doreen un présentoir vitré vide.

— Pourquoi n'apportez-vous pas le reste des affaires afin qu'ils déterminent ce qui conviendrait ici ?

Doreen retourna à la voiture. Mugs, en laisse, marchait à ses côtés. Elle effectua deux voyages. Ils avaient déjà vidé le premier et suspendu son contenu dans la vitrine. Les robes de nuit volaient la vedette aux autres vêtements, toutes faites main avec de jolis détails qui se révélaient d'une magnifique façon. Certaines lettres d'amour étaient ouvertes et collées sur la vitre afin que les gens puissent les lire. Les membres de la Société s'assurèrent qu'elles ne masquaient pas les autres objets. Doreen éprouva un sentiment de justice pendant qu'elle les regardait œuvrer.

— C'est parfait, approuva Doreen, satisfaite.

Margery disposa quelques objets personnels sur des étagères également. Il restait encore des objets dans les coffrets, mais les femmes donnèrent à Doreen des reçus pour la totalité tandis qu'elle leur racontait toute l'histoire qu'elle connaissait à leur sujet. Ensuite, avec un soupir enchanté et leur promesse que tout serait correctement exposé la prochaine fois qu'elle viendrait, Doreen rentra chez elle. Elle envoya les photos de la vaisselle à Scott puis s'effondra de nouveau dehors. Elle n'avait toujours rien trouvé sur cette Meredith. Ni mangé.

Juste à ce moment, Nan l'appela.

— Tu aurais dû venir déjeuner, lui dit-elle. C'était délicieux.

— Je n'ai toujours rien avalé depuis le petit-déjeuner. J'ai trop mangé ce matin.

— Un repas par jour est un mode de vie. Certaines personnes pensent même que c'est la meilleure méthode pour rester en bonne santé.

— Tu connais Meredith Pollock ? demanda Doreen.

La voix de Nan baissa d'un ton comme elle répétait :

— Meredith. Meredith. Meredith… (Elle marqua une pause.) Pollock, oui, mais je ne crois pas connaître une Meredith.

— C'était une prostituée en ville.

— Eh bien, ce n'est pas comme si je pouvais la connaître personnellement, n'est-ce pas ? lâcha Nan, exaspérée.

— Ce serait le cas s'il s'avérait que tu avais connu l'un de ses enfants ou sa famille. Avoir été une prostituée ne la rend pas moins importante qu'une autre personne.

— Bien sûr. Comme j'ai expliqué, je connais les Pollock, mais pas de Meredith. (C'était alors qu'elle s'exclama :) Est-ce que tu veux parler de Meredith, la fille de Jenny ? Qui ensuite est devenue Manny ?

— Aucune idée. Et j'ignore qui est Jenny. Qui est-ce ?

— Une amie. Il faudra que je voie ça.

— Ne raccroche pas ! intima Doreen avec une soudaine intuition.

Trop tard. Nan était partie.

À cause du soleil qui cognait à l'arrière de la terrasse, Doreen emporta son ordinateur à l'intérieur et commença ses recherches sur Manny Pollock. Apparemment, les Pollock vivaient à Kelowna depuis plus de cinquante ans.

Ce qui signifiait que Nan pourrait les connaître. Ou avoir des informations sur eux. Cela ne voulait pas dire qu'elle avait déjà fréquenté un membre de la famille cependant. Cette dernière possédait une quincaillerie qui se transmettait de génération en génération. Cela fit rire Doreen. Dans le temps, tout le monde regardait de haut ceux qui bossaient dans un commerce. Et pourtant, c'étaient les seuls qui possédaient un business et de l'argent de manière pérenne. Et c'est la raison pour laquelle beaucoup de gens riches les regardaient de haut. Mais Kelowna a été bâtie avec les pionniers, les fermiers et les arboriculteurs… des ouvriers. C'était la classe sociale locale.

Doreen continua ses investigations autant qu'elle le put, mais il n'y avait aucune mention de Manny Pollock nulle part. Pour ce qui était des Pollock actuels, au moins quinze étaient listés dans l'annuaire. Elle pouvait difficilement simplement s'asseoir là et creuser la problématique, s'interrogeant. Pourrait-elle s'appuyer sur la société historique des familles de pionniers ? Une période de cinquante ans ne comptait probablement pas vraiment, car Kelowna avait été peuplée par les Européens au milieu des années 1800. Bien sûr, les tribus aborigènes avaient vagabondé dans cette zone six mille ans avant ça, environ.

Elle se mit à la recherche d'un arbre généalogique de la famille Pollock, qui dévoila trois générations. Il y avait une Clemente et un Dorsey à la fin des années 1800, et ils ont eu trois fils et deux filles, ces dernières étant décédées à un très jeune âge. Doreen réalisa une capture d'écran et l'imprima afin de pouvoir l'étudier de façon plus approfondie.

La lignée du dessous était masculine, composée de trois hommes. Chacun a ensuite eu plusieurs enfants, mais il semblait qu'une famille avait été décimée puisque tous, sauf la femme, étaient morts la même année. Doreen fronça les sourcils et se demanda si un accident de voiture ou un truc du genre en était la cause.

Cela laissa deux fils et deux familles dont la descendance est constituée d'hommes et de femmes, aucune d'entre elles ne s'appelant Meredith. Et ça aurait pu être le cas dans la génération suivante, mais ça ne l'aidait pas plus. Son téléphone sonna de nouveau. Détestant être interrompue, elle sourit en voyant qui appelait.

— Hé, Nan ! Quoi de neuf ?

— Jenny Pollock est ici, à Rosemoor.

Doreen se redressa.

— Qui est Jenny Pollock ?

Comme elle regardait l'arbre généalogique devant elle, elle lut que Jenny était l'une des filles des fils.

— La mère de Manny, annonça Nan. Je lui ai parlé ce matin.

Immédiatement, Doreen l'écrivit sur papier.

— Intéressant. Et est-ce que Manny est aussi Meredith ?

— Elle était née Meredith et a choisi Manny plus tard.

— Oh… pourquoi ?

— Tu l'appellerais probablement transgenre ou peu importe le terme à la mode. Elle est passée d'une Meredith à un Manny.

Doreen s'assit profondément et se demanda comment cela avait pu impacter sa profession. Ou bien était-ce à cause de ses choix qu'elle avait fini à la rue ? Cela la mettait encore plus en marge de la société.

— Est-ce que Jenny a dit quelque chose à propos de sa fille – ou son fils – aujourd'hui ?

— Elle a expliqué qu'elle n'avait eu aucun contact avec elle durant ces dix dernières années. Elle a appris sa disparition quand la police est venue frapper à sa porte, relata Nan avec une légère excitation dans la voix. Jenny aimerait obtenir des réponses avant de mourir.

— Un risque pour que ça arrive à tout moment ?

L'esprit de Doreen dériva sur la femme dont elle avait reçu récemment les confessions, qui s'était éteinte le même jour.

— Eh bien, elle a un cancer de l'estomac. Alors, ce n'est pas comme s'il lui restait longtemps à vivre.

— Aïe… Je n'ai aucune réponse à offrir, donc ne va pas lui raconter que j'effectue des recherches sur elle, l'avertit Doreen.

— Trop tard, lui répondit chaleureusement Nan. Si tu m'interroges à propos de Manny, crois-moi, tu vas enquêter.

Doreen grommela.

— Je dois en savoir plus sur elle, par exemple là où Manny habitait, son style de vie, des détails du genre.

— Je ne sais pas si elle voudra parler de ça. Jenny est très pieuse.

Doreen se rassit et se mit à penser à ce qu'une femme très croyante penserait si sa fille avait choisi de devenir un homme. Tu parles d'une querelle familiale !

— Et elle n'a jamais accepté le choix de Meredith, n'est-ce pas ?

— Non, Meredith était censée se marier, avoir des enfants et être une femme normale. Comme toutes les filles à l'époque.

— Ne s'est-elle jamais mariée ?

— Si, et elle a eu un fils. Elle a divorcé peu après.

— Est-ce que Meredith l'a élevé ?

— Au début, oui. Puis il a choisi d'aller dans la famille de son père, à l'Est.

— Et il n'est plus dans le coin ?

— Non, je doute qu'il ait quelque chose à voir avec Jenny ou Manny. Selon Jenny, son petit-fils n'avait plus de lien avec Meredith lorsqu'elle est devenue Manny.

— Je suis désolée pour Manny, dit doucement Doreen. Je ne peux imaginer pire situation que de perdre toute ta famille alors que tu essaies d'être toi-même.

— Tu dois aussi te souvenir du contexte. Il y avait bien plus de jugement et bien moins d'acceptation à cette époque.

— Ça rend ses actes très courageux.

— Peut-être… mais personne n'a entendu parler d'elle – ou de lui – pendant un long moment. Je ne m'habituerai jamais à désigner Manny par *lui*.

— Je crois qu'il comprendrait. Donne-lui le nom avec lequel tu es le plus à l'aise. Donc Jenny n'a pas contacté la police pour signaler sa disparition ?

— Non, mais les flics l'ont appelée, car plusieurs amis de Manny n'avaient plus de ses nouvelles.

— C'est vraiment triste. Il y avait forcément un moyen de communiquer entre Jenny et Meredith… Manny ?

Doreen butait sur l'aspect fils-fille et décida que Manny n'était plus un enfant. Si elle avait choisi cette vie, eh bien *il* était un adulte.

— Non, la police a expliqué que ses amis ne savaient rien à propos de lui et qu'ils posaient des questions. Jenny a raconté aux flics tout ce qu'elle a pu, c'est-à-dire pas grand-chose, et elle n'avait plus affaire à Meredith depuis qu'elle était devenue Manny.

— Alors, elle ne peut pas m'aider en me fournissant des détails sur le moment de sa disparition, si ?

— J'en doute. Et même si elle souhaite des réponses, je crois qu'elle a peur de ne pas les apprécier.

— D'accord, acquiesça Doreen en grimaçant. Elle n'aimait déjà pas grand-chose à propos de la vie de son enfant, alors elle n'aimera pas plus la mort de Manny.

— Manny a eu une vie difficile, du genre que Jenny ne pouvait approuver, évidemment. Manny se droguait. Elle était alcoolique. Et ses amies avaient la même profession. Il est donc compréhensible que des prostituées finissent par se droguer et boire.

— En effet. Alors, Jenny ne veut probablement pas me parler ?

— Pas vraiment. Je peux la cuisiner pour obtenir davantage d'informations cependant, si tu le souhaites.

— Et si tu t'abstenais ? rétorqua sèchement Doreen. Peut-être simplement lui poser quelques questions sur les personnes avec qui Manny traînait, ce qu'elle savait de ses amis, là où elle vivait, des choses comme ça.

— Je suis dessus ! s'exclama gaiement Nan avant de raccrocher.

Chapitre 13

Dimanche après-midi...

CONFIRMATION ETANT FAITE que Manny était également Meredith, Doreen effectua des recherches sur la vie de Jenny Pollock. Il y avait un fils, tout comme Meredith, et c'était là tout l'arbre généalogique. Elle pouvait comprendre pourquoi la mère avait toujours voulu que la jeune fille la comble avec des petits-enfants. Cela aurait pu être la source de bien des problèmes. Mais Meredith s'était mariée et avait eu un fils, qui vivait désormais dans l'Est, selon Nan.

Doreen écrivit ses notes et pensa ensuite qu'il serait pénible de trouver des réponses, car dix années avaient passé. D'autant que Manny n'avait pas simplement disparu. Là, elle prit une pause. Elle se leva et se versa un verre de limonade, puis se rassit et ouvrit les scans qu'elle avait faits.

Les cartes d'identité étaient au nom de Meredith. Était-ce parce qu'elles étaient délivrées par le gouvernement et qu'elle n'avait pas déclaré officiellement son changement de sexe ? Comment cela fonctionnait ? Doreen savait qu'elle ne pouvait poser ces questions par SMS à Mack. Alors, elle rédigea un nouvel e-mail et y inséra autant d'explications que possible. Puis elle cliqua sur « Envoyer ». Quand son téléphone sonna de nouveau, elle n'était pas certaine de savoir si c'était Nan ou Mack. Elle décrocha et entendit la voix de Nan à l'autre bout du fil.

— Jenny veut des réponses, sans connaître les détails.

— Et comment tu peux avoir l'un sans l'autre ? s'insurgea Doreen.

— Elle ne veut aucune information contrariante. Elle n'a aucune idée de qui étaient les amis ni les collègues de Manny, mais elle tient absolument à savoir si Manny est vivant ou non.

— Elle ne s'y intéresse plus depuis qu'il a pris ce chemin. Pourquoi s'en soucier maintenant ? demanda Doreen, curieuse.

— Car Jenny est la gardienne de la famille et de l'arbre généalogique, insista Nan. Et je crois qu'elle veut être sûre d'avoir les bonnes dates pour sa bible.

Doreen se rassit bruyamment.

— Nan, ça manque tellement de cœur…

— En effet, confirma Nan. Mais Jenny n'est pas ce qu'on appelle une femme chaleureuse et accueillante. Tu peux donc sûrement concevoir que Meredith, ayant l'impression qu'elle n'aurait de toute manière aucun soutien ni amour, a décidé de prendre son propre bonheur en main.

— On ne peut la condamner pour ça. On a tous besoin d'agir pour notre bien.

— Exactement, approuva gaiement Nan. C'est pour cette raison que tu laisses Mack t'enseigner la cuisine.

Et là-dessus elle raccrocha, mais son rire traversait encore le téléphone de Doreen après son départ.

Doreen reposa son portable et haussa les épaules. Était-ce pour ça qu'elle laissait Mack lui apprendre à se préparer à manger ? Elle appréciait vraiment de passer du temps avec lui. Il était également une grande source d'informations, et il avait été d'un grand secours dans un tas de domaines de sa vie. Rien que son assistance dans la gérance des antiquités était précieuse. Était-ce mauvais de la part de Doreen de bâtir une relation avec lui ? Elle n'avait pas eu d'amis – de vrais –, jamais, aussi loin qu'elle se le rappelait. Elle avait toujours été guidée pour avoir les *bons* amis. Ceux qui pouvaient la faire avancer. Tandis que maintenant, elle appréciait quelqu'un qui la traitait normalement et se sentait à l'aise auprès d'elle.

Sur ces considérations, un e-mail arriva. Elle le lut à voix haute.

Le dossier mentionne qu'il a mené une vie intéressante et était sexuellement attiré par les deux genres. Aucun dossier médical n'indique qu'un changement de sexe a été entamé ou effectué, mais puisque nous n'avons aucun corps et seulement un compte rendu concernant une personne disparue, c'est difficile à confirmer.

Donc, une fois de plus, pas de grande avancée. Elle referma brutalement son ordinateur, se leva puis lança :

— Ce dont je suis certaine, c'est que j'ai passé toute la journée sans manger depuis le petit-déjeuner, et que maintenant, je meurs de faim.

En vérité, elle avait occupé son temps à repousser le désir des spaghettis hors de son esprit pour ne pas se servir une seconde assiette trop tôt. Mais elle abandonnait cette idée maintenant. Elle prévit d'en avoir une dès qu'elle pourrait la mettre à réchauffer. Mais avant même d'en avoir l'occasion, la sonnette retentit. Elle râla.

— OK, là, ça fait vraiment trop de compagnie, décréta-t-elle.

Toutefois, elle se précipita vers la porte d'entrée et l'ouvrit. Richard, son voisin, le visage complètement grincheux, la fixait d'un œil plus mauvais que jamais.

Doreen haussa un sourcil.

— Vous avez trouvé d'autres trucs ?

Il secoua la tête et rétorqua :

— Non, mais avez-vous vu ces gens ?

Elle regarda dans son jardin, là où il pointait du doigt, et toutes sortes de personnes s'y tenaient et prenaient des photos.

— Non, répondit-elle. Je ne comprends pas.

Elle regarda aux alentours et ne distingua aucun véhicule de médias. Rien n'indiquait qu'ils étaient journalistes. Puis elle aperçut l'énorme bus garé dans l'impasse.

— Qui sont-ils ?

— Ça, c'est un autocar touristique japonais ! Maintenant, vous avez touché le gros lot ! On se trouve sur leur fichu circuit touristique !

Puis, dès qu'il eut hurlé ça, il souffla et traversa la pelouse jusque chez lui, où il claqua très fort la porte.

Et les appareils photo flashèrent, immortalisant toute la scène.

Chapitre 14

DOREEN CONTEMPLAIT AVEC horreur le groupe trimbalant des appareils photo, qui se tenait devant sa propriété, et l'énorme car touristique garé aussi près que possible du front de sa maison. Elle recula ensuite et claqua la porte, le cœur battant. Il fallait vraiment qu'elle les prenne en photo cependant. Elle saisit son téléphone, ouvrit la porte, sortit et les photographia. Puis elle battit en retraite dans son salon et envoya le cliché à Mack.

Puisqu'elle ne reçut pas de réponse dans l'immédiat, elle s'inquiéta et lui écrivit un autre message avec un point d'interrogation. Et là encore, pas de SMS. Désormais furieuse, elle se faufila dans la pièce et regarda par la fenêtre, mais le car était parti.

— Dieu merci ! murmura-t-elle.

Juste à ce moment-là, son téléphone sonna. C'était Mack.

— Il était temps que vous répondiez ! lâcha-t-elle sèchement.

Il aurait répondu s'il avait pu, mais il bafouillait trop à force de rire. Comment était-ce possible ? Elle fixait son portable.

— Ce n'est pas drôle !

— En fait… dit-il, essayant de parler en contenant son hilarité, ça l'est en quelque sorte.

— C'était un car touristique ! hurla-t-elle d'un ton menaçant. Un car rempli de touristes avec des appareils photo, courant dans tous les sens et prenant des photos de ma maison !

— Intéressant, souffla-t-il, mais elle pouvait deviner qu'il essayait toujours de masquer son rire.

— Ce n'est pas drôle, répéta-t-elle. Mon voisin est venu me le signaler, c'est comme ça que j'ai su.

— Alors, ça pourrait avoir duré longtemps ? demanda-t-il, curieux.

— Comment je suis censée le savoir ? Si ça ne suffisait pas d'avoir les médias locaux dans les pattes tout le temps, j'ai transformé ça en circuit touristique.

— Et je suis sûr que les visiteurs en sont tous ravis, plaisanta Mack essayant désespérément, une fois encore, de parler en contenant son hilarité.

— Ce n'est pas drôle, grommela Doreen avant de raccrocher.

Puis elle revint comme une tornade dans la cuisine, ignorant ses spaghettis réchauffés, et se dirigea tout droit vers son jardin. Pour maîtriser la colère qui l'habitait actuellement, elle devait pratiquer une activité plus physique que simplement manger. Elle prit ses gants et sa pelle puis s'attaqua au dernier parterre de ce côté du terrain. À ce rythme, elle aurait fini en un rien de temps. Elle ne pouvait s'enlever de l'esprit tous ces gens prenant des clichés de sa maison. Pourquoi celle-ci avait-elle abouti dans un circuit touristique ? Est-ce que le bruit avait couru de l'autre côté de l'océan qu'il y avait eu un meurtre – ou trois – ici ?

Elle espérait que non. De plus, ce n'était pas comme si cette demeure était si différente d'une autre et qu'un meurtre y était perpétré chaque jour. Cela la dérangeait que sa notoriété soit devenue si grande.

C'était toutefois une possibilité. Elle laissa ses mains et son corps consumer sa mauvaise humeur jusqu'à ce qu'elle finisse par s'arrêter, haletante, essuyant la sueur de son front. Elle recula en grommelant et se rendit compte qu'elle avait terminé tout ce parterre. Avec le peu d'énergie qu'il lui restait, elle prit le coupe-bordure et dessina une belle ligne tout du long, des deux côtés. Puis, en utilisant la fourche-bêche, elle œuvra là où était autrefois la clôture arrière, dégageant la terre et retirant les mauvaises herbes.

Elle en remarqua le long de la maison. Elle fronça les sourcils et se demanda si elle pouvait dénicher un tapis en caoutchouc fin et lourd, ou quelque chose d'équivalent, pour poser à cet endroit. Cela pourrait constituer un sentier sympa. Et cela n'aurait d'autre but que de garder libre cet espace. Comme elle s'arrêtait et se retournait pour regarder derrière elle, où la future terrasse pourrait se trouver, elle hocha la tête pour elle-même.

— Cette pelouse peut venir jusqu'au bord, ici, et les escaliers pourraient descendre directement jusqu'au nouveau patio, se dit-elle. (Puis elle examina une nouvelle fois le côté de la maison et continua à parler :) Plusieurs mètres de gravier et du géotextile ou de bonnes bâches rafraîchiraient cet endroit aussi.

Mais, bien sûr, ce serait encore plus difficile d'en ramener ici. Elle devrait s'en charger brouette par brouette. Cette idée la fit grogner. C'était toutefois une option, et elle savait que si elle installait une grande terrasse, elle devrait s'occuper de cette pelouse de toute manière. De plus, même si elle la coupait par la racine ou l'enlevait, il faudrait la transporter. Ensuite, elle devrait poser quelque chose pour empêcher l'herbe de repousser. Elle ne voulait pas qu'elle passe au travers des planches de la terrasse. Ça serait moche.

Alors, peu importait la façon dont elle l'envisageait, il faudrait apporter du gravier. Et cela signifiait étendre la surface de géotextile également. En plus de représenter un sacré coût, elle se rendit compte du travail physique que cela engendrerait.

Elle soupira et recula pour admirer le travail effectué sous le coup de la rage, puis se versa le restant de la limonade du frigo. Elle était maintenant fatiguée et nerveuse. Comment cela était-il arrivé ? L'effort était supposé la débarrasser du stress. Mais à la place, elle était assise là, observant un beau jardin, la tension serpentant en elle.

Le verre dans sa main, elle marcha le long du parterre qu'elle avait réussi à nettoyer et descendit jusqu'à la crique pour jeter un œil à la bruyère. Puis, laissant de côté ses nu-pieds, elle fit un pas dans le ruisseau, remarquant qu'il était encore plus haut. Mais de l'eau ne jaillissait pas des pompes de vidange pour le moment.

Refroidir ses pieds aida à rafraîchir tout son être. Elle se pencha, se lava les mains et s'éclaboussa le visage. Presque immédiatement, elle se sentit libérée de la chaleur et de la sueur. C'était vraiment dommage que le ruisseau ne soit pas suffisamment propre ni assez grand pour y nager, car elle en avait vraiment envie à cet instant.

Elle se tourna pour observer son jardin et la quantité de travail qu'elle avait abattu. C'était vraiment très joli. Sa limonade terminée, elle prit son verre et le remplit avec l'eau de la crique. Puis elle arrosa la bruyère. Avec la chaleur de ces derniers jours, il lui en fallait un peu pour survivre au repiquage.

Comme elle se tenait là à admirer son terrain, elle se demanda ce qui pourrait être envisageable. À ce rythme, ce serait un gros projet d'été. Elle ne pourrait déplacer ses brouettes de gravier qu'à un moment donné.

Elle revint sur ses pas pour étudier la vilaine section entre la maison et la clôture. Il y avait eu du gravier par ici à une époque, mais désormais, les mauvaises herbes passaient au travers. Elle pourrait prévoir de les empêcher de pousser. Des produits comme le vinaigre pourraient fonctionner, mais il en faudrait des litres. Pourtant, si elle utilisait cette méthode avant de poser le géotextile et de le recouvrir ensuite avec du gravier, ça aiderait beaucoup.

Elle était épuisée rien que d'y penser. Et elle avait déjà fatigué les animaux. Ils s'étaient écroulés sur la pelouse plus tôt et dormaient désormais.

Elle passa du jardin arrière à celui de l'avant, jetant d'abord un coup d'œil pour vérifier que personne n'était là pour la prendre en photo. Une petite barrière séparait la partie moche de la belle pelouse du jardin de devant. Et maintenant, forcément, elle avait besoin d'être tondue, ce qu'elle n'avait jamais entrepris auparavant.

Cependant, en constatant la hauteur de l'herbe dans cette zone, elle sut qu'elle ne pouvait pas l'ignorer plus longtemps. Elle se dirigea vers le petit cabanon dans lequel Nan gardait tous les outils de jardin et y trouva une tondeuse. Bonne nouvelle, elle était électrique. Malheureusement, malgré ça, elle était large et encombrante.

Elle la poussa jusque sur le côté de la maison, passa par la petite barrière, brancha la prise et appuya sur le bouton. Un bruit horrible emplit l'air, le même qu'elle avait pu entendre auparavant. Elle se déplaça avec précaution aux alentours et, au bout de quelques minutes, trouva que c'était en réalité une tâche facile. Elle souriait de plaisir en bougeant d'avant en arrière, la poignée se retournant facilement d'un côté et de l'autre. La seule précaution à prendre consistait à surveiller ce satané fil électrique.

Le travail serait bien plus simple si elle ne craignait pas sans cesse de le couper. Il lui fallut un bon moment pour prendre le coup de main et penser à toujours l'écarter, mais cela ne prit que dix minutes pour tondre cette petite parcelle. Ensuite, elle recula et admira sa pelouse. C'était adorable. Elle n'avait toutefois pas pensé à positionner le bac de ramassage sur le côté, et maintenant, il fallait ratisser. Cependant, c'était coupé, et, rien que ça, c'était une bonne chose.

Elle enroula avec précaution le fil de la tondeuse et la rangea dans le cabanon. Puis elle aperçut le panier à herbe. Grommelant face à sa stupidité, elle le retira du mur et le posa sur le dessus de la tondeuse pour la prochaine fois. Elle jeta un coup d'œil au jardin de derrière et sut qu'elle devrait le tondre bientôt. Mais d'abord, elle saisit un râteau et son bac à compost pour l'amener plus près de la zone à nettoyer. Puis elle ratissa les brins d'herbe. Ils formèrent un tas surprenant, car ça avait bien poussé. Utilisant le râteau et une pelle, elle chargea le tout dans le bac à compost. Ceci fait, elle retourna à l'arrière et soupira lourdement. Puis elle sortit la tondeuse une nouvelle fois, accrocha le panier et s'occupa de la pelouse.

À l'heure actuelle, elle ne détecta aucun signe de ses animaux. Malins. Au vu du travail à accomplir, ils étaient partis se cacher.

Une fois qu'elle eut terminé, c'était très joli. Toujours

inégal, mais avec de l'herbe fraîchement tondue à une certaine hauteur. Elle en a coupé beaucoup au niveau du bord irrégulier de son jardin de derrière, et ça lui donnait une allure sympa et impeccable. Bien sûr, l'autre côté de la parcelle était encore difforme, et elle devrait y consacrer du temps la prochaine fois.

Elle regarda de nouveau cette portion qu'elle avait terminée et sourit, fière d'elle. Elle se rappela soudain qu'elle devait s'occuper de l'arrosage. Il n'y avait aucune irrigation et, visiblement, pas de tuyau non plus. Elle vérifia dans le cabanon et trouva ce qui ressemblait à deux tuyaux. Elle les relia et, ainsi, ils traversaient presque entièrement le terrain. Elle les raccorda à la maison et ouvrit l'eau. Puis, avec un seau, elle descendit à la crique, le remplit et arrosa doucement la partie du jardin inaccessible au tuyau. Ce dont elle avait besoin, c'était d'un ou de deux tuyaux supplémentaires pour asperger le massif.

Pour l'instant, elle les laissa simplement près des plantes. Mais ils allaient finir par se tordre. Maintenant qu'elle avait accompli toutes ces tâches, elle se mit à penser aux bulbes qui se trouvaient encore dans le cabanon et qu'elle pourrait planter. Ils donneraient un coup de jeune tôt au printemps, avec des couleurs. Elle recula et s'effondra sur la petite terrasse. Chaque fois qu'elle y venait, la voir l'énervait.

Dès la minute où Mack l'avait titillée avec l'idée d'en bâtir une plus grande, elle ne put l'oublier. Assise là, elle crut avoir entendu quelqu'un dans le jardin de Richard. Elle l'interpella :

— Vous connaissiez Manny Pollock ?

— Non. Peu d'entre nous le côtoyaient, répondit la voix.

— Et sa mère à elle, Jenny Pollock ?

— Vous voulez dire sa mère à lui ?

— Oh… oui. C'est ça.

— Oui, elle est très impliquée dans la vie de l'église.

— Tout ce qu'on a trouvé dans votre jardin appartenait à Manny. Bien sûr, vous le saviez déjà.

Silence de mort.

Chapitre 15

LE SILENCE S'ETIRA jusqu'à ce que Doreen entende soudainement frapper contre la barrière. Il s'avéra que c'était son voisin, debout sur quelque chose pour lui permettre de passer sa tête par-dessus celle-ci. Il avait l'air complètement abasourdi et peut-être presque apeuré.

— Vous êtes sérieuse ?

Elle acquiesça.

— C'était marqué sur les pièces d'identité que vous avez trouvées. Vous avez vu le nom, j'en suis sûre. Je crois que les menottes et l'anneau lui appartenaient également, mais Mack essaie encore de tout relier à sa disparition.

— C'est absurde… dit Richard. Je ne l'ai pas payée ! Jamais je n'aurais fait ça. Je ne me sers de personne de cette façon.

Il secoua la tête si violemment que des mèches de cheveux blancs volaient partout. Doreen lui sourit.

— Découvrir ces objets ne signifie pas que vous êtes responsable. Depuis quand vivez-vous ici ?

— Presque onze ans. (Puis il s'arrêta, regarda le ciel et corrigea :) Ça fait douze ans.

— Vous étiez peut-être ici quand tout ça est arrivé, mais nous pensons que quelqu'un a volé le sac de Manny, qui était dans le casier des preuves au poste de police. Comment cela a atterri dans votre jardin, je l'ignore. Probablement des gosses, mais je doute qu'on le sache un jour.

Le soulagement traversa le visage de Richard qui agita la tête.

Doreen contempla avec fascination les mêmes mèches qui changeaient maintenant de direction et allaient de haut en bas.

— Oui, oui, acquiesça-t-il. C'est certainement ce qui est arrivé.

Elle se sentit désolée pour lui.

— Je ne crois pas que les gens pensent vraiment que vous avez payé Manny pour ses services.

— Vaut mieux pas pour eux, grogna-t-il. (Il regarda vers la route et demanda :) Ils sont partis ?

— Oui. Ils sont partis juste après vous.

— Bien. C'est une vraie honte de ne pas pouvoir sortir de chez moi.

— Ce n'est pas votre maison qu'ils photographient, rétorqua-t-elle d'un ton sec. Mais la mienne.

— Eh bien, si vous n'étiez pas avide de publicité…

— Je suis loin de l'être ! s'exclama Doreen, indignée. Ce n'est pas ma faute si je parviens à résoudre quelques affaires !

— Si ce n'est pas la vôtre, c'est la faute à qui ? aboya-t-il.

— Hé ! Je ne cherche pas le battage médiatique, mais des réponses pour ces pauvres familles, se défendit-elle.

Puis les yeux de Richard furent attirés par son jardin, et ses sourcils se levèrent.

— Ouah, vous avez réalisé pas mal de choses ici !

— J'essaie, confirma-t-elle à contrecœur. Le parterre le

long de votre barrière est terminé, mais je ne me suis pas encore occupée de l'autre côté. J'ai simplement réussi à trouver des tuyaux afin d'avoir un peu d'eau pour le jardin. Je n'en ai pas assez cependant. Je dois en acheter d'autres.

— Nan en possédait un paquet, informa-t-il.

— Peut-être, mais je n'ai pu en trouver que deux.

— Continuez à chercher, conseilla-t-il. Je crois qu'elle en avait suffisamment pour descendre jusqu'à la crique.

Doreen bondit sur ses pieds.

— C'est exactement ce dont j'ai besoin ! J'espérais également, peut-être, installer une plus grande terrasse par ici.

Il observa la terrasse actuelle et lâcha :

— Vous devriez. Celle-là est assez pourrie.

Elle se tourna pour l'observer à son tour.

— Ah bon ?

— Oui ! Tôt ou tard, vous allez passer à travers. Vous n'allez pas tomber de haut, mais vous pourriez vous couper méchamment avec le bois.

— Ce n'est pas enviable… Seulement, je n'ai pas d'argent pour embaucher quelqu'un.

— Vous n'avez pas besoin d'employer qui que ce soit. Ce n'est pas compliqué, dit-il avant de disparaître.

Elle leva les deux mains en signe de frustration.

— Oui, parfait, merci pour cette info ! lança-t-elle sèchement. Mais ça ne m'aide pas vraiment ! J'ignore comment réparer ça.

— Vous ne saviez pas non plus résoudre des affaires criminelles ! entendit-elle en réponse. Mais vous réussissiez à faire des ravages. Alors, occupez-vous de votre terrasse. Je suis certain que là aussi, vous causerez toute sorte de chaos pendant vos travaux.

Elle lança à Richard un regard noir à travers la clôture,

mais il avait raison. Elle n'avait eu aucun entraînement pour mener des enquêtes, mais elle s'en était sortie. Alors, peut-être qu'elle ne requerrait pas beaucoup d'aide avec la terrasse non plus. Mais d'abord, elle devait trouver le reste des tuyaux de Nan. Elle retourna au petit cabanon et chercha de haut en bas. Une boîte au fond était recouverte d'un pot, et, en l'ouvrant, plusieurs araignées en sortirent. Elle bondit en arrière en se secouant les mains.

— OK, on n'a pas besoin de ça ! (Elle se tourna pour appeler Goliath, et il fonça à l'intérieur.) Tu aurais envie d'une chasse aux araignées ? lui demanda-t-elle.

Pire que ce à quoi elle s'attendait, il se contenta de la dévisager et se coucha au milieu des toiles d'araignées. Elle grommela.

— Très bien, maintenant, tu ne rentres pas dans la maison avant qu'on te retire tout ça !

Thaddeus, qui était endormi sur la balustrade de la véranda, sauta sur le sol, vint jusqu'à eux puis sauta sur la boîte. Sa tête s'agita à l'intérieur, et il en ressortit avec un truc noir à huit pattes qui se tortillait dans le bec. Puis il sauta à terre et Goliath le prit en chasse. Thaddeus laissa tomber l'araignée dans un cri et s'envola.

En voyant cela, le chat eut l'air à la fois joyeux et arrogant. Arrogant dans le sens où un félin jouerait avec sa proie. Il donna des coups à l'araignée de gauche à droite, de plus en plus nombreux. Lorsque le jeu devint ennuyeux, il marcha dessus. Un petit *crac* donna des frissons le long du dos de Doreen.

Mais il était sans doute plus sûr de vérifier la boîte désormais.

Elle la traîna dehors et, avec précaution, les mains gantées, la renversa. Elle était pleine de tuyaux. Il y en avait même un avec une lance manuelle. D'autres étaient enroulés. Elle les nettoya rapidement. Elle en trouva six en tout, alors elle en sortit trois pour les utiliser sur le côté droit et en ajouta un pour rallonger les deux situés sur la gauche.

Ceci fait et l'eau arrosant minutieusement le jardin jusqu'à la crique, elle revint sur ses pas, pour examiner les deux derniers.

— Ils devraient suffire pour la partie de devant, supposa-t-elle, soucieuse.

Les traînant jusqu'à l'emplacement prévu, elle en installa un pour entourer le jardin. Cependant, elle comprit rapidement que ça n'aurait aucun effet. Mais si elle installait un tourniquet quelque part au milieu, elle pourrait probablement arroser toute la surface. Elle retourna au cabanon, y jeta un œil et, sans surprise, trouva ce qu'elle cherchait. Elle en connecta un au tuyau en place. Maintenant, elle ne devrait pas oublier de tout arrêter. Elle enclencha un minuteur sur son téléphone et lança l'arrosage. Elle avait utilisé tous les tuyaux qu'elle avait dénichés. Une bonne chose que Nan soit une jardinière. Elle aimait ses plantes également et ne les aurait jamais laissées mourir de soif.

Ensuite, Doreen rangea tout le reste dans le cabanon et laissa la boîte en carton vide dehors pour laisser les araignées faire leur vie, voire disparaître avec de la chance. Puis elle ferma l'abri. De retour dans la cuisine, elle mit en route la cafetière pendant qu'elle admirait son jardin. Cela la ramena aux commentaires de Richard selon lesquels tout le monde connaissait Jenny et la place qu'elle occupait à l'église était importante. Tellement qu'elle n'avait rien voulu savoir à propos de sa fille. Cela étant, tout le monde n'était pas d'accord avec les choix de ses enfants. Et apparemment, son voisin comprenait ce que Manny avait entrepris pour survivre. Elle se demanda si elle pourrait lui en reparler. À cet instant, la minuterie pour ses arroseurs sonna.

Elle se dirigea vers son jardin, coupa l'eau et cria :

— Vous êtes toujours dehors ?

— Oui ! grommela-t-il.

— Vous connaissez des amis de Manny à qui je pourrais parler ? Personne ne l'a jamais retrouvé après tout ce temps.

— Peut-être est-il retourné dans l'Est.

— Peut-être, mais il aurait encore des amis par ici, cependant.

— Peter. Peter Callahan.

— Et comment vous savez que c'est un ami ?

— Car son père, Jeremiah Callahan, était un de mes amis. Peter était aussi un gros junkie, il a fini à la rue et n'a jamais pu en sortir.

— Est-ce que Peter est en vie ?

— Oui, mais il est sans doute encore en train de se droguer.

— Il doit approcher les 40 ans maintenant, non ?

— Probablement dans ces eaux-là. Sans doute même cinquante. Peut-être est-il devenu un maquereau ou simplement un sans-abri, assis à un coin de rue, à la recherche de sa prochaine dose.

— OK. Je verrai si je peux le trouver.

Il y eut un silence choqué de l'autre côté de la clôture et ensuite, tout à coup, la tête de son voisin réapparut au sommet de la clôture privative.

— Vous n'êtes pas sérieuse, si ? demanda-t-il.

Elle opina du chef.

— Comment pourrais-je savoir ce qui est arrivé à Manny, sinon ? répondit-elle raisonnablement.

Il y réfléchit un moment puis approuva :

— Je suis sûr que Peter peut vous renseigner sur ses autres amis.

— Je veux savoir avec qui Manny a pu être cette nuit-là.

— Les flics devraient être au courant.

— Peut-être, mais on doit prendre en compte le fait que sa disparition n'a pas été signalée les premiers jours. Personne ne semblait avoir remarqué qu'il n'était plus dans le coin.

— C'est vrai, acquiesça-t-il tout en continuant à avoir l'air pensif tandis qu'il fixait la pelouse de Doreen. Vous réalisez du bon boulot, concéda-t-il à contrecœur. Peut-être pourriez-vous retrouver Manny après tout.

— Je l'espère, dit-elle avec gentillesse. Tout le monde mérite la justice, même quelqu'un ayant une vie chaotique comme Manny.

Et là-dessus, son voisin disparut une nouvelle fois de l'autre côté.

Mais elle se sentit mieux en sachant que Richard comprenait d'où elle venait. Elle retourna à l'intérieur pour effectuer une recherche sur Peter Callahan et son père, Jeremiah, qui avait été l'ami de son voisin. Après quelques requêtes, elle apprit que Jeremiah gérait l'une des boutiques d'occasions en centre-ville. Il devait déjà être à la fin de la soixantaine, si ce n'était plus âgé, mais ça ressemblait à un dépôt-vente au profit des œuvres de charité. Il permettait de lever des fonds pour les centres d'hébergement, comme indiqué sur le site internet.

Toujours partante pour un road trip, elle baissa les yeux pour vérifier l'heure puis se dit que ça allait probablement déjà fermer puisqu'il était déjà cinq heures moins le quart. Cependant, elle pensait avoir le temps pour un rapide aller-retour. Mugs souffrant d'un manque d'attention, elle lui mit la laisse et l'emmena à la voiture. En ouvrant la portière,

Goliath y entra en courant. Thaddeus se tenait sur les marches et poussa un cri : « Thaddeus est là ! Thaddeus est là ! »

— Vraiment ? Il faut que vous veniez tous ?

Mais la réponse était évidente tandis que Thaddeus vola jusqu'au siège avant. Elle le leva et le posa sur son épaule puis se mit au volant.

— Goliath, tu porteras un harnais.

Ne lui laissant pas une chance de protester, elle glissa le harnais qu'elle gardait dans son sac par-dessus la tête de Goliath. Elle ne le clipsa pas sur la laisse, pensant qu'elle allait le laisser d'abord porter le premier. Mais elle conserva la laisse à portée au cas où elle aurait besoin de le contrôler. Rien que d'y penser, elle rit.

De son allure typique, Goliath était étendu là et la fixait. Pour seule réponse, elle obtint un mouvement de sa queue.

Elle ouvrit la porte du garage, appréciant la facilité de l'opération, puis se dirigea vers le centre-ville.

Elle entra dans le deuxième magasin d'occasions, tenant la porte ouverte pour Goliath et Mugs. La plupart du temps, le chat restait près d'elle de toute manière. Mais là, c'était une boutique. Dans laquelle se trouveraient potentiellement des objets fragiles. Elle le prit rapidement à bras avant qu'il ne s'éloigne d'elle en courant.

L'homme au comptoir leva les yeux et déclara :

— On ferme dans quelques minutes.

— Merci. (Elle lui adressa un charmant sourire et lança :) Vous n'êtes pas Jeremiah Callahan, si ?

Il fronça les sourcils et hocha la tête.

— Un peu que je le suis. Qui êtes-vous ?

Doreen se présenta.

— Je vous connais. J'aurais dû faire le rapprochement

grâce aux animaux. (Il ricana et continua :) Eh bien, je ne sais rien à propos d'affaires non résolues, alors inutile de me questionner sur quoi que ce soit.

— C'est là que vous vous trompez.

Il se redressa et son regard s'étrécit.

— De qui parlez-vous ?

Il était bourru, mais allait droit au but. Elle aimait bien ça.

— Manny Pollock, répondit-elle. Et je crois que votre fils, Peter, était un bon ami à lui.

Chapitre 16

L E VISAGE DE Jeremiah fut traversé par beaucoup d'émotions différentes en tellement peu de temps qu'il était difficile de les identifier. Doreen parvint à saisir la tristesse et le chagrin, la colère et la frustration, puis l'acceptation.

— Peut-être que j'en sais un peu, alors. (Il se laissa tomber sur une chaise de l'autre côté du comptoir, le visage légèrement affaissé.) Vous n'êtes venue que pour ça ou aussi pour acheter quelque chose ? (Il désigna le magasin.) Jetez-y un œil. Je dois conclure une vente aujourd'hui.

Le cœur de Doreen fit une embardée en entendant ça.

— Le commerce se porte si mal ?

Il haussa les épaules.

— Eh bien, il est pas très bon, c'est sûr.

Le hasard voulut qu'elle aperçoive des mugs juste devant le magasin. C'était un ensemble, parfait pour le café, de poteries faites main. Elle les attrapa et les admira.

— Combien pour ceux-là ?

Il regarda et annonça :

— Cinquante cents.

Elle afficha un large sourire et déclara :

— Je prends les quatre.

Puis elle les déposa sur le comptoir. Mais maintenant qu'il l'avait hameçonnée, elle scruta alentour, voulant prendre du temps en quête d'un objet quelconque. Pas qu'elle ait besoin de grand-chose, mais bon…

— Que pouvez-vous me dire sur Manny ? s'enquit-elle d'une voix légèrement plus aiguë.

Des vases et toutes sortes d'articles étaient exposés. Elle ne croyait pas avoir de vase à la maison. Elle n'arrivait pas à se le rappeler… Mack l'avait aidée à passer en revue tout le stock de sa cuisine et à se débarrasser d'une partie pour le rendre bien plus raisonnable. Il aurait pu en contenir un, mais elle ne s'en souvenait pas et ne voulait pas en acheter si elle en possédait déjà.

Elle déambula jusqu'à trouver un adorable saladier. Thaddeus piailla sur ses épaules. Elle le prit, l'étudia avec précaution à la recherche du moindre éclat et jugea sa taille.

La tête du perroquet s'agitait de haut en bas tandis qu'il le regardait à ses côtés.

Jeremiah l'interpella.

— Ça fait un dollar !

Elle sourit intérieurement, pensant qu'il s'agissait d'une bonne affaire. Quel chouette magasin ! Elle était en train de vraiment s'y mettre. Elle prit le saladier en verre et le déposa avec les mugs.

— Vous n'avez pas répondu à la question.

Il regarda les articles sur le comptoir et lança :

— Vous êtes une dépensière, n'est-ce pas ?

— J'ai hérité d'une maison pleine d'objets, dit-elle en guise d'excuse.

La compréhension apparut dans le regard de l'homme, et

il hocha la tête.

— J'avais oublié ça. Nan a toujours été une sorte de collectionneuse, hein ? (Il saisit les ventes et déclara :) Vous pouvez continuer votre petit tour.

— Je pourrais, mais vous savez quoi ? Je n'ai pas encore obtenu de réponse.

Elle essaya d'avoir un ton un peu plus ferme. S'il voulait qu'elle lui achète quelque chose, il devait aussi répondre à ses interrogations. Pas qu'elle n'acquerrait pas ces articles, mais quand même. Il la dévisagea d'un air morose et raconta :

— Manny a toujours été le bienvenu chez moi. Quand il était Meredith, elle était aussi la bienvenue. J'ai cru à un moment qu'elle et mon fils allaient se marier. C'est peut-être une bonne chose qu'ils ne l'aient pas fait. Toutefois, peut-être qu'elle ne serait pas devenue Manny.

— Je suis sûre que c'était une période particulièrement troublante pour lui, dit gentiment Doreen. Je ne le juge pas du tout pour ça.

Il opina du chef, visiblement content de sa réponse.

— Manny était une bonne personne. Mais après que lui et Peter sont devenus accros à la drogue, vous pouviez déceler un changement de personnalité radical. D'hébétés sur un canapé, ils se mettaient à délirer comme des dingues et à hurler l'envie d'une nouvelle dose. (Il soupira.) Et ensuite, ils sautaient sur leurs pieds et s'en allaient, en quête de drogue. Je sais parfaitement comment ils obtenaient l'argent nécessaire. J'ai vraiment essayé de sevrer Peter. Je l'ai envoyé en désintox, mais je n'avais plus les moyens de continuer à payer. Parce que dès qu'il en sortait, il renouait avec les ennuis.

Doreen remua la tête.

— D'accord, je comprends. Je veux dire heureusement

que ce n'est pas une situation à laquelle j'ai dû faire face personnellement. Mais je conçois qu'on ne peut pas vraiment remporter ce combat. Vous savez ce qui est arrivé à Manny ?

Il haussa les épaules.

— Je n'ai eu aucune nouvelle avant la semaine suivante. Je ne l'avais pas vu depuis des mois.

— Alors, vous ne saviez rien de sa vie ? Qui étaient ses amis, s'il était fiancé ou quelque chose comme ça ?

En entendant « fiancé », il rit.

— Absolument pas. Ce n'était pas dans ses projets.

— Peut-être pas, mais ayant été marié une fois, peut-être désirait-il la sécurité d'un second mariage.

— Quelle sécurité ? lui demanda-t-il en la regardant avec étonnement. Elle a fini par divorcer. Comment un mariage peut-il en offrir ? De nos jours, les séparations sont devenues la norme, et cela implique seulement la ruine financière des personnes impliquées.

— Est-ce que c'est ce qui lui est arrivé ?

Il confirma d'un signe de tête.

— Son mari a presque tout récupéré. Et l'enfant était en garde alternée. Elle s'est retrouvée avec rien, a déménagé dans un petit appartement, et je crois que le summum a été le problème d'identité de genre. Si c'est le terme politiquement correct.

— Je ne suis pas sûre, mais il me convient. Et ça aurait été pénible s'il n'avait rien eu en dehors du mariage. Il avait un boulot ?

— Manny travaillait comme agent d'accueil à l'époque. Pour un bureau de médecin. Un chirurgien esthétique, je crois. Il évoquait souvent l'argent que gagnaient les praticiens et à quel point il enviait ces gens plutôt moches qui devenaient des personnes assez belles. (Il secoua la tête.) Mais le coût de ces chirurgies l'abattait.

— Je m'en doute. Donc il travaillait comme agent d'accueil puis a divorcé. Est-ce qu'il a conservé son boulot après ça ?

Jeremiah opina du chef.

— Pendant un petit moment. Mais ensuite, elle a commencé à fréquenter les bars gay et puis… vous savez, différents groupes de personnes qui n'étaient pas très bien pour elle. Et ça l'a amenée dans un cercle vicieux. (Il secoua la tête.) Elle était proche de Peter et d'un couple de femmes avec qui elle travaillait. Ils étaient plutôt soudés, tous les quatre. (Il haussa les épaules.) Ils étaient tous dans le même domaine.

— Est-ce que votre fils y est toujours ?

— Pas vraiment, rétorqua-t-il en secouant la tête. Ce n'est pas comme s'il réalisait encore beaucoup d'affaires dans ce domaine. Je lui apporte un repas tous les deux jours. (La fatigue se lisait sur son visage désormais.) Ça craint, vraiment.

— Je suis navrée. C'est difficile quand on ne peut pas aider ceux qu'on aime. C'est un scénario si triste. Où pourrais-je le trouver pour lui parler ?

Jeremiah hésita.

— Il pourrait se mettre en colère, l'avertit-il.

Goliath prit un moment pour s'étirer vers le comptoir, ses pattes en cliquetant la partie supérieure. Jeremiah se pencha et le regarda avec étonnement.

— Pour quelle raison ? s'enquit Doreen.

Ses yeux revenant vers elle, il lui répondit :

— Il devient vraiment triste quand on aborde la mort de Meredith.

— Il est sûr et certain qu'elle est morte ?

— Je ne crois pas qu'il y ait un moyen d'en être persuadé. Si Peter détenait la moindre information, il la partagerait avec les flics.

— D'accord. C'est bon à savoir.

— Oui. Jamais il n'a délibérément enfreint la loi, excepté quand ça concernait la drogue. Et la drogue, ça reste la drogue. On ne peut pas faire grand-chose contre ça.

Doreen opina du chef et sourit.

— Dans ce cas, la vraie question est : est-ce que ça vous ennuie si je vais lui parler ? Y a-t-il une raison pour ne pas y aller et découvrir ce qu'il aurait éventuellement caché à la police, car considéré comme futile ?

— C'est possible. Il se méfie pas mal des forces de l'ordre. C'est le cas de tous ceux dans ce business.

— Bien sûr. Ils se font arrêter à chaque coin de rue.

Ces propos firent rire Jeremiah.

— C'est bien vrai ! (Puis il réfléchit pendant un long moment avant de reprendre la parole :) En général, il cuve du côté de Pandosy, quelque part non loin du vieil hôtel. Quand je descends en ville, j'essaie de l'appâter avec un lit au refuge pour quelques nuits. De l'inciter à se laver puis à avaler un peu de nourriture.

— Je suppose qu'il n'y a pas assez de logements pour les personnes vulnérables dans notre société, hein ?

— Il y a des foyers. Mais ils ont tendance à vite se remplir. Ça ne dérange pas trop Peter de s'y rendre, ils lui offrent souvent une bonne nuit de sommeil ou un lit et une douche en échange d'un peu d'aide là-bas. Il balaie, nettoie les poubelles, des tâches comme ça.

Cette idée rendit Doreen lumineuse.

— Bien ! Peut-être le laissent-ils manger les restes aussi.

Il gloussa.

— Ils ne peuvent pas vraiment prêter main-forte aux sans-abri, car une fois que le bruit court, tout le monde désire la même chose. (Puis il ajouta, très sérieux :) Il y a une soupe populaire, alors je sais qu'il a au moins un repas par jour. Mais parfois, il s'y rend trop tard, lorsqu'il ne reste plus rien. Je ne peux rien faire de plus.

— Bien sûr. Merci. (Elle regarda les mugs et demanda :) Vous avez quelque chose pour les transporter ?

Il prit les quatre mugs, les enveloppa dans du vieux papier journal et les posa délicatement dans le saladier en verre. Puis il le leva et le tendit à Doreen en disant :

— Voilà. Maintenant, vous pouvez les emmener.

Chapitre 17

Dimanche, fin d'après-midi...

DOREEN SE MIT à rire.

— Bien sûr ! Pourquoi pas ? Ça marche.

Mugs à ses côtés, Goliath marchant devant eux et Thaddeus toujours sur son épaule, elle retourna à la voiture. Elle voulait vraiment jeter un autre coup d'œil au magasin d'occasions, mais Jeremiah l'avait suivie et avait fermé derrière elle. Posant ses précieuses acquisitions à l'arrière de sa voiture, elle fit monter le chien à l'avant et lui dit :

— Qu'en penses-tu ? Est-ce qu'on doit aller faire un tour dans le centre pour voir si Peter s'y trouve ?

Mugs lui répondit d'un aboiement. Thaddeus caqueta et Goliath la fixait, l'air de s'ennuyer. Elle hocha la tête.

— D'accord, on y va.

L'endroit n'était pas trop loin, il fallait conduire environ dix minutes. Pas autant que pour se rendre à Glenmore. Elle avait fini par connaître la région de Kelowna. Dès qu'elle trouva la succession de coins de rue, elle s'introduisit dans une artère adjacente, s'y gara, sortit de la voiture et vérifia si elle devait payer. Mais comme c'était le weekend, c'était gratuit. Ravie, elle se tourna vers ses animaux et leur lança :

— Allons nous promener !

Toutefois, au lieu d'aller en plein milieu de la rue, elle se dirigea vers les ruelles. Elle tomba sur un groupe de trois hommes blottis l'un contre l'autre, piquant une sieste sur le trottoir. Elle étudia attentivement leur visage, mais elle n'y décela aucune ressemblance avec celui de Jeremiah. Elle continua jusqu'à tomber accidentellement sur le refuge. Tout en l'observant, elle se dirigea sur le côté, où se trouvait un homme seul, assis sur un banc avec une tasse de café. Il avait l'air d'un candidat potentiel. Elle marcha jusqu'à lui et lui demanda :

— Êtes-vous Peter ?

Il haussa les sourcils, surpris, mais apparut tout de même amical.

— Je viens de parler à votre père, raconta-t-elle, prenant place à côté de lui.

Cette fois, il parut plus choqué qu'autre chose. Mais toujours abordable.

— Je suis Doreen, indiqua-t-elle en tendant une main pour serrer la sienne.

Et à cet instant, elle sut qu'elle le surprenait une fois de plus quand il dut changer son café de main pour pouvoir empoigner celle de Doreen. Son geste était rouillé comme si peu de monde voulait encore le saluer comme ça. Il avait la main sale et sèche, mais elle la serra comme si c'était celle du meilleur des gentlemen dans une salle de conférence. Puis elle lui sourit et reprit :

— Je ne sais pas si vous avez entendu parler de toutes les affaires classées que j'ai résolues dans cette ville.

Il acquiesça lentement.

— Il était temps que quelqu'un s'y intéresse.

Sa voix était rauque comme s'il avait fumé énormément

de cigarettes en peu de temps.

— En effet. Eh bien, je suis l'une des personnes impliquées.

Il baissa les yeux vers Mugs, regarda de nouveau Doreen puis lui dit, dans un souffle :

— Vous êtes la folle avec les animaux.

Cela la fit grimacer. Elle souleva ses cheveux pour lui montrer Thaddeus, qui était blotti contre son cou. Les yeux de l'homme s'arrondirent. Puis il tendit la main, mais la laissa retomber à mi-chemin.

— Est-ce qu'il reste comme ça ? questionna-t-il.

— Oui, la plupart du temps. Il aime bien se promener sur mon épaule aussi.

Thaddeus leva la tête, poussa un cri à l'intention de l'homme et causa : « Thaddeus est là. Thaddeus est là. »

Peter gloussa.

— Ouah, il parle !

— Il parle, en effet, confirma-t-elle en se rendant compte à quel point les animaux peuvent aider à briser la glace dans ce genre de situation. Son nom est Thaddeus, et voici Mugs.

Puis elle pointa du doigt le chat errant autour d'une bouche d'incendie pas très loin. Mugs voulait y aller aussi, mais elle le tenait en laisse.

— Et voilà Goliath.

Peter considéra les trois animaux avant de sourire.

— Vous êtes la femme aux ossements, rebondit-il avec satisfaction. Celle qui aide dans toutes les enquêtes non résolues.

Elle acquiesça.

— Oui, ça me définit parfaitement !

Il observa les bestioles avec curiosité et demanda :

— Qu'est-ce que vous me voulez ?

— Manny, répondit-elle gentiment. J'ai pensé que quelqu'un pourrait peut-être s'intéresser à sa disparition.

Au lieu de la réaction à laquelle elle s'attendait, les yeux de l'homme se remplirent de larmes.

— Je vous serais tellement reconnaissant si vous parveniez à le retrouver, murmura-t-il.

— Je peux enquêter, mais je ne peux garantir que je trouverai des réponses, l'avertit-elle.

— Bien sûr, mais n'importe quoi serait déjà mieux que rien.

— Que pouvez-vous me révéler sur les derniers jours précédant sa disparition ? questionna Doreen en passant son téléphone en mode dictaphone afin de pouvoir le réécouter plus tard.

— Les affaires habituelles. Je me suis torturé le cerveau à essayer de trouver le moindre indice qui ferait la différence, mais je n'ai jamais réussi.

— Alors, dites-moi, qu'avez-vous raconté à la police ?

Il haussa les épaules.

— Pendant quelques jours, on était seulement assis, à nous droguer, à faire nos passes, puis encore des drogues et des passes. (Sa voix devint neutre et sans intonation comme s'il avait expliqué ça des dizaines de fois.) Puis il est parti avec un client, et je ne l'ai jamais revu.

— Et qui était ce client ?

— Aucune idée. Je ne l'avais jamais aperçu dans le coin. Enfin, je ne crois pas.

— Est-ce que c'était une situation habituelle ?

— Oui. Parfois, ils voyagent jusqu'ici pour les passes. De temps en temps, leurs connaissances les orientent vers un autre quartier. Ou s'ils ne sont pas habitués à payer des prostituées, ils ne veulent pas être vus retourner au même endroit trop souvent. Kelowna est une grande ville touristique, alors, vous savez, n'importe qui étant habitué à fréquenter les prostitués ne pense pas en trouver un dans un autre endroit.

— Et son véhicule ? Vous pouvez m'en dire plus ?

Il l'observa. Son regard était un peu trouble quand il lui indiqua :

— C'était un fourgon. Un fourgon noir.

— Cabine double, grand lit, du chrome voyant et brillant dessus ?

— Je ne m'en souviens pas, souffla-t-il, perplexe. Les flics ne m'ont pas du tout interrogé à ce sujet.

— Je suis sûre qu'ils vous ont demandé de quel véhicule il s'agissait.

— Ça dépend quand. Je ne leur ai peut-être pas révélé la vérité. Parce que j'étais souvent sous l'influence de la drogue.

— Rappelez-vous maintenant, le pressa Doreen. Et parfois, la meilleure méthode pour raviver la mémoire, c'est d'être bien assis, au calme, et de penser à votre ami et à la dernière fois que vous l'avez vu. Est-ce qu'il vous a fait signe quand il est monté dans le fourgon de ce nouveau client ? Vous a-t-il adressé un pouce levé ? Est-ce qu'il vous a souri et indiqué qu'il serait de retour dans dix minutes, puis a roulé des yeux parce que ce gars ressemblait à un grippe-sou ?

Peter rit.

— On dirait presque que vous le connaissez, car il faisait des trucs comme ça tout le temps. (Il y réfléchit plus sérieusement et sourit avant d'ajouter :) Il a levé le pouce, accompagné d'un petit signe du doigt, je savais donc qu'il était particulièrement content.

— Et cela signifierait quoi ? Qu'il avait bonne allure, qu'il lui convenait ou peut-être qu'il était riche ?

— Tout ça. L'argent était important, car c'est lui qui procurait notre prochaine dose.

— Faisait-il des passes pour que vous ayez de la drogue aussi ? demanda-t-elle gentiment.

Il opina du chef.

— Parfois. Ma dernière dose remonte à six mois. C'est dur, mais j'essaie doucement de me sevrer.

Doreen le regarda avec ravissement.

— Ce sont d'excellentes nouvelles ! Vous devriez l'annoncer à votre père. Il serait fier.

— Je ne veux pas lui dire, pas tout de suite. Pas avant d'avoir réussi à tenir une année entière. C'est comme avancer de dix pas puis reculer d'un, et je sais à quel point c'est facile de rebasculer. Je refuse de sombrer de nouveau cette fois, alors je ne veux pas lui apprendre que je suis clean puis rechuter et le décevoir encore.

— Je comprends ça. OK, bon, revenons à Manny. Il grimpe dans ce fourgon noir. Est-ce qu'il avait, vous savez, des roues sympas ? Chromées ? Est-ce que Manny était petit ? Est-ce qu'il a éprouvé des difficultés à monter dans le véhicule ?

— Il y avait des motifs à carreaux sur les côtés, et une doublure de caisse du même genre.

— Intéressant. C'est un détail important. Et il s'en servait pour grimper, car il était grand comment ?

— Environ un mètre quatre-vingts. Un peu plus que la moyenne pour une femme, mais pas tant que ça.

— Bien et était-elle… il…

Doreen s'arrêta à ce moment, car elle ignorait comment le formuler. Peter la dévisagea avec curiosité.

— Je ne veux pas paraître indélicate. Je ne sais pas comment m'exprimer, mais faisait-il ce boulot en tant qu'homme ou en tant que femme ?

Peter hocha la tête, compréhensif.

— C'était ça le truc avec Manny, il proposait les deux. Ça dépendait de ce que le mec souhaitait. Tout était une question d'argent. Certains jours, s'il se sentait bien, il s'habillait vraiment chic dans l'espoir d'y passer la journée.

Doreen n'était pas certaine de comprendre comment ça fonctionnait. Elle secoua la tête.

— Et ce jour-là, il était vêtu comme un homme ?

— Oui. Il est monté et ils sont partis. J'étais assis juste là, et le fourgon est allé dans cette direction, indiqua-t-il en désignant le bas de la rue sur Richter Street.

— Ça dure combien de temps en général un rendez-vous de ce genre ?

— Parfois, ils se rendaient seulement dans un coin du parking, et il en sortait une fois terminé pour être de retour dans les vingt minutes. Le fait qu'ils se soient éloignés signifiait qu'il en avait pour quelques heures.

— Et vous étiez simplement posé là, à attendre qu'il revienne ?

— J'étais juste là-bas, pas sur ce banc. Assis sur le bord de la route, expliqua-t-il en pointant du doigt le trottoir où se trouvait un grand jardin.

— D'accord. Alors, vous étiez posé, en train de fumer et d'attendre ?

Il confirma en opinant du chef.

— Autre chose s'est passé ?

Il haussa les épaules.

— C'était il y a longtemps. Rien ne tournait rond dans ma tête jusqu'à ce que je ne voie plus Manny. Je me suis endormi quelque part, là-bas. Le jardin public est pile en face, et je m'y rends souvent pour piquer un somme.

— Et quand vous attendiez-vous à le retrouver ? Durant la nuit ou le matin ?

— L'un ou l'autre. Je l'aurais croisé la nuit s'il était venu me réveiller ou si je l'avais déjà été. Ou au moins le matin.

— Où dormait-il ?

— Dans un lit, avec un client, s'il le pouvait. Autrement, parfois il pionçait sur ce banc ou en face, dans le jardin, avec moi.

— Alors, aucun de vous n'a de chambre quelque part ?

— Non, tout notre argent partait dans la drogue. Quand j'y repense, tout ce que je constate, ce sont des vies gâchées.

— Mais souvenez-vous. Vous accomplissiez quelque chose désormais. Depuis six mois. Et c'est un exploit pour lequel vous devriez vous récompenser tous les jours. Vous avez totalement vaincu ces six mois.

— C'est vrai, admit-il avec un sourire. Maintenant, si j'arrivais à m'en convaincre mentalement, ce serait parfait.

Doreen hocha la tête et afficha un rictus.

— Je comprends. Est-ce qu'il y a autre chose que vous puissiez m'indiquer ? Est-ce que Manny avait des ennemis ? Est-ce que quelqu'un le menaçait ? Est-ce que vous pensez que d'autres femmes du coin à cette époque auraient pu désirer ce client en particulier pour elles seules ?

— Ce sont de bonnes questions, lança Peter, admiratif. Je ne crois pas que les flics m'aient posé ce genre de questions.

— Eh bien, c'est le moment. Voyons ce qui en ressort.

Chapitre 18

Dimanche, heure du dîner...

DOREEN S'INSTALLA DANS une position plus confortable et se prépara à écouter.

— Il ne s'entendait pas très bien avec les autres femmes ni les autres hommes. Un groupe de travestis traînaient dans le coin, mais ils formaient une bande plutôt soudée, alors il n'y était pas vraiment inclus non plus.

— Souvent, les gens qui ne s'intègrent pas forment leur propre clan, dit calmement Doreen.

— C'était nous, apprit-il. Manny et moi avions été amis longtemps avant tout ça. Je l'ai connu en tant que Meredith pendant des années, alors ça n'a pas vraiment été une surprise quand il a fini par sortir du placard.

— Les changements de genre sont mieux acceptés aujourd'hui.

— Je ne crois pas que les femmes étaient jalouses de lui. Je pense qu'elles le considéraient comme une bête curieuse.

— Ce qui n'a fait qu'alimenter son sentiment d'aliénation.

— Exactement. Et depuis que je l'ai perdu, je me sens si seul...

— C'est parce que vous n'étiez que deux dans votre groupe, et, quand l'un disparaît, on perd une moitié. Je veux dire, c'est comme si vous aviez perdu la meilleure moitié.

Peter la regarda fixement, surpris.

— Vous êtes une personne vraiment surprenante. C'est une vision des choses tellement profonde, et c'est exactement ce que j'ai ressenti. C'est seulement maintenant, en me remémorant le passé, que mon esprit commence à se dégager de l'influence de la drogue. Et je me rends compte à quel point nous étions dépendants l'un de l'autre également.

— Quand vous ne l'avez pas vu ce matin-là, qu'avez-vous fait ?

— J'ai parcouru la ville, demandant à tout le monde si quelqu'un l'avait aperçu. Mais personne ne l'avait croisé. Personne n'avait prêté attention au fourgon. Personne n'avait vu le client. Personne n'avait rien remarqué, déplora-t-il en haussant les épaules. Mais à ce moment-là, j'étais saoul ou défoncé, alors inciter les gens à me parler n'était pas facile, et tous ceux que j'ai interrogés vivaient dans la rue, donc ils gardaient les informations pour eux de toute manière.

— Mais si quelqu'un tuait des prostitués, ils s'en seraient certainement rendu compte.

— Mais personne d'autre ne manquait à l'appel. Uniquement Manny.

— Intéressant, lança Doreen en se rasseyant contre le banc. Et la famille de Manny ? Il parlait de lui ?

— Manny parlait beaucoup de son fils, qui est allé vivre avec son père quand il s'est montré au grand jour. De temps en temps, il déprimait à cause de ce que ses choix lui avaient coûté, mais dans l'ensemble Manny était un dur à cuire et ne restait pas longtemps au fond du gouffre.

— Quel âge avait son fils quand il est parti ?

— Treize, peut-être. Il n'aimait pas comment agissait Manny.

— D'accord… et bien sûr, c'est triste aussi.

— Je ne crois pas qu'on puisse être autant blessé autrement que par la famille, suggéra Peter d'un ton calme.

— C'est vrai. Mais c'est aussi elle qui prend soin de nous et nous aime quand on en a le plus besoin.

— Alors, la vôtre est différente de la mienne, répondit-il en riant, avant de marquer une pause et de secouer la tête. Non, ce n'est pas juste. Mon père a fait énormément pour moi, et je ne l'ai pas suffisamment remercié. Je suis vraiment chanceux de l'avoir comme père. J'aurais aimé le lui dire.

— Je pense qu'il en est conscient. Il m'a parlé de vous. Mais, comme il me l'a avoué, c'est difficile de savoir comment aider.

— Je sais. J'espère vraiment avoir une bonne nouvelle à lui annoncer bientôt.

— Le plus tôt sera le mieux, car je crois qu'il a besoin d'être informé que vous avez pris un nouveau virage.

— Il n'a pas une vie facile, hein ?

— Il travaille dans un magasin d'occasions. Je lui ai acheté quatre mugs et un saladier, raconta-t-elle en riant. Le tout valait 3 dollars.

Il lui grimaça un rictus.

— Quelqu'un m'a offert un café aujourd'hui. Il lui avait probablement coûté 3 dollars.

— J'étais aisée avant, relata Doreen. Et puis je suis devenue très pauvre. Maintenant, je me rends compte que la richesse apparaît sous différentes formes et que toutes n'ont pas un lien avec l'argent. (Elle se leva, se tourna pour lui sourire et ajouta :) Si vous pensez pouvoir ajouter quelque chose à ce dont on a discuté, vous m'appellerez ?

— Je n'ai pas le téléphone.

— D'accord. Pouvez-vous utiliser celui du refuge ?

— Peut-être. Vous avez un numéro ? D'autres détails pourraient me revenir…

Elle hocha la tête, écrivit son numéro sur son bloc-notes et lui tendit la page.

— Souvenez-vous. Je tente d'aider Manny. Essayons enfin de découvrir ce qui lui est arrivé.

— Merci. Manny était quelqu'un de bien.

Là-dessus, Doreen s'arrêta et le regarda.

— A-t-il porté assistance à quelqu'un ? Avait-il un ami qu'il aurait pu aider ou qui pourrait savoir ce qu'il est devenu ?

— Je ne sais pas. Il avait pour habitude d'aller souvent au foyer pour femmes et de leur donner de l'argent. C'était généralement quand il planait pas mal, donc les centres le faisaient tout le temps sortir quand il était dans cet état.

— Alors, il connaissait peut-être quelqu'un là-bas ?

— Il a fini par y atterrir quand il… elle s'est séparée de son mari, jusqu'à ce qu'elle puisse se remettre sur pied. Mais ça n'a pas duré longtemps. Elle a fait son coming out à ce moment-là. Alors *il* s'est rendu au refuge puis dans un appartement et a commencé à se droguer. Il a perdu son boulot, son appartement, son fils et a fini à la rue.

— C'est un si triste dénouement, déplora Doreen.

— Ça l'est pour Manny. Pour moi, eh bien, peut-être que je peux changer ma fin.

— Quel a été le plus dur à arrêter, la drogue ou l'alcool ?

— La drogue. J'ai cessé de picoler dès que Manny a disparu. Mais ça a été plus difficile avec la came. Je partais très loin pour oublier puis je me réveillais. Le processus a été long. Chaque jour, j'en prenais seulement un peu au lieu de me shooter à fond. Je me suis assuré d'étaler ça sur trois jours puis quatre et ensuite cinq.

Elle le considéra, admirative.

— C'est assez malin en réalité. Je n'aurais jamais songé à ça.

— Cependant, ça m'a pris dix ans, grommela-t-il.

— Et qu'auriez-vous fait pendant ce temps-là, autrement ? s'enquit aimablement Doreen. Regardez où vous êtes arrivés. Vous êtes sobre depuis six mois. Gardez ça en tête comme quelque chose de très positif, et servez-vous-en pour continuer à améliorer votre vie.

Peter la regarda fixement.

— Vous êtes gentille avec moi. Je n'arrive pas à me souvenir de la dernière fois que quelqu'un s'est assis et m'a parlé comme si j'étais une personne et pas un détritus dans la rue.

— Vous n'êtes pas un détritus, contesta-t-elle avec tristesse. Le monde est simplement complètement en vrac. (Avec les animaux dans son sillage, Doreen lui adressa un signe puis s'arrêta pour lui demander :) Vous avez mangé aujourd'hui ?

Il fit un mouvement de tête.

— J'ai eu un bon repas à la soupe populaire. Ne vous tracassez pas. Je vais bien.

Elle lui sourit et dit :

— N'oubliez pas de m'appeler.

Après ça, elle retourna jusqu'au coin, vers sa voiture, ses compagnons derrière elle. Elle pénétra dans le véhicule et conduisit jusqu'à son domicile. Là-bas, elle se sentit triste. Quelle vie pour un père et son fils ! Elle s'arrêta devant son garage, se servit de la télécommande pour l'ouvrir et rentra. Une fois à l'intérieur, elle ferma la porte et fit sortir les animaux.

— OK, les gars, on est arrivés.

Ils filèrent en courant. Comme elle ouvrait sa maison, les animaux foncèrent à l'intérieur. Elle se dirigea vers le frigo.

— Ce sera encore des spaghettis ! annonça-t-elle à haute voix à la demeure vide.

— C'est un problème ?

Elle poussa un cri et se tourna pour découvrir Mack, appuyé contre le montant de la porte de la cuisine.

— Étiez-vous ici quand je suis entrée ? l'interrogea-t-elle.

Il secoua la tête.

— Non, j'étais dehors, sur la terrasse, attendant que vous rentriez.

— Oh ! lâcha-t-elle en posant la main sur sa poitrine. Je n'y avais même pas songé.

Alors, elle prit conscience qu'il ne se tenait pas devant la porte ouverte. Il lui parlait à travers la fenêtre. Qui était *ouverte*. Elle grommela.

— Je suppose que ça ne sert à rien de mettre l'alarme si je ne ferme pas les fenêtres.

Elle éteignit la sécurité sur la porte, l'ouvrit et le laissa entrer.

— Vous pouvez préparer du café, intima-t-il.

— Et vous pourriez cuisiner plus de pâtes, rétorqua-t-elle, car si vous désirez aussi des spaghettis, ça va diviser mes restes.

Il rit.

— C'est tout ce que vous avez mangé depuis qu'on les a préparées ?

Elle acquiesça.

— Quasiment.

Il grogna.

— Vous avez besoin d'apprendre à mitonner d'autres petits plats.

— Oui, mais j'aime vraiment, vraiment, vraiment, vraiment ces pâtes.

Il secoua la tête, alluma la bouilloire et sortit la casserole. Puis il la posa sur le brûleur et demanda :

— Combien reste-t-il de sauce ? Vous vous êtes rationnée ?

Elle haussa légèrement les épaules puis opina du chef.

— Vous savez que je pourrais avaler ça tous les jours pendant une semaine.

Elle marcha jusqu'au placard et en tira un gros paquet de nouilles que Mack regarda avant de lancer :

— Quelle quantité voulez-vous que je fasse ?

Elle se frotta les mains de jubilation, lui adressa un large sourire grimaçant et répondit :

— Tout !

Chapitre 19

Dimanche, heure du dîner...

MACK RIT PUIS procéda à la préparation du reste des pâtes.

— Au rythme où sont engloutis les repas, c'est plutôt bon marché.

— Exactement. Le coût initial de la sauce m'embêtait vraiment, car il semblait exorbitant, et l'argent que ça représente aurait disparu pour toujours, mais comme elle est très bonne et qu'on peut la faire durer...

— En effet, mais vous devez apprendre à concocter d'autres plats également.

— Alors, quelle sera la prochaine leçon ?

— Que pensez-vous des côtes de porc que je vous avais fait goûter ?

— Oui, vous voyez ? Vous les avez préparées et pas moi. Alors, je n'ai pas essayé de les cuisiner toute seule.

— D'accord. On travaillera là-dessus ensuite dans ce cas.

— Bien sûr. J'en suis contente, mais je n'ai pas de porc.

— Ce soir, encore des spaghettis, indiqua Mack. Pour notre prochaine leçon, que dites-vous d'une poêlée ? Vous aimez ?

— J'adore ! Et cela m'aiderait à intégrer les légumes dans mon régime alimentaire.

Mack fronça les sourcils en entendant ça.

— Vous ne mangez que de la salade en guise de légume ?

Elle confirma d'un signe de tête.

— Et des sandwichs.

Il leva les yeux au ciel.

— Et quelle est l'étendue des végétaux là-dedans ? Laitue, concombres, tomates et oignons ?

— Et des tranches de poivron, ajouta-t-elle, oui.

— D'accord, poêlée de céleri, chou-fleur, brocoli et peut-être de légumes chinois également. J'irai acheter les ingrédients, et c'est ce que nous cuisinerons.

— Quand ?

Il la regarda, surpris, puis proposa :

— Vendredi ?

Elle fit oui de la tête.

— Est-ce qu'on a quelque chose pour les préparer ? A-t-on besoin d'un wok ?

Il la dévisagea, l'air consterné.

— Vous en avez un ?

— C'est vous qui avez trié la cuisine de Nan, rétorqua-t-elle d'un ton sec. Alors, je vous le demande, ai-je un wok ?

Il branla du chef.

— Non, vous n'en avez pas.

— Je devrais retourner au magasin d'occasions aujourd'hui, dit-elle. (Puis elle désigna le saladier et les quatre mugs.) Ceci m'a coûté 3 dollars, déclara-t-elle fièrement.

Il prit les mugs et s'exclama :

— Hé, ils sont vraiment sympas !

— Et ils ne sont pas cassés !

Il rit.

— Je crois que tout le monde se moque qu'ils soient ébréchés, sauf vous.

— Maintenant, j'ai des mugs que je peux proposer aux invités. Et ils ne valaient que cinquante cents chacun.

Chapitre 20

Lundi matin…

L A NUIT DERNIERE, Doreen n'avait pas eu l'occasion de soutirer la moindre information à Mack. Elle s'en voulait. Mais elle ne souhaitait pas interrompre un dîner si sympa et amical. Quand il fut appelé par le devoir juste après cependant, il avait lu le message et, avec un regard mystérieux dans sa direction, il avait disparu. Il l'avait laissée avec l'espoir d'une bribe de renseignement pour l'éclairer, mais il se contenta de secouer la tête et de s'en aller. Il s'était excusé de ne pas pouvoir l'aider à laver la vaisselle, mais elle y était quasiment habituée.

Elle se demanda, distraitement, s'il avait manigancé avec quelqu'un cette communication afin de pouvoir s'enfuir au moment de la vaisselle. Pas qu'elle l'avait beaucoup épaulé pour cuisiner non plus, car tout avait été précuit et il avait préparé les pâtes. Mais c'était de nouveau le matin, et elle était confrontée à tant de problèmes et tellement titillée par de menus détails de-ci de-là concernant plusieurs affaires qu'elle se sentait frustrée et curieuse. Elle finit par s'asseoir, ouvrit sa boîte mail et demanda à Mack pour quelle enquête il avait dû s'enfuir de la maison la veille.

Puis elle souffla, ne recevant pas de réponse dans l'immédiat, et décida qu'elle avait peut-être juste assez de temps avant la montée de l'eau de la rivière pour faire une nouvelle promenade, jusque chez Steve, afin de vérifier si les chiens renifleurs et les policiers en avaient terminé.

Après le petit-déjeuner, elle appela les animaux et les mena dehors jusqu'au bout de la crique. Elle s'arrêta en constatant que le niveau de l'eau était élevé. Elle déglutit avec peine, mais supposa qu'elle disposait d'assez de place pour marcher dans cette direction et se dirigea le long de la rivière en essayant de rester aussi sèche que possible. Thaddeus était de toute évidence également perturbé par ce changement de profondeur, tandis qu'il faisait les cent pas sur son épaule en poussant un drôle de gloussement.

Pendant ce temps-là, Goliath marchait autant que possible sur un sol surélevé. Elle était consciente que si l'eau montait encore, elle devrait le soulever et le porter. Mugs n'était pas trop embêté, mais elle craignait plutôt qu'il tombe dans la partie profonde du ruisseau, qui connaissait désormais plus de remous. Elle marcha aussi loin qu'elle le put, arriva au tournant de la propriété de Steve où la rivière formait un coude, et réussit à monter sur son mur de soutènement. Techniquement, elle se trouvait sur un domaine privé à partir de là.

Elle grimpa jusqu'au coin et jeta un coup d'œil, mais aucun flic ne semblait présent. Il y avait uniquement les restes de la maison détruite par le feu. Libre de parcourir le domaine, elle se dirigea vers les marques visibles. Elle réfléchit à l'absence des policiers. Elle vérifia alors sa montre et se rendit compte qu'il était probablement trop tôt pour eux. Désormais plus proche de l'un des repères, elle nota que la terre avait été dérangée comme pour creuser une tombe dans le sol, mais qui aurait été remplie de terre. Quand elle finit de les compter, son cœur sombra.

— Six, murmura-t-elle aux animaux. Dans quelle diablerie Steve était-il impliqué ?

Il semblerait qu'ils aient procédé à des excavations puis qu'elles aient été rebouchées pour empêcher quiconque de tomber dedans. Ignorant si une équipe allait revenir dans l'immédiat ou s'ils avaient fini d'inspecter les lieux, elle ratissa rapidement la propriété et la maison, et elle marcha jusqu'à la route de devant plutôt que de retourner à la crique en crue. Ensuite, elle prit la direction de chez elle, passant près de la maison où Steve avait laissé tomber son arme, retrouvée plus tard. Personne dehors ni dans les environs. Il était tôt, un jour de semaine, et ceux qui allaient travailler étaient déjà partis. De retour à son domicile, elle était ravie de constater que personne n'était dans l'impasse en train de prendre des photos d'elle ou de sa demeure. Elle marcha jusqu'à la porte d'entrée, entra et alla dans son jardin, après avoir laissé la porte de la cuisine entrouverte. Elle mit un café en route et retourna dehors pour s'asseoir et réfléchir à sa journée.

La promenade avait légèrement contribué à assouvir sa curiosité concernant Steve puisqu'elle se doutait que Mack ne lui en révélerait pas beaucoup. Il y avait des chances pour que les chaînes d'info finissent par diffuser un reportage sur ce qui serait découvert dans la propriété de Steve avant qu'elle ne trouve quoi que ce soit. Ainsi, elle ne pouvait se concentrer que sur ce qui était à sa portée, et, ces temps-ci, c'était la disparition de Manny. Mais jusqu'à présent, elle n'avait pas eu grand-chose à se mettre sous la dent. Même si la conversation de la veille avec Peter l'avait éclairée, cela ne lui avait pas apporté d'indice ni la direction à prendre. Enfin excepté ce fourgon distinctif que le client conduisait. Elle imaginait retourner là-bas pour poser davantage de questions à Peter lorsque son portable sonna. Elle le regarda, ne reconnaissant pas le numéro.

— Bonjour, lança-t-elle.

— C'est Peter, répondit l'homme avec hésitation.

Doreen sourit et continua :

— Bonjour, Peter. Comment allez-vous ?

— Ça va. Je suis au refuge, j'utilise leur téléphone. Il se trouve qu'ils sont d'accord pour que je passe des coups de fil, du moment que ce ne sont pas des appels longue distance.

— Bien. Vous avez plus à me raconter ?

— Je me suis souvenu de quelque chose que j'ai trouvé dans mes affaires. C'est une lettre de Manny.

— Oh, excellent ! s'exclama Doreen, surprise. Pourquoi vous a-t-il écrit ?

— Il faisait ça de temps en temps, quand il prévoyait de s'en aller. Mais ses plans n'aboutissaient jamais, alors il ne partait pas. Mais il me laissait une lettre. Je crois que c'était un moyen pour lui d'essayer de me dire que, peut-être, j'étais quelqu'un de bien et que je devais trouver un moyen de quitter tout ça.

— Je pense que c'est une bonne façon de l'interpréter. Est-ce qu'elle raconte quelque chose d'intéressant ?

— Il est indiqué qu'il prévoyait de partir. Comme dans toutes les autres.

— C'est la seule qu'il vous reste ?

— Oui. Et la seule raison pour laquelle je l'ai gardée, c'est parce qu'il a disparu peu de temps après.

— Vous l'avez montrée à la police ?

Il bafouilla avant de répondre :

— Je ne sais pas. Peut-être à l'époque. Mais il se pourrait

que j'aie tout oublié. J'ai tendance à fourrer mes souvenirs au fond de mon sac à dos et à les délaisser. J'ai toujours le même sac.

— Pourrais-je avoir une copie de la lettre ?

— Oui. Je suis dans le bureau. Ils ont dit qu'ils pourraient le scanner et l'envoyer par e-mail pour moi.

— Parfait. (Doreen lui transmit son adresse électronique puis ajouta :) J'apprécie vraiment. Ce matin, j'y pensais et me demandais si je devais descendre en ville pour voir si vous aviez d'autres informations, car je ne sais pas quelle étape franchir ensuite.

— J'espérais que la description du fourgon aurait constitué une piste. Et je sais que ce n'est pas parce qu'il y avait un *Y* à la fin de la plaque d'immatriculation que ça éclaire beaucoup, mais j'espérais que ça y contribuerait un peu.

Doreen se tendit.

— Vous n'aviez rien précisé à propos de la plaque ! Ça pourrait être un bon indice.

Elle l'entendit marmonner des propos inaudibles tandis qu'elle attendait une explication.

— J'ai tendance à oublier des choses. Et je n'ai plus une grande mémoire. C'est probablement à cause de la drogue. Je crois qu'elle a trop grignoté mon cerveau.

— Et donc, en avez-vous parlé à la police ?

— Je crois… Je ne me souviens pas de grand-chose là-dessus. Noir avec des marchepieds sur les côtés, les hachures sur le métal, le *Y* sur la plaque.

— Vous ne pouviez pas distinguer le conducteur, c'est ça ?

— Non.

— Pas suffisamment pour savoir si c'était un homme ou une femme ?

— Non. J'aurais aimé, admit-il. Toutes ces années, j'ai souhaité pas mal de choses, mais surtout celle-là. Ça aurait représenté d'autant plus d'informations pour aider à le retrouver.

— OK. Oh, est-ce que vous connaissez des clients de Manny ?

— Pas vraiment. Comme j'ai expliqué, certains étaient réguliers, mais beaucoup ne l'étaient pas.

— Et pour ce qui est des réguliers ? Y avait-il quelqu'un que vous connaissiez ?

Il ricana.

— Bien sûr ! Le directeur de la banque, il venait tout le temps. Mais à part lui, non.

L'instinct de Doreen la piqua.

— C'était le directeur de quelle banque ?

— Celle qui était au coin de la rue, ici. Il était fasciné par la condition génétique de Manny.

— Ah… le cas d'identité de genre ?

— Oui, mais il était toujours une femme, vous voyez ? Donc…

— D'accord. Physiquement, il était femme, mais identifié en tant qu'homme. Vous pourriez le reconnaître ?

— Probablement… mais il n'y aurait aucun intérêt. Il est mort.

Les espoirs de Doreen retombèrent.

— Je suis désolée d'entendre ça. Qu'est-il arrivé ?

— Tué dans un accident de voiture, je crois. (Il marqua une pause.) Un délit de fuite, peut-être ? Ou alors il conduisait ? (Il grommela.) Comme j'ai dit, ma mémoire n'est plus ce qu'elle était.

— Et son nom ? Une idée de comment il s'appelait ?

— Norbert. Norbert Watkins.

— À quelle fréquence voyait-il Manny ? Étant donné que c'était l'un de ses clients réguliers…

— Une fois par semaine.

— Et est-ce que vous savez si c'était un vrai… (Sa voix se fit moins audible. Elle ignorait comment tourner la phrase.) Qu'est-ce que c'était ? Un boulot ? Ou c'était simplement qu'il l'aimait bien et voulait parler avec lui ?

— C'était pour le boulot. Manny se moquait de lui et parlait de lui tout le temps.

— Ça ne paraît pas très sympa.

Doreen regarda fixement le vide, réfléchissant aux probables conversations qu'échangeaient les prostitués après une session avec leurs clients.

— Manny possédait ses particularités, alors ça avait du sens. Mais il en parlait toujours sur un ton affectueux. Je pense qu'il tenait à lui.

— C'était son mode de vie, admit-elle.

— Exactement, confirma Peter, l'air soulagé.

— Et est-ce que Manny portait un sac à main ?

— Pas vraiment. Meredith aimait ça, mais Manny n'y était pas trop habitué. Il en gardait un planqué à l'arrière d'une ruelle. Sans argent ni aucun objet de valeur. Seulement de vieilles cartes d'identité et des affaires. Et une bague à laquelle il tenait. Mais comme c'était une fausse, personne ne l'a volée. Les flics ont saisi le sac après sa disparition. Il avait quelques effets personnels dedans, que je leur ai donnés à l'époque, mais honnêtement, j'étais tellement défoncé, je crois que le sac avait déjà été fouillé par d'autres personnes.

— Ah.

Contente d'entendre cette explication qui aidait à établir le lien entre le sac à main et le poste de police, mais pas avec le contenu qui avait été probablement jeté à tout hasard pour finir dans le jardin de Richard, Doreen ajouta :

— Je vais essayer de creuser un peu à partir du nom de ce directeur de banque. Quelqu'un d'autre ?

— Non. Enfin il avait plus de clients avant, mais il les a perdus progressivement.

— Pourquoi ça ?

— Je crois que c'était à cause de la drogue. On dépensait tout notre argent là-dedans, il ne nous restait rien pour la nourriture ni pour un lieu où dormir. Manny avait un endroit sympa où il pouvait emmener ses clients, puis ses passes ont fini par se dérouler simplement dans leurs véhicules ou dans les allées. Parfois, les clients disposaient d'un endroit.

— D'accord, dit Doreen en grimaçant. Et c'est à ce moment-là qu'il a grimpé dans le fourgon noir, c'est ça ?

— Oui.

— OK. Eh bien, si vous vous souvenez d'autre chose…

— Consultez vos e-mails.

Doreen marcha jusqu'à son ordinateur, l'ouvrit, attendit qu'il charge puis vérifia ses messages.

— Le scan est parfait ! Merci.

— Vous allez encore essayer, hein ? demanda-t-il d'un ton anxieux, comme s'il était inquiet que Doreen cesse ses investigations autour de Manny. Je souhaite vraiment savoir ce qui est arrivé.

— Je ferai de mon mieux, promit-elle, mais je ne produis pas de miracle. J'ai eu du succès, mais je ne veux pas que vous le preniez comme une garantie.

— Non, c'est clair pour moi. Je me sens simplement moins seul de penser que quelqu'un continue à le chercher.

— Et je suis sûre qu'il vous regarde de là où il est, ajouta Doreen.

Il y eut un étrange silence, puis Peter posa la question :

— Vous croyez vraiment qu'il est mort ?

Chapitre 21

Lundi matin…

DOREEN S'ASSIT AU fond de son siège et réfléchit à sa réponse.

— Je suppose qu'il est possible qu'il ait réussi à fuir. Mais vous connaissez les statistiques aussi bien que moi, selon lesquelles les hommes et les femmes en situation précaire ont peu de chance de survivre. Et avec une disparition mystérieuse comme ça, forcément… À moins qu'il se soit sevré quelque part ces dix dernières années, ce qui serait chouette, mais il y a de grandes chances que ce ne soit pas le cas.

— On n'a pas encore retrouvé son corps, argumenta Peter. Je veux dire, je sais au fond de moi qu'il est probablement mort, car sinon il m'aurait contacté pendant tout ce temps, mais il y a toujours de l'espoir.

— Et vous allez peut-être devoir l'abandonner. Si je découvre ce qui est arrivé et qu'on le retrouve, il est possible qu'il soit mort.

Peter soupira.

— J'en suis conscient, mais ne pas connaître la vérité est pire. Je continue à m'attendre à ce qu'il se montre au coin d'une rue chaque fois que je regarde quelque part. Et même si ça fait une décennie et que je sais que les chances qu'il revienne et se montre comme ça sont plutôt inexistantes, j'espère toujours. Une partie de moi sait que même s'il s'en est sorti, il ne reviendra jamais. Je ne le voudrais pas.

— C'est dur à affirmer encore une fois, éluda Doreen, qui détestait le mal que Peter s'infligeait encore pour ça. La meilleure chose que vous puissiez faire, c'est de rester focalisé sur vos actions et d'essayer d'atteindre vos objectifs.

— Je sais. Mais en même temps, il est difficile de laisser filer cet espoir.

— Exactement. Et c'est pour cela que j'enquête.

Il raccrocha à ce moment-là.

Doreen s'assit à la table de cuisine et lut la lettre que Peter lui avait envoyée en pièce jointe.

« Cher Peter, je suis conscient que j'ai prétendu ça très très souvent, mais cette fois, c'est la bonne. J'ai le moyen de m'en sortir. Je vais laisser tout ça derrière moi. C'est un homme bon. Il est honnête et sincère. C'est quelqu'un en qui j'ai confiance. Je sais que c'est pour le mieux. Je promets que quand je serai clean et en bonne santé, je reviendrai. Avec toute mon affection, pour toujours, Manny. »

Il y avait même sa signature à la fin. Cette lettre était un crève-cœur. Doreen la téléchargea puis écrivit un e-mail à Mack pour la lui transférer. Assise là à observer son jardin, elle se demanda ce que ce serait de perdre quelqu'un dont on était aussi proche. Ça devait être dévastateur. Puis elle dut réfléchir au lien entre la lettre et la disparition. Est-ce que la police avait suspecté l'un de ses clients ?

Quand Mack lui téléphona quelques minutes plus tard, il dit :

— Je ne l'avais jamais vue auparavant.

Hésitante, elle lui raconta sa rencontre avec Peter, qu'il avait trouvé le mot dans son sac et qu'il le lui avait envoyé.

— Ne serait-ce pas chouette si ces personnes nous fournissaient l'information au moment où le crime est récent et les pistes toutes fraîches ? se plaignit Mack.

— C'est Peter qui m'a contactée ce matin pour me parler de cette lettre.

— D'accord. Ça ne prouve toujours pas qu'il ne l'a pas écrite lui-même.

— Pourquoi aurait-il fait ça ? s'étonna-t-elle en étudiant le message sur son écran. Elle est plutôt dans un sale état.

— Exactement. C'est très difficile d'identifier l'écriture.

— C'était un junkie, argumenta Doreen. Je suis sûre que son écriture changeait d'une journée à l'autre.

— Peut-être. J'ignore ce qu'en penseraient des graphologues.

Mack soupira ; on décelait de nouveau la fatigue dans sa voix.

— Vous avez pu dormir la nuit dernière ? s'enquit-elle. L'appel que vous avez reçu donne l'impression que vous n'êtes pas retourné vous coucher.

— J'ai pu dormir quelques heures, mais pas beaucoup.

— Vous allez m'expliquer ce que ça concernait ?

— Non, répondit-il brusquement. Ne fourrez pas votre nez dans mes affaires.

— Pouvez-vous jeter un œil dans le dossier de Manny et me dire si la plaque minéralogique terminant par la lettre *Y* y a été mentionnée ?

— Quel *Y* ?

— C'est ce que Peter m'a raconté. C'était un gros fourgon noir avec marchepieds en métal hachurés et une doublure de caisse du même genre, ainsi que la lettre *Y* à la fin de l'immatriculation.

Mack le nota et déclara :

— Je vérifierai le dossier. Ça ne nous avance pas beaucoup.

— Non, mais étant donné le style de véhicule et la plaque, il n'y en a sûrement pas plus que quelques centaines par ici.

— Quelque chose comme ça, probablement. Peut-être même moins.

— C'est à prendre en compte. Et à propos de Norbert ? Norbert Atkins, le directeur de la banque du centre-ville.

— Quelque chose sur lui ? râla Mack, exaspéré. Ce nom ne me dit rien. Alors, parlez-moi de lui.

— C'était un client régulier de Manny, une fois par semaine sans faute. Et il travaillait au coin de la rue. J'ai demandé si ça avait été plus une amitié qu'une liaison sexuelle, mais Peter semblait croire qu'il était simplement un client. Cependant, Manny avait de l'affection pour lui.

— A-t-il expliqué pourquoi ?

— Non. En y repensant, c'était sans doute un moyen de rendre leur boulot et leur vie plus faciles.

— On essaie tous de rire de tout dans la vie. Parfois, c'est seulement une réaction nerveuse et parfois un moyen d'affronter les épreuves.

— Oh ! Peter a aussi raconté que Norbert était mort dans un accident de voiture.

— OK. Laissez-moi vérifier le nom, indiqua Mack en tapant sur son clavier.

— Je déteste l'admettre, mais ma première pensée a été de songer que c'était très pratique.

— *Pratique ?*

— Oui. Qu'il soit mort.

— Pensez-vous qu'il est suspect dans la disparition de Manny ?

— Eh bien, s'il tenait une place régulière dans la vie de Manny, on pourrait imaginer qu'on aurait enquêté sur lui.

— Je suis quasi certain qu'on a lourdement enquêté sur Peter, annonça Mack, car il était le plus proche de Manny. (Là, Doreen entendit encore quelques clics avant que Mack reprenne :) OK, j'ai le dossier. Il y est indiqué qu'il a été tué dans un accident de voiture, un délit de fuite.

— Et était-il dans un véhicule ou marchait-il dans la rue ?

— Il traversait la route en ville, sur Bernard, en fin de journée, mais un peu tard, environ 6 heures. Il a été heurté par un véhicule.

— Personne n'a rien vu ?

— Apparemment, non. (Mack avait la voix étrangement neutre.) Vous savez comment sont les gens, ils ne veulent pas parler.

— C'était il y a longtemps ?

— Il y a dix ans… Merde !

— Comment ça, *merde* ?

— Eh bien, c'est plus ou moins au moment de la disparition de Manny.

— D'accord. Alors, est-ce que sa mort aurait pu être simulée ? A-t-on un moyen d'identifier le corps et de s'assurer que c'était bien lui ?

— Vous êtes en train d'insinuer qu'il aurait fait croire à sa mort et qu'il serait parti avec elle ?

— Je n'en sais rien. Mais a-t-on une confirmation sur l'identité du corps ?

— Je crois que oui. Je dois trouver les rapports d'autopsie.

Elle l'entendit grommeler et cliquer.

— Sa femme l'a identifié, et l'un de ses employés est venu vérifier peu de temps après.

— Donc il n'était pas seul après avoir travaillé tard le soir ?

— Apparemment, cet homme a traversé la rue pour aller dîner, et, quand il est sorti, il a trouvé son patron étendu dans la rue.

— Alors, c'est vraiment Norbert qui est décédé, souffla Doreen en remuant légèrement la tête. Bien. Il nous faut des faits, maintenant.

— Quoi ? s'étonna Mack d'une voix traînante. C'est bien vous qui parlez de faits et pas de simples théories ? Vous voulez vraiment des preuves ?

— Pas forcément des preuves, mais des *faits*. Et je voulais m'assurer que Norbert était mort et qu'il n'était pas l'instigateur de la disparition de Manny.

— Vous ne pouvez pas savoir ça, cependant, si ? Car Norbert a peut-être eu quelque chose à voir avec la mort de Manny et a ensuite été tué. Ou avec la disparition de Manny si vous pensez qu'il est encore en vie, se corrigea-t-il, mais même son ton était empli de doute.

— Je ne m'attends pas vraiment à ce qu'il soit en vie à cause de son métier. Nous savons que c'est un mode de vie risqué.

— Malheureusement, oui. Mais peu importe, ce Norbert est décédé.

— Vous pouvez me donner une copie de ce dossier pour que je n'aie pas à tout prendre en notes ?

— Non, vous pouvez effectuer une recherche, et vous trouverez sûrement un article de journal sur cet accident, car c'était un directeur de banque.

— Bien. Pouvez-vous vérifier si le dossier de Manny mentionne Norbert ou ce *Y* sur la plaque d'immatriculation ?

— Je m'en occuperai, mais j'ai une réunion dans dix minutes. Je dois y aller.

Et il raccrocha. Doreen grogna, mais se dit qu'il reviendrait vers elle quand il le pourrait.

— Avec de la chance, il le fera.

Elle s'assit devant son ordinateur et chercha des articles sur la mort de Norbert. Et comme attendu, elle en trouva quelques-uns. Principalement des faits divers concernant un délit de fuite pour lequel personne n'avait été incriminé.

— Voilà qui me correspond parfaitement. C'est assurément une autre affaire non résolue.

Chapitre 22

Lundi midi...

DOREEN VERIFIA LA date exacte à laquelle Manny avait disparu et se rendit compte qu'elle ne l'avait pas. Elle devait retourner voir Peter, car elle ne pouvait pas simplement l'appeler. Elle regarda la date sur la lettre de Manny et comprit qu'elle avait été écrite une semaine avant la mort du banquier. Cette info reportée dans ses notes, elle se souvint qu'elle ne s'était pas assurée si l'un des dossiers de Solomon ne portait pas sur Norbert. Et qu'elle n'était pas allée plus loin que les *W* dans ces documents non plus.

Elle secoua vivement la tête. Elle devait préparer l'index des chemises et terminer la numérisation de chacune des pages du sommaire, au moins pour savoir rapidement ce que contenaient les dossiers. Elle se leva et se rendit jusqu'au placard, en sortit les troisième et quatrième cartons puis trouva dans ce dernier une pochette sur laquelle figurait le nom de Norbert. Excitée, elle la sortit et se demanda pourquoi elle n'avait pas pensé à vérifier l'intégralité de la copie digitale qu'elle avait réalisée du contenu de toutes ces boîtes quand elle les avait reçues. Toutefois, elle avait désormais la version papier devant elle.

Elle était certaine que la lecture du dossier sur Norbert serait fascinante, mais elle était soulagée qu'il y ait un sommaire. C'était tellement plus facile de grappiller un tas d'informations en peu de temps. Selon les notes de Solomon, le directeur de la banque avait été accusé de vol dans sa propre société, quelques mois avant sa mort. Cette question était restée en suspens au moment de son décès, car il avait abondamment nié tout méfait.

En conséquence, aucune charge n'avait été retenue contre lui, et il avait été tué peu après. Doreen revint en arrière et vérifia quel jour de la semaine il était mort. C'était un vendredi. Cela correspondait à ce que Mack avait dit. Cela expliquait en partie que le collègue mangeait de l'autre côté de la rue. La plupart des personnes sortaient dîner un vendredi plutôt qu'un autre jour de la semaine. Mais c'était une généralisation qu'elle n'était pas obligée de considérer dans le cas présent.

Potentiellement, Norbert aurait pu simplement faire un pas sur la route dans le but d'être tué, afin de mettre un terme à une accusation de vol humiliante. Ce que Doreen trouvait intéressant, cependant, c'était la zone dans laquelle il était mort, juste à quelques blocs de là où Peter et Manny vivaient et travaillaient la plupart du temps. Cet endroit avait été le leur depuis toujours apparemment. Est-ce que Norbert se rendait auprès de Manny pour lui parler ? Était-il sur le chemin de la plage pour faire une promenade et se clarifier les idées ? Ou était-il simplement fatigué après avoir travaillé tard et a traversé la route sans avoir préalablement regardé ? Peut-être était-il sorti pour une tout autre raison également, comme aller dîner. Son véhicule était resté garé quelque part derrière la banque.

C'était étrange. Comme elle continuait à lire les notes de

Solomon, elle apprit qu'il avait glané d'autres potins au sujet du vol à la banque. Mais la toute dernière phrase inscrite était une question qui demandait si Norbert Watkins était coupable ou si on lui avait tendu un piège. *Un piège*? C'était juste devant ses yeux, écrit noir sur blanc. Et si Norbert était tombé dans un *piège*? Sa mort avait dû constituer un dénouement plutôt rapide à l'enquête. Un épilogue très pratique à cette problématique si personne ne daignait chercher d'autres suspects. Peut-être que quelqu'un d'autre avait commis le vol et avait vu en Norbert le parfait bouc émissaire? Ou peut-être voulait-il cet argent pour s'enfuir avec Manny?

Elle fronça les sourcils en réfléchissant, tout en tapotant la table. Poussant davantage ses réflexions, elle retourna à son investigation et découvrit que le banquier avait eu une femme, mais pas d'enfant. Il était plus âgé qu'elle selon l'article du journal. De vingt ans. Les sourcils de Doreen se haussèrent. Quel était son patrimoine financier en tant que directeur de banque? Il occupait un poste décent, mais cela ne devait pas le rendre super riche. Pourtant, il devait avoir de l'argent à dépenser pour pouvoir maintenir une relation hebdomadaire avec Manny.

Et sa femme était-elle au courant pour Manny? Ça aurait été une révélation difficile à accepter. Enfin, ça l'aurait été pour Doreen. Mais en même temps, elle se dit que sa femme appréciait peut-être que l'attention de Norbert soit concentrée ailleurs. Elle nota le nom de l'épouse, Lynette, et vit qu'elle était mariée depuis à un certain Dean Porter.

Écrivant également cette information, elle enquêta sur ce dernier. C'était un banquier d'affaires. Et Lynette était ainsi repartie dans ce monde. Le salaire de Norbert était peut-être décent, mais un banquier d'affaires ne gagnait-il pas plus d'argent ? Il avait dû travailler dans le privé avec sa propre compagnie, mais Doreen ne trouva rien qui pouvait le prouver. Soudain, son regard s'attarda sur la date des noces, soit seulement trente jours après la mort de son mari.

— Ouah ! Ça a été rapide, commenta Doreen en s'appuyant contre son dossier. Vraiment rapide.

De toute évidence, ça n'avait pas été un mariage heureux si elle avait fait son deuil, avait enterré son époux et était retombée amoureuse en un mois. Ne parvenant pas à trouver leur adresse en ligne, Doreen vérifia l'annuaire et mit la main sur eux. Ils vivaient à Dilworth Mountain. Selon les rumeurs qu'elle avait entendues, il s'agissait d'un quartier snob.

— Alors, tu as évolué dans la vie avec ce mariage, hein ? demanda Doreen à la photo de Lynette. Tu as grimpé l'échelle sociale. Eh bien, ça fait maintenant dix ans, alors je me demande comment ça va pour toi.

Que savait vraiment Doreen ? Elle passa mentalement ses notes en revue tout en les griffonnant dans l'ordre. Tué par accident ? Était-ce un meurtre ? Est-ce que Norbert avait quelque chose à voir avec la disparition de Manny ? Est-ce que Lynette est impliquée dans la mort de Norbert ?

— Et quelles sont les chances pour que… songea Doreen à voix haute, qu'elle ait quelque chose à voir avec le décès de son mari ? Un mois pour se remarier, c'est très louche, vraiment.

Cela étant, peut-être que Norbert s'était suicidé en déboulant devant un bus ou autre. Sa vie tombait en miettes autour de lui et, pour ce que Doreen en savait, il avait peut-être aussi des problèmes de santé.

Là encore, tant de questions sans réponses ! Elle envoya un message à Mack, lui demandant si une autopsie avait été pratiquée ou si des soucis de santé avaient été découverts dans le dossier du banquier. Puis, consciente qu'il ne reviendrait pas vers elle de sitôt, elle se leva et se prépara un sandwich, même si les pâtes lui faisaient envie. Elle les garderait pour le dîner.

Elle s'assit dehors, partagea son casse-croûte avec ses bestioles et se dit qu'elle aurait dû prévoir une autre moitié de sandwich pour en avoir suffisamment à partager. Elle était déterminée à s'attaquer au troisième carton de Solomon et à l'indexer complètement comme les autres. Cela lui prendrait des heures, et elle n'avait pas hâte de s'y mettre.

Elle regarda son jardin et le jugea plus attrayant. Mais elle n'en avait terminé que la moitié et devait encore s'occuper de l'autre.

Après avoir mangé, elle s'assit et progressa sans interruption avec la boîte de Solomon.

Cela fut plus rapide qu'elle ne s'y attendait. Finalement, ce troisième carton terminé, elle le mit de côté et se saisit du quatrième. Elle disposait d'encore quelques heures cet après-midi. Elle l'ouvrit et s'y attela. Au moment où quelqu'un vint frapper à la porte, il ne lui restait plus qu'un seul classeur. Elle grommela puis se redressa en se frottant le bas du dos. Mugs aboya encore comme un fou. Elle lança à voix haute « J'arrive ! », mais au moment d'y parvenir, Mack ouvrit la porte et entra.

Il la regarda s'étirer.

— Vous êtes encore allée creuser dehors ?

Elle secoua la tête.

— Non, j'essaie de créer un index aux classeurs de Solomon et tous ses sommaires. Il possédait un dossier sur le banquier.

Les sourcils de Mack se haussèrent jusqu'à la racine de ses cheveux.

— Ah oui ?

Doreen acquiesça.

— Et puisque vous en possédez également une copie numérique, vous pouvez rentrer chez vous et le consulter pendant votre temps libre.

Il rit.

— OK, qu'est-ce qui vous a incité à vérifier ?

— Je cherchais des infos en ligne, et c'était un peu léger, donc j'ai pensé que Solomon avait peut-être quelque chose. Alors, quand je l'ai trouvé, je me suis rendu compte que je n'avais pas fini d'indexer tous les cartons dont j'avais hérité.

— Par indexer, vous voulez dire…

— Taper tous les noms et les résumés. J'ai déjà scanné tous les sommaires. Je pense imprimer l'index pour l'avoir sous la main, comme ça je pourrai y jeter un œil rapide à tout moment.

— Peut-être… Vous possédez tout en numérique cependant, alors…

— Mais c'est dur de chercher un renseignement dans tous ces dossiers si vous ne les avez pas organisés par nom avant.

— Alors, pourquoi vous ne joignez pas l'index à tous les sommaires ?

— J'y réfléchissais. J'ai renommé tous les scans, donc c'est déjà ça. Peut-être que si j'ai un classeur et que je rebaptise les dossiers, je garderai le tout ensemble avec une meilleure organisation.

Mack sortit sur la terrasse à l'arrière et dit :

— Je pensais vous trouver en train de jardiner.

— Ce serait le cas si c'était plus attrayant que de m'occuper de ça, mais il me reste un classeur, et je voulais terminer ce travail. (Elle lui fit signe tout en s'asseyant et lança :) Je ferai le dernier vraiment rapidement.

— Café ? proposa-t-il en regardant la tasse vide de Doreen.

— Allez le préparer.

— Je suppose que je devrais vous en ramener, réagit-il en riant.

— Pas besoin. Vous me nourrissez suffisamment. Je peux très certainement partager mon café.

— En réalité, je me demandais s'il restait des spaghettis. Je crois que je développe une dépendance.

Doreen rit.

— J'ai avalé un sandwich pour le déjeuner, afin de les garder pour le dîner. Jetez-y un œil et dites-moi quelle quantité il reste.

— On en a mangé pas mal hier soir, admit-il.

Elle continua à taper, essayant d'ignorer qu'il s'affairait avec la cafetière et qu'il sortait le reste de pâtes et de sauce. Quand elle eut enfin fini, elle sauvegarda le tout et replaça l'ensemble des dossiers dans la quatrième boîte qu'elle rangea dans le placard de l'entrée. Elle laissa cependant de côté celui sur le banquier, en le posant sur la table de la cuisine.

— Enfin terminé ! s'exclama-t-elle. On dirait que j'ai encore tellement de choses à faire que je n'en vois pas le bout.

— Je connais ça. En ce moment, nous avons tant d'affaires auxquelles mettre la barre aux T et les points sur les I que c'est quasiment impossible.

— D'accord. Je vous ai bien occupé.

— Vous croyez ?

— En parlant de ça, le coupa Doreen en retournant à la cuisine, vous avez trouvé six corps à la propriété de Steve ?

Mack se redressa, la regarda et répondit :

— Comment savez-vous qu'il y en avait six ?

— J'y suis allée, avoua-t-elle. Tous les cordons de la police avaient été retirés, et il ne restait que les marques et les horribles brûlis.

— On a bien découvert six corps. Je ne suis pas certain que la police ait terminé cependant.

— Les avons-nous déjà identifiés ?

— Pas encore.

Doreen hocha la tête.

— Je suppose que si on a la trace ADN, ça peut prendre du temps.

— Oui, et les rayons X des dents peuvent aider, ce qui est souvent le cas. On n'a personne à qui relier l'empreinte génétique dans la plupart des affaires classées.

— De la même manière, vous n'en avez probablement pas beaucoup avec des dossiers dentaires non plus.

— En fait, si, ça arrive parfois.

— Bien. Nous supposons qu'il s'agit au moins des trois femmes que Steve a payées au sujet des maisons incendiées ?

— Vous savez ce que je pense des hypothèses, dit-il chaleureusement.

Doreen leva les yeux au ciel et se rendit compte qu'il s'occupait des nouilles. Elle s'approcha pour le voir verser de l'huile d'olive dans le restant de pâtes. Elle émit des réserves.

— Vous croyez qu'il y en a assez ?

— Largement.

— Tant mieux, parce que je meurs de faim. J'ai dû partager mon sandwich en trois.

Alors, elle découvrit que Thaddeus se trouvait sur l'épaule de Mack. Elle le fixa du regard.

— C'est quoi ça ? Du favoritisme ?

Et voilà que le perroquet se pencha et se frotta le haut de

la tête contre la joue de Mack. Doreen branla du chef.

— Vous débarquez ici pour me voler ma nourriture et mes animaux !

— À peine ! répliqua-t-il. J'ai des renseignements.

Elle recula et demanda :

— Est-ce que cela a un rapport avec l'appel que vous avez reçu la nuit dernière ?

— Plus ou moins, répondit-il en haussant les épaules.

— Est-ce que ça a un lien avec l'enquête sur Steve ?

— Non, dit-il en secouant la tête.

— Alors, quoi ? Je n'ai encore rien vu aux infos.

— Parfait, lâcha-t-il avec une note d'humour. Ça signifie que certaines de nos méthodes pour garder les médias éloignés fonctionnent.

— Donc ça concerne quoi ?

— On a trouvé un corps.

Chapitre 23

Lundi, début de soirée…

— OH… VOUS voulez dire en plus des six corps sur la propriété de Steve ?

— Exactement, confirma Mack avec un signe de tête.

— Donc une autre personne ? (Elle branla du chef, peinée par la perte d'une nouvelle vie.) Ouah… C'est triste.

— En effet. Et c'est pour cela que j'étais dehors pendant des heures, à essayer de voir ce qu'on pouvait trouver. On a dû faire venir un anthropologue pour qu'il y jette un œil.

— Alors, c'étaient des restes anciens ?

— Eh bien, ils n'étaient pas si vieux, mais il ne restait plus de peau.

— D'accord. Ils étaient dans des conditions où la décomposition est survenue relativement vite.

— C'était en réalité sur l'un des sentiers menant à Paul's Tomb. Le corps a été partiellement brûlé et plus ou moins simplement posé là, face aux éléments, pour accélérer la dégradation.

— Des animaux l'auraient-ils détérioré ?

— Un peu. Beaucoup d'insectes, car, bien sûr, mère Nature a toujours un moyen de nettoyer ses propres déchets.

— Tellement dommage que les humains ne fassent pas pareil, souffla pensivement Doreen. Parce qu'il faut le reconnaître, on a un problème de décharges sauvages partout dans le monde. En particulier dans les océans.

— C'est vrai.

— Une idée de qui il s'agissait ?

Il fit non de la tête.

— Sexe ? s'enquit-elle.

— Femme.

— Âge ?

— Mûr, mais on n'en sait pas davantage.

Elle plissa le front.

— Vous devriez être capable de m'en dire plus.

Il lui jeta un regard noir, et elle haussa les épaules.

— Taille ?

— Je n'ai pas cette information non plus.

— Vous devriez avoir une idée !

Il roula des yeux.

— Si vous voulez une idée générale, on pense à une Caucasienne avec des cheveux colorés parce que certaines mèches paraissaient lourdement teintes et n'étaient pas décomposées. Probablement la petite trentaine ou entre trente et quarante, et la seule chose qu'on pourrait affirmer, c'est qu'elle a eu un enfant.

— Bien, lança Doreen en hochant la tête.

Elle marqua une pause, ses yeux s'ouvrant en grand tandis qu'elle lâchait :

— Manny !

Mack cessa ce qu'il était en train de faire, se tourna vers elle et fronça les sourcils.

— Ce serait bien ! Enfin non, regrettable…

Il branla du chef.

— C'est une éventualité, mais vous savez, il y a probablement une demi-douzaine de femmes disparues rien que pour Kelowna qui répondent à la même description.

Elle le fixa, surprise.

— Si c'est le cas, pourquoi n'en ai-je pas entendu parler ? s'insurgea-t-elle.

Il retourna simplement mélanger les pâtes sur la cuisinière.

— Ce serait bien que ce soit lui. (Elle marqua une pause puis reprit :) Je suis désolée. C'est incroyablement égoïste de ma part.

Il la regarda d'un air curieux. Elle haussa les épaules.

— Je pensais seulement au bonheur de le voir revenir sevré, marié et fort de bonnes actions en faveur des autres, après ce départ annoncé dans la lettre à Peter.

— C'est une attitude digne de Pollyanna ça, réagit Mack. Évidemment qu'on souhaite ça à tout le monde. Mais il y a peu de chances pour que ce soit arrivé.

Doreen acquiesça.

— Je me doute. Combien de temps avant d'être fixés ?

Mack haussa à son tour les épaules.

— On ne peut pas savoir précisément. Quelques jours comme quelques semaines.

— Si c'est Manny, il devrait y avoir des traces. Et sa mère est encore en vie, à la maison de retraite, s'il vous faut de l'ADN.

— Je sais. J'y pensais justement. Mais nous ignorons encore s'il s'agit de Manny.

— Non, mais si vous avez besoin de quelqu'un avec qui le comparer…

Mack sortit son téléphone et envoya un message, mais n'en révéla pas la teneur à Doreen. Lorsqu'il remit son portable dans sa poche, il lui annonça :

— Encore cinq minutes, et on pourra manger.

— Bien, acquiesça-t-elle en versant du café. C'est suffisant pour boire une tasse de café.

Il secoua la tête.

— Je l'aurais mis en route après.

— Il n'y a pas de bon ou de mauvais moment pour en prendre un. S'il y a quelque chose aujourd'hui que j'apprécie vraiment, vraiment, c'est d'avoir un café dès que je le souhaite.

— Ce n'était pas le cas avant ?

— D'une certaine manière, si. Mais pas toujours.

— Ça n'a aucun sens.

— Il n'était pas d'accord pour en boire dans l'après-midi ou le soir. Il prétendait que ça provoquait des rides.

En entendant ça, Mack cessa de mélanger pour regarder le jardin et pousser un très long soupir.

— Je n'ai vraiment pas envie de rencontrer ce gars, pas même une fois, railla-t-il sur le ton de la conversation, mais non sans une certaine tension.

— Moi non plus. Cette partie de ma vie est terminée. Je serais heureuse si je ne le revoyais jamais.

— En parlant de ça, je discutais avec mon frère, hier soir.

Doreen cessa tout mouvement cette fois. Elle s'approcha pour se tenir plus près de lui, afin de pouvoir distinguer son visage.

— Et ?

Il se tourna pour la fixer dans les yeux.

— Il veut vous parler.

Elle grimaça.

— Vous savez que je ne veux pas trop en faire, hein ?

— Je crois qu'il y a trop à expliquer par téléphone. Il pense que votre cas est vraiment béton. Il veut s'en charger, mais il y a des éléments qu'il a besoin de connaître.

— Un cas vraiment béton pour quoi ? Il m'en demanderait combien ?

— Il a dit qu'il allait s'en occuper à son tarif habituel, mais que la facture serait déduite de ce que vous obtiendriez de votre mari.

— Et si je n'obtiens rien ?

Mack afficha un sourire en coin.

— Alors, il ne sera pas payé.

Doreen l'observa avec suspicion.

— Ça sonne faux. Je pensais que les avocats étaient toujours rémunérés.

— Certains se servent dans le butin, mais ils ne font généralement ça que lorsqu'ils pensent avoir de grandes chances de vous faire gagner quelque chose.

Doreen y réfléchit, marcha jusqu'à l'entrée de la cuisine où elle s'appuya contre la porte ouverte, et observa le soleil déclinant. Ça avait du sens qu'il se paie grâce à l'argent qui lui était officiellement dû, mais elle savait aussi que son ex était plutôt rusé. Elle ignorait si le frère de Mack était suffisamment malin pour l'affronter.

— J'ai peur qu'il entreprenne tout ça pour rien, déclara-t-elle.

— C'est possible, répondit Mack tout en se dirigeant vers le placard duquel il sortit deux assiettes. Mais c'est sa décision.

— Ça dépend aussi de combien il espère gagner pour son travail, car s'il n'en reste pas assez pour moi et pour que tout ça en vaille la peine, pourquoi m'embêterais-je ?

— Pour faire payer votre ex à tout prix, lança Mack en

riant. Ce serait la raison numéro un pour la plupart des femmes.

Elle le considéra fixement d'un air grave pendant un long moment.

— Pas moi, contesta-t-elle calmement. Je veux aller de l'avant.

— Vous pouvez avoir envie d'aller de l'avant, mais ça ne signifie pas que, légalement, il ne vous doit rien.

— Mais à quel prix vais-je sortir de cette histoire ? Vous le savez ? Votre frère désire probablement trente, cinquante, soixante, soixante-dix ou peut-être cent mille dollars ! Je n'en ai vraiment aucune idée.

Mack cita un montant au milieu de tout ça, et Doreen hocha la tête.

— Et donc, combien vais-je récupérer qui justifiera tout ça ? Je refuse que la revanche soit un moteur dans ma vie. Je le ferais pour la justice, peut-être. Une partie de moi a été blessée, dévastée, et veut savoir que j'avais vraiment le droit à quelque chose après toutes ces années. Mais je ne peux pas m'y résoudre simplement pour imiter la plupart des femmes.

Mack lui sourit, s'appuya contre la cuisinière et croisa les bras sur son torse.

— Et c'est simplement l'une des raisons pour lesquelles vous êtes différente d'elles.

— J'ai été comme elles, réagit-elle en haussant les épaules. Maintenant, je suis déterminée à être moi, exclusivement, peu importe ce qui me définit. Alors, je dois me comporter raisonnablement pour réussir.

— Songez que vous n'aurez probablement jamais à retravailler.

Les yeux de Doreen s'agrandirent.

— Comment envisage-t-il ça ?

— Parce que vous étiez présente durant tout le temps où votre mari a construit son business, et que vous avez donc droit à la moitié.

Doreen grimaça.

— Je peux vous affirmer tout de suite que si votre frère part sur cette idée, ma vie sera en danger.

Mack se redressa et perdit la position confortable de sa posture.

— Sérieusement ?

— Oui, confirma Doreen d'un signe de tête. Hors de question qu'il me laisse la moitié. Il me tuerait d'abord.

Chapitre 24

Lundi soir...

MACK L'OBSERVAIT.

— Pensez-vous réellement que votre mari essaie-rait de vous tuer ?

— Oui. Sans aucun doute. La moitié de sa fortune ? Ça représenterait probablement trente millions !

La mâchoire de Mack tomba en entendant le montant. Elle confirma d'un signe de tête.

— Je vous avais dit qu'il était riche.

— Alors, pourquoi ne vous a-t-il pas donné suffisam-ment d'argent pour vivre ?

— Parce qu'il n'aime pas partager. Ne serait-ce qu'un petit peu.

Mack se retourna pour mélanger les spaghettis, mais Doreen pouvait remarquer que ses mouvements n'étaient plus fluides et décontractés. Ils étaient saccadés, et la sauce éclaboussait les côtés.

— Hé, lui lança Doreen, vous savez quoi ? Si on ne va pas sur ce terrain-là, ça ne posera pas de problème.

— Vous ne pouvez pas laisser la peur déterminer ce qui est juste et ce qui ne l'est pas, contesta-t-il.

— Peut-être.

Il était évident que Mack était contrarié. Il servit le dîner et disposa la sauce par-dessus, apporta les assiettes sur la table dehors et s'assit, mais ne prononça pas un mot. Il se contentait de scruter le jardin.

— Si vous voulez, je parlerai à votre frère.

Ses épaules se détendirent légèrement tandis qu'il baissait les yeux sur son assiette avant de lever la tête pour étudier le visage de Doreen.

— Si *je* veux ?

— Je pourrais au moins l'écouter, dit-elle en soupirant.

— Vous devriez, car vous ne savez pas ce qu'il pourrait faire à votre ancienne avocate.

— Elle mérite tout ce qui lui arrive.

— Et c'est une tout autre affaire. Il va l'affronter de son propre chef.

— Vraiment ? demanda Doreen en le regardant avec ravissement.

— Oui, car elle a franchi tellement de limites de la légalité qu'il sent qu'il a besoin d'en informer le barreau.

— Ouah… réagit-elle en souriant. Votre frère a de la fougue en lui !

— Et il déteste l'injustice, ajouta gentiment Mack. Souvenez-vous-en.

— OK. Mettons de côté cette discussion pour un autre jour, et savourons nos spaghettis, intima-t-elle en s'attaquant avec vigueur à son plat.

— Vous n'avez pas amené de cuillère ?

Elle le regarda honteusement et déclara :

— Je les ai mangées sans la dernière fois.

Il la dévisagea, fasciné, pendant qu'elle entortillait ses nouilles autour de sa fourchette, la levait et la mettait dans sa bouche pour finir par aspirer le reste des pâtes.

— C'est comme ça que la plupart des gens les mangent. Vous le saviez, hein ?

Elle fit oui de la tête.

— Et cela a été très libérateur. Je devais toujours avoir la cuillère afin de paraître plus distinguée, raconta-t-elle en riant. Alors, il y a quelque chose de très satisfaisant à contrer mon ex en n'en utilisant pas délibérément.

Mack gloussa.

— Maintenant, on en revient à ce qu'on disait sur le fait d'être *vous*, peu importe ce que vous êtes vraiment.

— J'ignore qui je suis, répondit tristement Doreen. J'ai l'impression de seulement commencer à le découvrir.

— Il n'y a rien de mal à ça. Profitez du voyage, et qu'il dure pour toujours.

Elle le regarda avec surprise puis lui sourit avant de lancer :

— C'est la chose la plus gentille que j'ai entendue de quelqu'un.

Il haussa les épaules.

— Je ne suis pas un grand penseur comme certaines personnes, mais ça m'arrive.

— Vous savez cuisiner. C'est déjà pas mal.

— Merci, souffla-t-il d'une façon presque humble, mais avec un large rictus sur le visage.

Chapitre 25

— ALORS, COMMENÇA Mack, avez-vous davantage réfléchi à votre terrasse ?

— Beaucoup. J'ai passé pas mal de temps à déambuler autour et à la regarder, et je pensais éventuellement à du gravier et de grands tapis épais le long de la maison pour empêcher les mauvaises herbes de pousser jusqu'au portail.

— C'est cohérent, et je crois qu'on devrait évaluer le prix des matériaux dont on aura besoin.

— Le problème, c'est que je ne sais pas vraiment lesquels ni leur coût.

— Eh bien, je pourrais probablement vous aider sur ce point.

— Pour avoir une idée de tout ça, je pourrais commencer par en parler à quelqu'un, solliciter un devis. Cela me donnerait un point de départ.

— Allez dans une quincaillerie. Il y en a plusieurs en ville. Prenez la liste des matériaux, dessinez un schéma, et ils pourront réaliser une analyse des coûts et un devis.

— C'est ce que j'imaginais.

Ils finirent de dîner puis marchèrent dans le jardin avec

un mètre ruban et un bloc-notes. Ils y reportèrent toutes les mesures de la terrasse correspondant à la surface qu'ils avaient choisie.

— Maintenant, indiqua Mack, apportez ça à la quincaillerie, et voyez si vous pouvez réfléchir à vos besoins de matériaux. Évidemment, vérifiez aussi si vous devrez payer pour une livraison ou si vous comptez effectuer plusieurs allers-retours pour tout récupérer vous-même.

— Je sais. J'y songeais. Je n'ai aucun moyen de faire venir du matériel lourd ici.

— Non, mais comme je l'ai dit, ce n'est pas un travail trop pénible, et en même temps suffisamment important pour ne pas le négliger.

— Compris, acquiesça-t-elle avec le sourire.

— Vous devriez considérer l'ajout d'une petite terrasse là-bas, où on a trouvé le corps. Ou, si vous préférez, bâtir un simple patio tout du long.

Elle fronça les sourcils.

— Je pourrais placer la terrasse juste en face à la même hauteur, la rendre plus large puis y installer un escalier, peut-être une courbe. Ou ça ferait trop ?

Mack haussa les épaules.

— C'est pas que ça ferait trop. Mais on doit prendre en considération le coût total.

Pendant qu'il avait cette pensée en tête, Mack reçut un appel du poste et dut repartir. Doreen appela les animaux à l'intérieur, et ils se rendirent tous à l'étage pour se coucher. Elle s'endormit facilement, rêvant d'avoir une grande terrasse et peut-être un barbecue rien que pour elle.

Mardi matin

LE MATIN SUIVANT, elle se réveilla tôt et enjouée. Cette fois, Goliath se trouvait à ses pieds, Thaddeus était assis sur le rebord de la fenêtre la plus proche, et Mugs était pile en face de son oreiller, son haleine chaude soufflant dans ses yeux désormais ouverts. Elle rit. C'était tellement mieux que de se réveiller mariée à son ex. Gardant son rictus, elle avala un simple petit-déjeuner puisqu'elle se sentait encore en partie rassasiée de la soirée précédente.

Après cela, elle prit Mugs et s'en alla vers l'une des grandes quincailleries du coin. Elle était ouverte depuis environ une heure, mais il n'y avait pas encore de monde. Leur projet en main, elle s'approcha pour discuter avec l'un des gars dans la zone des bureaux. Il lui adressa un sourire en coin.

— Puis-je vous aider ?

— Oui, je n'y connais pas grand-chose dans tout ça, mais j'essaie de déterminer combien ça me coûterait d'avoir une terrasse comme celle-ci, dit-elle en tendant un dessin que Mack l'avait aidée à réaliser sur du papier millimétré.

Intéressé, le vendeur le regarda et, sur une autre feuille de papier, écrivit de combien de parpaings, de pièces de charpentes, d'entretoises et de plaques de platelage elle aurait besoin.

— Vous devrez réfléchir aux rampes également. Le prix varie selon les styles.

Le cerveau de Doreen tourbillonnait avec toutes ces informations, mais comme elle étudiait la liste, ça lui paraissait envisageable.

— Et combien ça coûterait ?

— Accordez-moi cinq minutes. Je vais calculer et vous donner un devis. Je le maintiendrai pendant sept jours.

Doreen le dévisagea, ravie.

— Vraiment ?

Il acquiesça.

— Si vous décidez d'entamer ce projet, vous n'aurez qu'à ramener le devis, et on pourra collecter les matériaux pour vous et arranger une livraison, si vous le souhaitez.

— Quel est le prix pour une livraison ?

Il baissa les yeux pour vérifier et demanda :

— Vous êtes en ville ?

Elle hocha la tête et lui donna son adresse.

— Soixante-dix dollars, pour le tout.

Elle le fixait du regard.

— Ça paraît raisonnable.

— C'est pour ça que nous le proposons. On ne s'attend pas à ce que tout le monde dispose d'un énorme camion ni du temps nécessaire pour effectuer de multiples chargements.

— Eh bien, dans ce cas, faites-moi un devis et j'y réfléchirai.

Cela lui prit un peu plus de cinq minutes pour établir le devis. À la fin, il l'imprima, le signa, le data et le lui tendit.

— Voilà pour vous.

Elle lui répondit d'un sourire enchanté. Elle attrapa Mugs et retourna à sa voiture puis à la maison. Une fois arrivée, elle étudia le devis et constata que le prix était supérieur à ce qu'elle imaginait. Il s'élevait à 2 600 dollars, un peu plus que ce qu'elle avait obtenu en espèces de sa vente des pièces détachées. Elle numérisa le document et l'envoya par e-mail à Mack.

Quand il lui téléphona en milieu de matinée, il lui dit :

— C'est un prix correct.

— Comment vous calculez ça ? demanda-t-elle. C'est plus que ce dont nous avions parlé !

— Mais on a aussi étendu la terrasse le long de la maison, là où se trouve le massif de fleurs, lui rappela-t-il. Et on a ajouté des marches au niveau de la partie avant, afin que vous puissiez vous y asseoir et observer l'eau.

Elle hocha la tête tout en y repensant.

— C'est vrai. Vous pensez que le devis est raisonnable ?

— Il l'est ! Mais si vous voulez, vous pouvez vous rendre dans une deuxième quincaillerie et demander un autre chiffrage. On pourra comparer les deux.

— Vous croyez que ça pourrait être moins cher ?

— Certaines choses, oui, d'autres non.

— Alors, qu'est-ce qu'on fera dans ce cas ?

— On doit déterminer si vous économisez suffisamment en divisant les commandes et en obtenant certains articles de l'une et d'autres de la seconde, expliqua-t-il avec entrain. Mais gardez en tête que la livraison sera payante également, donc soit vous faites livrer tout le gros matos de la même quincaillerie pour 70 dollars, soit vous aurez à payer pour deux livraisons. Ou peut-être qu'on peut même tout faire en une commande et que je peux aller récupérer le reste.

Sonnée, elle s'appuya contre le dossier et répondit :

— Il y a davantage de matière à réfléchir que ce à quoi je m'attendais.

Cela fit rire Mack.

Chapitre 26

Mercredi matin…

DOREEN SE LEVA le matin suivant, l'esprit embrumé et légèrement à l'ouest. Une fois encore, elle avait passé l'après-midi précédent à effectuer des recherches jusqu'à ce que son cerveau ne le supporte plus, et elle s'était couchée tôt. Elle avait espéré se réveiller l'esprit clair. Au lieu de ça, c'était comme si elle avait amené ses soucis de terrasse et ceux de Norbert et Manny dans ses rêves.

Ce qui s'était transformé en cauchemars.

Se mouvant avec lenteur, elle se leva, prit une douche et traça son chemin jusqu'au rez-de-chaussée. C'était un jour gris et nuageux. Elle ne s'était sans doute pas habillée suffisamment chaudement. Elle baissa les yeux vers sa jupe courte et son tee-shirt large qui lui découvrait l'épaule. Son ex en aurait été horrifié.

D'un autre côté, elle s'en fichait royalement. Elle prépara du café, bâilla de nouveau, et aurait souhaité avoir tressé ses cheveux pendant qu'elle était encore à l'étage. Alors, pendant qu'elle se tenait là, à regarder par la fenêtre de la cuisine, elle passa une main dans sa chevelure et forma une natte qui descendait sur le côté, le long de son épaule. Elle lança :

— Heureusement que personne n'est là pour me voir, hein ?

Elle éteignit l'alarme de sécurité, ouvrit la porte et laissa Mugs sortir. Elle n'avait eu aucun signe de Goliath. Il se cachait probablement de la météo. En revanche, Thaddeus marmonnait à lui-même tout en marchant de long en large sur la table de la cuisine. Elle tendit la main, et il sauta dessus.

— Bonjour, Thaddeus, dit-elle.

Il frotta doucement son bec de haut en bas de sa joue. Elle gloussa.

— C'est un adorable *bonjour* de ta part. Merci.

D'un murmure presque enroué, il lui répondit : « Thaddeus est là. Thaddeus est là. »

Elle fit un pas sur la terrasse tout en lui caressant doucement les plumes. Désormais, chaque fois qu'elle la voyait, elle était plus déterminée que jamais à en avoir une nouvelle. Elle devrait peut-être commencer sa journée avec ce projet. Elle irait solliciter un devis ailleurs. Comme l'avait expliqué Mack, il était possible d'économiser quelques centaines de dollars en divisant la commande. Bien sûr, il n'y avait aucune garantie que ça soit aussi simple, mais il avait aussi proposé d'effectuer lui-même un aller-retour.

Mais elle avait besoin de manger avant de se rendre à la quincaillerie. Ça lui semblait tellement étrange de ne pas avoir un million de choses à faire sur sa liste de tâches. Elle avait déjà terminé de taper l'index des classeurs de Solomon et scanné les sommaires de chaque dossier, et le tout se trouvait près de l'ordinateur pour y avoir accès rapidement.

Elle n'avait pas bien dormi cette nuit puisqu'elle avait continué à penser à Manny et à toutes les étranges hypothèses sur son cas. En considérant ça du point de vue d'un policier, il existait probablement un très mince rapport entre l'accident de Norbert et la disparition de Manny. Les deux étaient survenus à une semaine d'intervalle et concernaient deux mondes différents, tout comme l'étaient les deux personnes impliquées. Mais la connexion était là, car Norbert était l'un des clients réguliers de Manny. Cette information était-elle toutefois connue lors de la première enquête de la police ?

Alors qu'elle s'assit dehors avec sa première tasse de café, son téléphone sonna, ce qui la fit grogner.

— Les gens doivent me laisser tranquille quand il est aussi tôt, grommela-t-elle. J'ai décidé que je n'étais pas du matin.

Cependant, la sonnerie persistante ne la laisserait pas tranquille. Elle empoigna son téléphone et vit qu'il s'agissait de Mack. Elle appuya sur « décrocher » et répondit.

— Bonjour.

— C'est Manny, annonça-t-il de son ton abrupt. On a fait correspondre les empreintes dentaires.

Doreen se redressa.

— Vraiment ? Ouah… ça a été rapide, lâcha-t-elle avec satisfaction… avant de grimacer. Je ne devrais pas être aussi contente, n'est-ce pas ? Je suppose que je souhaite simplement une conclusion pour sa famille et ses amis.

— Non, confirma Mack, mais au moins, on a des réponses maintenant.

— Quelques-unes. Où l'avez-vous trouvé exactement ? Vous avez mentionné la tombe de Paul… Est-ce que la dépouille se trouvait vraiment dans un cimetière ? Comment avez-vous réussi à trouver ?

Mack se mit à rire.

— Je suppose qu'il y a du vrai, en un sens. Paul's Tomb

est un lieu de randonnée populaire, sur Knox Mountain. Le corps de Manny ne se trouvait pas sur le sentier habituel.

— Après tout ce temps… dit Doreen avant de marquer une pause et de prendre un air soucieux. Cause du décès ?

— Ça n'a pas encore été rendu public. Vous savez que ça sera divulgué dans peu de temps dans le journal.

— Eh bien, vous devez avoir une petite idée. Ne puis-je pas avoir accès au rapport du médecin légiste ? se plaignit-elle gentiment. Je n'en parlerai à personne. Mais j'ai vraiment besoin de ce petit bout d'information.

— Et pourquoi ça ? demanda-t-il, curieux. À quoi ça va vous servir ?

— Cela m'aidera à déterminer s'il a été tué par un client ou un ami.

— Comment serait-ce possible ?

Il avait probablement travaillé dur pour faire taire le ton railleur de sa voix, mais elle l'entendit tout de même. Elle se ferma comme une huître et lâcha :

— Je ne vous parle plus si vous êtes méchant.

Il soupira de nouveau.

— Je ne suis pas méchant. Pour le moment, je ne peux pas vous préciser la cause du décès, car personne ne nous a encore fourni de réponse conclusive.

Elle grommela.

— Ce qui signifie que ce n'est probablement pas une balle dans la tête.

— Vous devenez presque une petite technicienne de la police technique et scientifique, vous savez ?

— Je ne suis pas une petite je-ne-sais-quoi ! répliqua-t-elle sèchement.

— Eh bien… ça dépend. Vous avez déjà petit-déjeuné ?

Cela prit un moment à Doreen pour s'adapter au changement de conversation puis comprendre qu'il la considérait maigrichonne et l'imaginait dépérir.

— Pas encore, répondit-elle. Je suis simplement assise, à boire un café. J'ai passé une nuit difficile.

Le ton de Mack devint soucieux en un instant.

— Je suis désolé. C'est pas marrant.

— Non. Je continue à penser à Norbert et Manny.

— Honnêtement, je n'ai pas encore eu le temps de parcourir les dossiers.

— Être occupé n'est pas une excuse.

— Souvenez-vous que mon bureau croule sous de hautes piles, s'indigna-t-il sèchement, exaspéré.

— Bien sûr, mais cela pourrait résoudre deux affaires, dit-elle gaiement. Vous devez remettre à l'ordre du jour le cas de Manny, car vous avez trouvé son corps.

— C'est vrai. Ce qui signifie que j'ai besoin de connaître tout ce que vous savez.

Elle ricana.

— Cela prendra toute une vie.

Et elle lui raccrocha au nez.

Instantanément, son humeur s'améliora. Elle dansa dans la cuisine, se servit une seconde tasse de café et appela les animaux. Goliath traînait des pattes vers elle comme s'il venait de se réveiller. Il miaula, et elle s'accroupit pour prendre ce gros grassouillet dans ses bras, son café dans l'autre main, pendant que Thaddeus était perché sur son épaule et que Mugs courait tout autour d'elle, jusqu'à la crique. Là-bas, elle s'assit sur l'une des grosses pierres avec le chat toujours dans ses bras et Thaddeus sur son épaule et dit :

— On a seulement besoin de passer un peu de temps ici. L'eau m'apporte un réconfort à nul autre pareil.

Contente, au moins pour l'instant, Doreen sirota son café en essayant de déterminer ce que la découverte du corps de Manny apporterait à l'enquête. Maintenant, ils seraient en mesure d'obtenir toutes sortes d'indices, s'ils avaient de la chance. Peut-être même une preuve scientifique sérieuse. Paul's Tomb… qu'est-ce que c'était que ça ? Elle se souvint l'avoir vaguement vu quelque part quand elle croisait des infos à l'aide de cartes, à la recherche d'autres éléments. C'était probablement lié à l'investigation à Glenmore sur les gars qui avaient aidé Crystal à s'échapper. En se souvenant d'elle et de la façon dont sa vie avait basculé, Doreen s'illumina de nouveau.

— Mack a parlé d'un sentier de randonnée ou quelque chose du genre, dit-elle à ses animaux. Maintenant, pourquoi donc quelqu'un emmènerait Manny là-bas ? (Elle y réfléchit un peu plus puis murmura :) Bien sûr, la réponse, c'est que c'est assez retiré. Mais si c'est un lieu de randonnée populaire, alors une tonne de gens et de chiens s'y trouvent tous les jours. Donc son corps avait dû être bien enterré.

Elle continua à marmonner tout en considérant les différentes options. Soudainement, Mugs commença à aboyer à ses côtés, remuant sa queue comme un fou. Mais au lieu de se lever d'un bond et de se tourner pour voir qui c'était, ses épaules s'affaissèrent.

— Vous devriez prendre la dernière tasse de café, suggéra-t-elle en haussant la voix.

Dix secondes plus tard, elle entendit la porte de la cuisine se refermer.

Elle rit. Mack n'avait pas apprécié qu'elle lui raccroche encore au nez. Et il était probable qu'il soit de mauvaise humeur pour cette raison. Ça lui allait. Elle s'était réveillée de cette façon, alors ça lui convenait si quelqu'un d'autre vivait ça un moment. De plus, elle était de bonne humeur désormais. Elle attendit jusqu'à entendre Mugs courir vers la maison, aboyant de nouveau pour accueillir Mack.

Thaddeus chuchota dans son cou : « Mack est là. Mack est là. »

Elle tendit la main et lui frôla doucement la joue.

— Tu es un formidable chien de garde, lui déclara-t-elle.

Thaddeus s'installa dans le creux de son cou et s'appuya de tout son poids contre elle. Elle adorait quand il faisait ça. Ça lui donnait le sentiment d'être aimée. Elle n'avait pas eu à attendre longtemps avant d'entendre de lourds bruits de pas s'écraser vers elle. Mack finit par apparaître à ses côtés et gronda :

— Vous ne saluez même plus vos visiteurs ?

— Ça dépend s'ils viennent de bonne ou de mauvaise humeur, rétorqua-t-elle en levant les yeux vers lui.

Mais son attitude lui signifia qu'il n'était pas énervé. Elle lui sourit.

— Alors, si vous n'êtes pas en colère contre moi, je dirai « Coucou ! ».

Chapitre 27

Mercredi, en milieu de matinée...

L'AIR QU'AFFICHAIT MACK amusa Doreen. Un mélange d'écœurement et d'acceptation, presque.

— Je suppose que vous commencez à bien me connaître, hein ? (Il s'assit sur une autre large pierre tout près et observa le mouvement de la rivière.) De toute évidence, le niveau de l'eau monte.

Doreen confirma d'un signe de tête.

— Oui, en effet. Mais je ne pense pas que ce soit dangereux pour le moment. Cela étant, ça devient difficile d'atteindre la maison de Steve.

Il la regarda et se mit à rire.

— Oh, dans ce cas, c'est l'avantage de la montée de l'eau ! Je n'avais jamais envisagé que vous montiez en traversant la crique.

— J'emprunte ce chemin dès que je le peux.

— Vous devriez réfléchir à vous acheter un kayak.

Elle se pétrifia.

— Sérieusement ?

— Pourquoi pas ? Vous n'êtes qu'à quelques maisons du lac.

— D'abord, je ne sais pas en faire. Même si je trouve que les gens qui pratiquent la planche à voile sont gracieux. Je veux dire qu'eux auraient l'air gracieux. (Elle haussa les épaules.) Vous savez que je serais celle qui finirait la tête en bas, sous l'eau.

Il s'esclaffa.

— Mais vous savez nager, non ?

Comme elle ne répondit pas immédiatement, il lui reposa la question, le regard étroit et d'une voix plus imposante.

Elle le considéra et opina du chef.

— Oui, mais je n'en ai pas eu l'occasion depuis longtemps.

— Je peux comprendre. Mais au moins, vous savez comment survivre si vous avez des soucis, n'est-ce pas ?

— Peut-être. Je n'ai pas essayé depuis belle lurette.

— Le lac n'est pas loin. Une fois que la crue sera redescendue, vous pourriez sûrement vous retrouver avec un agréable et calme chemin pour aller y nager.

— Le courant poserait-il problème ?

— Pas nécessairement, s'il est lent.

— Si vous le dites, lança-t-elle en riant. J'ai un peu perdu la notion de ce qui est difficile ou pas. Je n'aurais jamais imaginé pouvoir pratiquer autant de jardinage que ces derniers temps.

— Vous apprenez beaucoup sur vous-même. C'est une bonne chose.

— Peut-être. Être célibataire est vraiment différent de ce que j'aurais cru.

— Oui, mais c'est ça, le truc. Vous continuez à vous lancer des défis et à vous surpasser toujours davantage. Je ne suis pas contre l'idée de tester le kayak… Ça remonte à quelques années, mais c'est une expérience assez unique.

Elle le regarda, ravie.

— Est-ce qu'on pourrait en louer un ?

— Oui, certainement, mais on pourrait aussi garder un œil sur ceux d'occasion.

Elle contempla la crique et son jardin puis répondit :

— On pourrait même partir d'ici, non ?

Il rit.

— Bien sûr, c'est l'un des avantages à vivre au bord d'une rivière.

Elle afficha un rictus.

— Vous savez quoi ? Je crois que ce n'est pas une mauvaise idée en fin de compte !

— Maintenant que vous possédez toute cette nouvelle richesse, vous pouvez y réfléchir sérieusement.

— Ah, s'il reste de l'argent ! se moqua-t-elle. En parlant de ça, j'ai prévu d'aller à l'autre quincaillerie pour avoir un deuxième devis sur les matériaux pour la terrasse.

— Bonne idée. Mais avant ça, je dois vous poser quelques questions. (Là, il sortit un magnétophone de sa poche et le posa sur le rocher. Puis il l'alluma, leva un sourcil et lâcha :) Maintenant, racontez-moi exactement ce que vous savez dans cette affaire.

— N'est-ce pas de la triche ? grogna-t-elle.

— Non, s'esclaffa-t-il, on appelle ça utiliser toutes les ressources possibles. Et dernièrement, vous êtes devenue une mine d'informations.

Elle se mit à rire et se dit que ça sonnait pas mal. En réalité, ça sonnait même très bien.

— OK, je vais commencer par le début.

Ainsi, elle lui fit le topo de la conversation qu'elle avait entretenue avec le père de Peter, Jeremiah, puis avec Peter, et enfin des recherches qu'elle avait effectuées sur Manny et

Norbert, le banquier. Ensuite, quand elle finit par arriver à sa théorie, elle précisa :

— Et bien sûr, vous devriez savoir, comme vous le dites toujours, que ce sont mes hypothèses et non des faits concrets.

Il appuya sur le bouton « stop » du magnétophone et déclara :

— Mais ce n'est pas mal ! J'ignore si quelqu'un a déjà établi un lien entre les morts de Norbert et Manny avant ça.

— La mort de Norbert est survenue cinq jours plus tard. Puis sa femme s'est remariée dans les trente jours.

Les sourcils de Mack se haussèrent de nouveau à ces propos.

— C'est affreusement rapide.

— Considérant que c'était un délit de fuite et que personne n'en a été accusé, mon esprit se tourne immédiatement vers l'épouse.

Il ricana.

— Vous pourriez être à sa place.

— J'ai essayé de sauver mon mariage. Et évidemment, aujourd'hui, je me demande pourquoi je me suis embêtée. Mais dans le cas de Norbert, je crois que la femme était plus que ravie de la disparition de son mari. Par ailleurs, toutes les notes de Solomon indiquent que le vol suspecté dans la banque dirigée par Norbert avait été commis en interne. Ou était un coup monté.

— J'ai enquêté sur ça, et j'ai imprimé une copie pour la déposer dans le dossier, annonça Mack. C'est une lecture intéressante, mais aucune charge n'a été retenue. Norbert est décédé peu après.

— Ce qui est triste.

— Peut-être. Mais vous devez y réfléchir maintenant et

vous rendre compte que ce n'était peut-être pas un délit de fuite autant qu'un…

— … suicide, l'interrompit Doreen.

— Exactement.

— Mais il avait aussi Manny dans sa vie. Souvenez-vous de ça. Même s'il venait de disparaître, alors…

Mack la regarda en coin.

— J'ai ! s'exclama-t-elle. Manny menait un mode de vie particulier et n'était de toute évidence pas quelqu'un avec qui on pourrait s'attendre que Norbert passe son temps… mais ils ont entretenu une relation, et une longue apparemment. Et vous devez considérer que quiconque dans une longue relation éprouvera des sentiments, d'une façon ou d'une autre. Peut-être que Norbert était heureux d'y mettre un terme ou que Manny désirait plus. Mais il faut aussi qu'on prenne en compte cette bague et que c'est potentiellement Norbert qui la lui avait offerte.

— Quel serait le raisonnement derrière tout ça ?

— Il est probable que c'était une bague d'amitié ou de promesse plutôt que de fiançailles et qu'il lui avait juré de sortir de son mariage et de s'enfuir avec Manny.

Doreen étudia le niveau élevé de la crique et pensa qu'elle aimait cette idée. Mais lorsqu'elle regarda Mack, il l'observait avec amusement. Elle fronça les sourcils à son intention.

— Qu'est-ce qui est si drôle ?

— Vous. Même après tout ce que vous avez traversé, vous demeurez une romantique.

— Je ne sais pas ce qui définit quelqu'un de romantique, mais je ne pense pas l'être.

— Bien sûr que non, et c'est ce qui vous rend d'autant plus attachante.

Elle posa les yeux sur lui, se demandant si elle venait d'être insultée. Mais vu le large sourire sur son visage, elle imagina qu'il était probablement encore en train de se moquer d'elle. Le problème était qu'elle ne pouvait pas vraiment se mettre en colère contre lui, car elle le taquinait tout le temps aussi.

— Alors, il faut qu'on détermine la cause du décès de Manny, reprit-elle. Et sérieusement, on va se retrouver avec plus de gens mêlés à cette histoire que ce à quoi on s'attendait.

— Ce qui signifie ?

— Que je suspecte qu'une voire deux personnes sont impliquées.

— Alambiqué, comme d'habitude. Selon vous, y a-t-il un ou deux meurtriers ?

Doreen leva les deux mains en signe de frustration.

— Je crois que les deux affaires sont liées. Mais j'ignore si la femme de Norbert a tué Manny, car ils se seraient enfuis ensemble, ou si quelqu'un a assassiné les deux.

— Ou alors ça n'a aucun rapport, lui rappela Mack. Ce n'est pas parce qu'on aime tisser des histoires entre les affaires que ça suppose qu'elles sont vraies.

— Tout à fait. Et je l'ai bien compris, mais en même temps, il y a vraiment un lien. Je crois que c'était plus fort qu'on ne l'aurait cru. Je vous ai aussi envoyé par e-mail la lettre que Manny a laissée pour Peter. L'avez-vous lue ?

— Oui. Elle est également dans le dossier. Et je vais aller discuter avec Peter maintenant.

Mack se leva, Doreen sauta sur ses pieds.

— Laissez-moi vous accompagner, s'écria-t-elle.

Il la considéra, leva les sourcils et répondit :

— Pourquoi ? Ce sera une visite officielle.

L'esprit de Doreen passa rapidement en revue toutes sortes d'excuses, et elle finit par lui adresser un sourire radieux.

— Parce qu'il me connaît et qu'il n'a pas confiance en la police. Je suis certaine que vous serez mieux reçu si j'y vais avec vous. Et il sera bouleversé quand vous lui annoncerez les nouvelles.

Mack tapa le sol du bout de son pied un long moment puis baissa les yeux sur les bestioles et lança :

— Je suppose que vous allez vouloir amener les animaux ?

— Absolument. Peter les a découverts dimanche dernier lorsque je l'ai rencontré pour la première fois. Ce sont de chouettes briseurs de glace.

Mack leva les yeux au ciel.

— Mais il faut partir maintenant. Je dois retourner au poste bientôt.

— On prend votre pick-up alors ? demanda-t-elle avant de le voir acquiescer. Parfait. Je serai prête dans deux minutes.

Elle se mit à courir pour rentrer à la maison, appelant les animaux à elle. Goliath courut à ses côtés et monta à la cuisine, pendant que Mugs était sur ses talons et Thaddeus émettait un drôle de caquètement sur son épaule. À l'intérieur, elle saisit son sac à main, enclencha l'alarme, verrouilla la porte et marcha avec Mack jusqu'à son véhicule garé dans l'allée.

Les bestioles étaient complètement excitées en comprenant qu'ils partaient en balade dans son pick-up. Elle ouvrit la portière à Mugs qui sauta sur le plancher et demeura là, plutôt content. D'un autre côté, Goliath n'avait aucune intention de rester en bas et décida de reposer sur l'appuie-tête, mais finit sur une de ses épaules. Alors, Doreen s'assit avec Mugs à ses pieds, Thaddeus sur son autre épaule, et Goliath essayait d'accéder à l'appuie-tête. Cela lui prit quelques minutes avant de finir par s'installer sur ses genoux, avec contentement. Thaddeus changea de côté pour s'octroyer plus d'espace.

Mack les contempla et soupira lourdement. Puis il démarra le moteur et descendit l'impasse.

— Vous attendez-vous à ce que la ville vous considère autrement que l'étrange femme aux animaux ?

— Vu que Peter m'a appelée la femme aux ossements, je ne crois pas que ce serait juste.

— J'ai entendu parler de vous en tant que femme aux ossements un paquet de fois, ria-t-il.

— C'est mieux que l'autre surnom que j'ai entendu, éluda-t-elle sèchement, qui est la folle aux animaux.

Chapitre 28

MACK SE GARA dans le centre, dans l'un des parkings payants, et bondit hors du véhicule. Puis il inséra de la monnaie dans le parcmètre et fit le tour pour ouvrir la portière de Doreen. Elle s'extirpa, ayant réussi à mettre la nouvelle laisse et le harnais à Goliath ainsi qu'une autre à Mugs. Avec Thaddeus sur son épaule, elle traversa la rue. Cependant, juste avant qu'ils atteignent l'autre côté, Goliath décida qu'il ne voulait pas marcher attaché. Doreen devait admettre qu'elle ne lui avait pas donné l'occasion de s'y accoutumer. Il était étendu, comme en grève, jusqu'à ce que Mack le prenne dans ses bras.

— Un harnais et une laisse pour un chat ? Ce chat ? Goliath ? Vous êtes sérieuse ?

— Ça m'a paru être une bonne idée, grommela-t-elle. Mais vous savez ce que c'est, d'obliger un chat à vous obéir. Ils commencent avec de bonnes intentions puis partent vers la direction opposée.

Devant eux, aucun signe de Peter. Doreen parcourut le secteur, mais il n'y était pas non plus.

— C'est là que vous l'avez rencontré l'autre jour ?

— Juste ici, confirma-t-elle. Je me suis assise à cette extrémité du banc et lui à l'autre. Mais il a affirmé qu'il allait souvent au parc pour dormir, ajouta-t-elle en désignant l'autre côté de la rue, d'où ils venaient. Allons vérifier.

Le trafic étant quasi inexistant, ils traversèrent rapidement l'artère. Et dès que Goliath aperçut de l'herbe, il parut bien plus enclin à marcher avec la laisse. Mais Doreen savait que ça ne fonctionnerait que tant qu'il choisirait de suivre la même direction qu'elle. Quand ils arrivèrent finalement au parc et près des grands arbres, Mack s'écarta un peu afin qu'ils puissent vérifier les alentours.

— Peter ? Vous êtes là ? s'écria Doreen.

Quelque part sur sa gauche, elle entendit un reniflement. Elle marcha dans cette direction et découvrit Peter, lové sur le sol devant un grand arbre. Soucieuse, elle déclara :

— Maintenant, je me dis que j'aurais dû vous apporter du café…

Il ouvrit les yeux, la regarda et répondit :

— Ce ne serait pas de refus.

— Mais je n'en ai pas, là, soupira-t-elle.

Peter observa Mugs qui le flairait de haut en bas.

— Je peux le caresser ?

— Bien sûr !

Il tendit le bras et gratta la tête de Mugs. Sa queue remua énergiquement, et il renâcla de plus belle. Puis, les yeux de Peter atterrirent sur Goliath et s'agrandirent.

— Ouah ! Je n'avais encore jamais vu un chat en laisse !

— Vous n'en reverrez peut-être jamais, lança-t-elle d'un air sombre tandis qu'elle tirait sur la laisse pour que Goliath les rejoigne.

Celui-ci lui accorda un simple regard tandis que son corps allait dans la direction opposée. Peter rit.

— Je suppose que vous avez du chemin à parcourir pour dresser ce chat, hein ?

— Oui. Mais ça va, on avance. Et plus il passe de temps avec la laisse, mieux c'est.

Peter ne parut pas totalement convaincu, mais elle non plus. Goliath était simplement étendu de profil et remuait la queue jusqu'à ce qu'il roule, amenant la laisse encore plus loin et forçant Doreen à approcher d'un pas maintenant qu'il était allongé sur le dos, les pattes en l'air, à observer le ciel bleu.

— C'est un animal vraiment unique, indiqua-t-elle.

— Oh oui ! confirma Peter. Bon, pourquoi êtes-vous de nouveau ici ?

Doreen désigna l'endroit où se tenait Mack.

— C'est mon ami, Mack, annonça-t-elle en faisant signe à ce dernier de les rejoindre.

Peter le regarda et parut suspicieux.

— Il ressemble à un flic.

— C'en est un, précisa chaleureusement Doreen, mais il fait partie des gentils flics.

Toutefois, la présence de Mack et sa stature ne contribuèrent guère à amoindrir l'anxiété de Peter.

— Il a des nouvelles à vous transmettre, l'informa-t-elle gentiment. Alors, on s'est dit que vous voudriez les entendre personnellement.

La peur se lut dans ses yeux. Il les leva vers Mack et demanda :

— Qu'est-ce que c'est ? Qu'est-ce qu'il y a ?

Doreen s'accroupit devant Peter et lui dit :

— Ils ont retrouvé Manny.

Sa mâchoire en tomba, et ses yeux s'arrondirent. Puis il comprit ce qu'ils sous-entendaient.

— Mort ? croassa-t-il.

Doreen hocha la tête.

— Je suis tellement désolée.

Les yeux de Peter se remplirent de larmes.

— Ce n'est pas juste. Il n'a jamais vraiment eu de vie.

— Je sais, souffla Doreen avec compassion. Et je suis consciente que ce ne sont pas les nouvelles que vous vouliez entendre. Ce ne sont pas celles que j'aurais aimé que vous appreniez non plus, mais ils l'ont trouvé hier, et on ne voulait pas que vous l'appreniez dans le journal.

Peter s'essuya les yeux larmoyants de sa manche sale.

— Merci, murmura-t-il, la voix toujours entrecoupée de sanglots, avant de regarder Mack.

— Quand et comment est-il mort ? Et est-ce que vous allez prendre ça au sérieux maintenant, contrairement à l'époque ?

Doreen tendit une main et lui caressa gentiment l'avant-bras.

— Ils ont essayé à l'époque, honnêtement. Mais c'est difficile de déterminer ce qui a pu lui arriver. Vous vous souvenez ? Vous n'aviez pas d'informations pour les aider non plus.

Penaud, Peter opina du chef.

— Je suis désolé. Ce n'est pas juste. J'étais tellement à l'ouest en ce temps que j'ignorais ce qui était important.

Mack s'accroupit à son tour devant lui.

— Avez-vous quelque chose d'autre à nous transmettre aujourd'hui ?

— Rien de plus que ce que je lui ai raconté, dit-il en adressant un signe de tête à Doreen. Mais maintenant que vous avez Manny, peut-être... Peut-être que vous en apprendrez davantage ?

— On l'espère, acquiesça Mack. C'est le plan.

Chapitre 29

Mercredi midi...

MACK RACCOMPAGNA DOREEN et les animaux à la maison une heure plus tard. Elle avait fait ce qu'elle avait pu pour consoler Peter bien qu'il n'y ait aucun réconfort à apporter à quelqu'un qui avait perdu un ami. Pas quand on apprenait la nouvelle. Même si Manny était parti depuis toutes ces années, au fond de lui, Peter avait espéré qu'il avait, d'une façon ou d'une autre, réussi à fuir son style de vie. Au lieu de ça, il n'avait échappé à rien. La mort était venue bien tôt pour lui.

En sortant du pick-up de Mack et avant de refermer la portière passager, Doreen regarda Mack et lui dit :

— Informez-moi des détails concernant sa mort, s'il vous plaît.

Les animaux dégageant du chemin, Mack fit reculer son véhicule dans l'allée et se rendit au poste. Doreen entra chez elle, déprimée et contrariée, car elle aussi avait espéré que Manny se soit échappé. Comme elle pénétrait dans le salon et fermait la porte derrière elle, son téléphone se mit à sonner. Nan.

— Hé, Nan !

— Qu'est-ce qui ne va pas ? s'enquit-elle vivement.

— Rien. C'est simplement une matinée déprimante.

— Oh, ma chérie, qu'y a-t-il ?

— Rien. Je ne peux pas vraiment en parler maintenant. Seulement, plus on discute avec les sans-abri, plus on se rend compte à quel point la vie peut être un enfer pour les familles.

— Tu sais ce qu'il te faut ? De muffins à la banane tout frais.

Doreen rit.

— Nan, je crois que tu essaies de me faire grossir chaque fois que tu imagines que j'ai besoin de quelque chose. Que ça aille bien ou pas, c'est toujours à base de nourriture.

— Il n'y a rien de mal à ça ! Viens ici avec les animaux que je puisse les dorloter, et prenons le thé avec des muffins, intima-t-elle avant de raccrocher au nez de Doreen, ne lui donnant pas l'occasion de protester.

Elle baissa les yeux vers Mugs vautré à ses pieds, puis vers Goliath toujours en laisse, et leur demanda :

— Vous voulez voir Nan, les amis ?

Mugs leva les yeux vers elle, les oreilles dressées à leur maximum, c'est-à-dire pas très haut. Puis il aboya. D'un autre côté, Goliath se contenta de la regarder de ses yeux étincelants de chat pendant que Thaddeus répétait : « Nan. Nan. Nan. »

Doreen l'observa à son tour et lui demanda :

— Tu veux aller voir Nan ?

« Thaddeus veut Nan. Thaddeus veut Nan », brailla-t-il en faisant des allers-retours sur son épaule avec les pattes bien raides. Cela fit rire Doreen qui lança :

— OK, au moins l'un de vous le dit !

Elle sortit par la porte de la cuisine, laissa son sac à main derrière elle, réenclencha les alarmes puis se dirigea vers la crique, là où elle avait entamé sa journée. Elle ne retira pas la laisse ni le harnais de Goliath, pensant que ce pourrait être l'occasion parfaite pour l'inciter à continuer à bien se comporter. Ce n'était pas qu'elle souhaitait le garder attaché, mais elle voulait qu'il soit en sécurité. Ça ne signifiait pas forcément la même chose, mais au moins, c'était mieux que rien.

Elle ne se précipita pas chez Nan ; elle était toujours déprimée à la suite de sa conversation avec Peter. Il s'agissait d'informations permettant de lever le mystère autour de la disparition de Manny, mais c'était évidemment une lame à double tranchant. Et constater que le chagrin de Peter était si réel avait été perturbant. À ce stade, rien n'aurait pu être dit pour le réconforter. Il allait maintenant devoir affronter une réalité qu'il avait niée pendant longtemps.

Lorsque Doreen arriva chez Nan, elle fit en sorte d'être de meilleure humeur. Elle traversa sur les pierres de gué, le regard rivé sur ses pieds. Et quand elle arriva sur le patio et leva les yeux, Nan s'exclama, ahurie, en voyant Goliath.

— Tu lui as mis un harnais ! s'exclama-t-elle, ravie. Quelle chouette idée !

— Je ne crois pas qu'il soit de cet avis, rétorqua Doreen en gloussant.

À cet instant, Goliath marcha vers Nan, se redressa sur ses pattes arrière et lui miaula dessus, comme pour lui signifier à quel point sa journée avait été difficile. Elle s'accroupit devant lui et lui donna beaucoup d'affection.

— Tu es si beau, lui lança-t-elle. Et tu es formidable dans ce harnais. La couleur te va bien !

Doreen haussa un sourcil. C'était un harnais marron sur un chat doré. Ce n'était pas vraiment une combinaison de couleurs habituelle. Cependant, la petite voix qu'avait prise Nan avait eu l'effet escompté, et Goliath ronronnait et se frottait contre ses bras, puis butait contre son menton comme s'il ne l'avait pas vue depuis des semaines et des semaines.

Nan finit par avoir la présence d'esprit de remarquer que Mugs paraissait décontenancé de voir toute cette affection envers Goliath. Elle tendit une main et le gratouilla gentiment également. Il aboya et, même s'il était couché, il s'étira dans une longue et improbable version de lui-même simplement pour que Nan puisse atteindre plus de zones sur son corps.

Doreen se laissa tomber sur une chaise et lâcha :

— Ces animaux sont pathétiques !

Nan rit.

— Ils sont honnêtes et réclament ce qu'ils désirent. On devrait tous apprendre d'eux.

C'était une remarque si pertinente et emplie de sagesse que Doreen pouvait difficilement la contredire. Lorsque Nan se redressa et disparut dans la cuisine pour revenir avec du thé, toutes les bestioles la regardaient attentivement. Doreen se souvint que sa grand-mère avait généralement des friandises pour eux. Peut-être était-ce pour cette raison qu'ils aimaient tant venir ici.

Thaddeus s'approcha, pencha la tête d'un côté, et, d'une voix fière, clama : « Thaddeus est là. Thaddeus est là. »

Nan inséra une main dans sa poche et en sortit un petit sac en plastique refermable contenant des graines de tournesol. Elle en déposa quelques-unes devant lui. Puis elle disposa quelques friandises pour chien devant Mugs et d'autres pour chat devant Goliath. Et d'un même mouvement, elle leva l'assiette de muffins et la plaça devant Doreen, ce qui fit rire cette dernière.

— Alors, je me trouve dans la même catégorie que les animaux de compagnie ? C'est ma sucrerie pour la journée ?

Nan afficha un large rictus.

— Et pourquoi pas ? Je vous aime tous !

Le cœur de Doreen fut touché, et elle chuchota :

— Pas autant que je t'aime, Nan.

Elle se rapprocha, lui tapota le dos de sa main et répondit :

— Je suis désolée que tu sois encore en période d'acclimatation.

— Ça a été une rude journée, marmonna Doreen.

Elle considéra les muffins et prit le premier. Découvrant qu'ils étaient encore chauds, elle renifla et inspira l'arôme enivrant du pain frais à la banane.

— Ils sentent divinement bon !

— Ils sont divins ! Remplis de noix aussi.

Doreen n'attendit pas. Elle brisa le muffin en deux et mordit dedans. Elle s'assit plus confortablement pour l'apprécier.

— Chaque fois, je me demande comment tu prépares tout ça, murmura-t-elle tout en regardant son morceau. Tout ce que je peux envisager, c'est de la cuisine basique.

— Ça demande juste un peu de pratique, précisa Nan en faisant un geste désinvolte de la main. Je cuisine depuis longtemps. Tu dois t'en souvenir.

Doreen hocha la tête, mais elle ne croyait pas que c'était là un tiers de l'histoire. Il y avait simplement un truc au niveau de la capacité à entrer dans une cuisine et à créer quelque chose de magique. Elle engloutit le premier gâteau et tendit la main pour en attraper un deuxième. Alors qu'elle en prenait une bouchée, Nan lui versa son thé. Puis Doreen se rendit compte qu'elle était en train de dévorer ses muffins tellement vite que c'était presque impoli. Elle se força à replacer le gâteau sur l'assiette, s'enfonça dans sa chaise et demanda à sa grand-mère :

— Comment tu vas aujourd'hui ?

— Je vais bien, répondit Nan, d'une voix ressemblant à un pépiement de joie. J'ai passé une excellente nuit de sommeil et une splendide matinée.

Doreen regarda autour d'elle et haussa les épaules.

— C'est nuageux et gris, Nan. Ce n'est pas une matinée si splendide.

— En réalité, si ! Je me suis levée, rien que ça suffit à annoncer une bonne journée. Il ne fait pas trop chaud, et le ciel n'est pas couvert par une fine fumée d'incendie alors, dans l'ensemble, je considère ça comme une bonne journée.

Nan marquant un point, Doreen pouvait difficilement argumenter. Pourtant c'était triste, dans un sens, qu'un bon jour signifiait que Nan se soit levée. D'un autre côté, que faudrait-il à Doreen pour avoir le même ressenti ?

— Quand je me suis réveillée ce matin, j'avais l'impression d'avoir été heurtée par un bulldozer, raconta Doreen. Toute la nuit, j'ai fait des cauchemars de gens me pourchassant et essayant de retrouver des cadavres, et c'était affreux. Le café m'a aidée, mais pas des masses.

— Et te rendre dans le centre-ville avec Mack ? Cela a-t-il aidé également ? demanda Nan de ce ton inquisiteur qui est le sien.

Mais Doreen ne lui avait encore rien révélé à ce sujet.

— Lequel de tes amis a mouchardé cette fois ? la questionna-t-elle en ajoutant une note d'humour dans sa voix.

Le sourire satisfait de Nan apparut sur son visage.

— Le nouveau paysagiste. Je discutais avec lui il y a peu

de temps. Il m'a raconté qu'il t'avait vue au parc municipal.

— Comment savait-il qui j'étais ? interrogea Doreen, confuse. Ce n'est pas comme si je le connaissais.

— Oh ! ma chérie. Tu étais avec tes animaux, rétorqua Nan d'un air de remontrance. Je crois que plus personne en ville n'ignore qui tu es désormais, surtout quand ils t'accompagnent.

Le visage de Doreen se froissa.

— Oui, c'est juste. Parce qu'en effet, ils étaient avec moi. Et oui, je me suis rendue en ville avec Mack.

— Maintenant, tu dois me raconter pourquoi.

Doreen hésita, ne sachant pas ce qu'elle pouvait révéler. Puis elle haussa les épaules et lança :

— Je peux te dire un truc, mais tu n'as pas le droit de le répéter. C'est une affaire qui ne doit pas fuiter avant d'être divulguée aux médias.

Elle pouvait lire sur le visage de Nan la déception s'opposer à la curiosité. Ses épaules finirent par s'affaisser, et elle se résigna :

— Tu es dure en affaires ma chère, mais d'accord.

— Ce n'est pas moi qui le suis. C'est Mack.

— Évidemment que c'est lui. Avec tous les protocoles qu'il doit respecter, réagit Nan en faisant un autre geste vague de la main. Elles ne s'appliquent pas vraiment aux gens comme nous.

— Malheureusement, elles me concernent bien plus que tu ne pourrais le penser, contesta Doreen en riant. Je n'ai pas vraiment le choix, étant donné que je dois composer avec Mack et ses règles en permanence.

— Toi, oui ! rétorqua Nan d'un air suffisant. Moi, non.

Doreen leva les yeux au ciel.

— Peut-être. Mais on a trop souvent besoin des flics

pour s'occuper de tes affaires.

— Ne t'inquiète pas pour moi ! Maintenant, donne-moi les nouvelles.

Doreen se pencha en avant et murmura :

— Ils ont retrouvé le corps de Manny.

— Non ?! s'exclama Nan.

Doreen acquiesça.

— Ils l'ont découvert hier soir et l'ont identifié ce matin.

Elle se mit à songer que l'identification avait été très relativement rapide. Mais elle avait confiance en Mack.

— Oh, mon… Pauvre Jenny.

— Pourquoi ? s'enquit Doreen d'un ton sec. Comme ça, maintenant, elle pourra indiquer une date correcte dans sa bible ?

Nan secoua violemment la tête.

— Non, non, elle ne peut pas. C'est ça le problème. J'ai compris que le temps et les dates n'ont pas d'importance pour toi ni pour un tas de gens, mais, pour quelque chose de cet ordre, la précision fait tout.

Confuse, Doreen fixa simplement du regard sa grand-mère.

— Alors, ce sont de mauvaises nouvelles ?

— Eh bien, elles ne sont évidemment pas bonnes. Nous aurions espéré que Manny soit en vie, répondit Nan avec délicatesse. Mais étant donné qu'elle est morte, c'est fâcheux si nous ne connaissons pas le jour.

— Le jour ?

— Le jour, confirma Nan en souriant. Le jour de son décès.

Doreen s'appuya contre son dossier et prit une autre bouchée de son muffin à la banane. Il n'en restait plus, mais elle dévisageait sa grand-mère avec fascination.

— Je peux comprendre pourquoi la date à laquelle elle est décédée est importante pour l'enquête, pour découvrir comment elle est morte et peut-être qui l'a tuée, mais franchement, si on pouvait avoir une vague idée du jour, ce serait suffisant pour une bible des familles.

— Eh bien tu sais, les gens qui reportent ce genre d'informations sont plutôt fanatiques pour ce qui est de la précision.

— Dans ce cas, concéda Doreen en glissant le dernier morceau de muffin dans sa bouche et le mâchant avant d'en dire davantage, Jenny va sans doute devoir attendre que la police puisse achever son enquête.

Nan hocha lentement la tête.

— Elle n'appréciera pas. Mais je comprends, ma chérie. Tu ne peux pas aider si tu ne sais rien.

— C'est vrai. Et n'oublie pas qu'il y a de grandes chances pour que personne n'obtienne une date précise. Ce n'est pas comme s'il y avait systématiquement un message sur les cadavres, indiquant qu'ils ont été tués tel ou tel jour.

— C'est un manque de considération. Franchement, ils devraient comprendre que c'est important pour les gens de savoir ça.

— Je crois qu'un meurtrier s'en fiche. Il est simplement occupé à essayer de ne laisser aucun indice derrière lui, afin de ne pas se faire attraper. Il ne s'amuse pas à inscrire des messages.

— Et pourtant, certains le font, protesta Nan d'un air entendu. Pense à ceux qui indiquent à la police où trouver le corps en semant des devinettes et des indices.

— Ce qui est loin d'être le cas ici. Je doute fortement que la moindre note mentionnant « J'ai tué Manny » à telle ou telle date ait été trouvée près du corps.

— Tu n'as pas à te moquer pour autant, ma chère. Je me posais simplement la question.

— Quand je trouverai quelque chose, si cela arrive, lança Doreen légèrement honteuse, je t'en parlerai. Mais je doute qu'ils apportent une précision avant un mois ou deux. Je suppose que cela dépend de la météo au moment des faits.

— Je ne comprends rien de tout ça, mais si toi, oui, alors c'est super. Je m'en contenterai, ma chérie. (Puis elle se pencha en avant et ajouta :) Y a-t-il autre chose que nous savons ?

Doreen secoua la tête de dénégation.

— Pas de cause du décès pour le moment. Ni de jour. En gros, on n'a aucune certitude, si ce n'est qu'il s'agit de Manny.

— Oh, c'est si triste.

— Et bien sûr, nous savons où il a été retrouvé, poursuivit Doreen, le regard perdu dans le vague.

— D'accord, lâcha Nan avant de chuchoter de conspiration : où ?

— Au-dessus de Knox Mountain, sur le chemin vers Paul's Tomb. Mais ça ne signifie rien pour moi.

— Il y a pas mal de chemins de randonnée là-bas. C'est une zone immense. Beaucoup de sentiers. Très populaire chez les gens du coin.

— Alors, je présume que Manny se trouvait dans un secteur loin des regards ou bien caché.

— Possiblement… et nous n'avons certainement pas connu de grosses pluies susceptibles d'effacer la saleté qui aurait pu la recouvrir, continua pensivement Nan. Alors, il faut vraiment que l'on découvre comment son corps a été retrouvé.

— Évidemment, j'ai oublié de demander ça à Mack,

soupira Doreen.

— Tu te rattraperas la prochaine fois, la rassura Nan, sans gêne.

Et comme par magie, un troisième muffin à la banane apparut devant Doreen. Elle le regarda avec surprise.

— Je ne devrais pas en prendre un autre, protesta-t-elle, mais elle finit par le saisir et afficher un large sourire. Mais j'en ai vraiment envie.

— Je t'en donne deux de plus pour chez toi.

Doreen considéra sa grand-mère.

— Tu en gardes pour toi ?

— Bien sûr que oui ! s'exclama Nan, ravie. (Puis elle marqua une pause, et un étrange regard apparut sur son visage.) Je me demande si Jenny est déjà au courant…

— Aucune idée, reconnut Doreen, mais sachant que la police était chargée de le lui apprendre, elle sortit son téléphone et envoya un message à Mack pour savoir si le plus proche parent avait été prévenu.

Darren est venu en milieu de matinée, répondit Mack.

— Darren, le petit-fils de Richie, était là ce matin pour parler à Jenny, raconta Doreen à Nan.

— Donc, dès que tu seras partie après le thé, j'irai discuter avec elle et verrai comment elle va, informa Nan.

— Bonne idée. Je suis sûre qu'elle apprécierait d'avoir de la compagnie.

— Non, pas vraiment. Mais elle aimerait que quelqu'un compatisse pour les dates.

C'en était trop pour Doreen. Elle saisit le muffin et mordit une énorme bouchée. Nan sortit un bloc-notes et griffonna quelque chose dessus.

— Qu'est-ce que tu es en train d'écrire ? demanda Doreen, suspicieuse.

— Je me disais simplement que Jenny pouvait en savoir plus qu'elle ne le prétendait.

— Comme quoi ?

— Je l'ignore, mais elle doit forcément avoir des informations sur la vie de sa fille.

— C'est l'histoire de Manny au moment de sa mort qui nous intéresse vraiment. Avec qui il a pu être ami, avec qui il a pu travailler et, bien sûr, je choisis ce terme pour rester vague.

Nan hocha la tête.

— C'est un style de vie pénible, mais j'ai cru qu'à une époque les deux communiquaient. (Elle fixa pensivement le bloc-notes, tapota son crayon dessus de frustration puis ajouta :) Je ne parviens pas à m'en souvenir.

— Si tu poses la question à Jenny, elle devrait se le rappeler, rétorqua franchement Doreen.

Nan reposa son stylo et répondit :

— Très juste. Il est inutile d'essayer de torturer mon cerveau pour en faire sortir des informations qui ne veulent tout simplement pas être trouvées.

Quand Doreen se leva pour s'en aller, Nan enveloppa deux muffins à son intention et les lui tendit.

— Merci, souffla Doreen.

Puis elle fit un gentil câlin à la minuscule femme et rentra chez elle.

Chapitre 30

Mercredi après-midi…

DES QUE DOREEN fut à la maison, elle se sentit coupable d'avoir mangé tous ces muffins. Elle troqua ses vêtements pour ceux dédiés au jardinage, retourna dehors avec un grand verre d'eau et de glaçons et s'attaqua aux parterres, en commençant par le bord de la crique. Elle n'était pas sûre de devoir travailler à cet endroit. Si l'eau montait et entraînait la crue de la crique, cela retirerait pas mal de terre arable à proximité. Donc elle commença trente centimètres plus loin. Elle avait progressé de trois mètres quand son téléphone sonna. Prête à être interrompue pour avoir un prétexte de prendre une pause, elle vérifia son portable pour voir qu'il s'agissait de Nan.

— Salut, Nan ! répondit elle, le souffle court.

— Avec une telle respiration, dit Nan, je serais contente si c'était pour une bonne raison. Mais te connaissant, tu dois être en train de jardiner.

Doreen grommela.

— Oui, c'est exactement ce que je suis en train de faire, jardiner.

— Tellement dommage, lâcha joyeusement Nan. Maintenant, être essoufflée en étant avec Mack… ce serait une tout autre histoire.

Doreen se pinça l'arête du nez et soupira.

— As-tu une raison d'appeler ?

— Évidemment ! Ce n'est pas comme si je téléphonais pour rien ! rétorqua Nan, perplexe.

Doreen réprima son impatience.

— Alors, qu'est-ce qu'il y a ?

— J'ai parlé à Jenny, annonça-t-elle d'un ton solennel, et je savais qu'il y avait quelque chose qu'elle n'avait pas mentionné.

Doreen s'enfonça dans l'herbe et s'étira de tout son corps afin de pouvoir admirer le ciel tout en parlant avec sa grand-mère.

— C'était quoi ?

— Jenny et Manny se sont accidentellement rencontrées au jardin public, un jour où Jenny se trouvait avec son groupe religieux. En la voyant, Manny l'a appelée. Jenny a essayé d'ignorer sa fille, mais Manny s'est approchée et l'a terriblement embarrassée devant les femmes d'église.

— Bien sûr que ça a dû mettre Jenny mal à l'aise. Mais ça n'a pas dû être vraiment facile pour Manny non plus.

— C'est juste, mais je crois qu'après ça, Jenny ne voulait plus rien à voir à faire avec Manny.

— A-t-elle précisé quelque chose à propos de cette rencontre qui pourrait concerner la mort de Manny ?

— Manny a fait allusion à son départ, en précisant que Jenny n'aurait plus à s'inquiéter.

— Intéressant. Est-ce que Jenny a mentionné la date à laquelle c'est arrivé ?

— Oui, répondit Nan avant de préciser la date.

Doreen y réfléchit un instant et lâcha :

— C'était à peu près une semaine avant que Manny disparaisse.

— Oui. Une autre raison pour laquelle elle n'était pas trop inquiète quand sa fille fut portée disparue. Car, autant qu'elle ait été concernée, sa fille était partie comme prévu. Jenny est restée bouche bée en apprenant qu'ils avaient finalement retrouvé le corps de sa fille.

Doreen avait vraiment envie de demander si elle avait été plus attristée par la mort de sa fille que par l'absence de date de décès précise pour sa bible de famille, mais se dit que c'était une mauvaise idée.

— Ce doit être dur de perdre un enfant, déplora-t-elle en compromis.

— Oui, mais ce n'est pas vraiment le souci de Jenny. Je pense qu'elle a tiré une croix sur cette relation il y a longtemps.

— Donc son problème désormais, c'est la date du décès pour sa bible ?

Doreen peinait à le croire. Il y avait sûrement plus important comme préoccupation qu'une date.

— Oui, mais elle a aussi expliqué que Manny était accompagnée d'une amie, lorsqu'elles se sont croisées. Elle s'est efforcée de se rappeler qui c'était.

— Et elle a réussi ? A-t-elle pu la décrire également ?

— Non, pas vraiment, mais elle a vu Manny parler à cette femme avant qu'elles approchent, ce qui est l'une des raisons pour lesquelles Jenny a délibérément tenté de l'éviter. Elle craignait que ce soit une cliente, et elle ne voulait pas y être mêlée.

— Donc c'est cette femme qu'elle a essayé d'identifier ?

— Oui. Et ça l'a bien embêtée.

— D'accord. Peut-elle donner un âge ?

— Non, pas vraiment. Enfin, je n'ai pas pensé à poser la question.

— Nan, je vais t'envoyer une photo par e-mail, lui annonça Doreen en sautant sur ses pieds. Peux-tu demander à Jenny si c'est la femme qui parlait à Manny ?

Il y eut un court silence de surprise, puis Nan se lança en répondant :

— Bien sûr ! Tu sais déjà qui c'est ? s'enquit-elle d'une voix excitée. A-t-elle quelque chose à voir avec la disparition de Manny ?

— Je n'en ai aucune idée. C'est seulement une hypothèse.

De retour dans sa cuisine, Doreen s'assit devant son ordinateur, le démarra et chercha l'image dont elle avait besoin. Lorsqu'elle la trouva, elle la mit en pièce jointe et l'expédia à Nan.

— Reviens vers moi dès que tu l'as interrogée, d'accord ? exhorta Doreen.

— Je te rappelle dans dix minutes ! lâcha Nan avant de raccrocher.

Doreen se lava le visage et les mains pendant qu'elle attendait les nouvelles de sa grand-mère. Elle vérifia l'heure de l'horloge et prit conscience que c'était déjà le milieu d'après-midi et qu'elle avait de quoi justifier pleinement une autre cafetière. Elle la mit en route et patienta. Quand Nan la recontacta, Doreen arracha le téléphone de la table et répondit :

— Alors ?

— C'est elle ! cria Nan, survoltée. Jenny souhaite vraiment savoir qui c'est afin de mettre un nom sur ce visage.

— C'est Lynette. La femme de Norbert, le banquier. C'est Lynette Watkins.

— J'ignore de qui il s'agit, déplora Nan, déçue. Je n'ai jamais vu sa tête même si Jenny l'a bien reconnue, elle.

— Tu peux révéler son nom, mais ce n'est plus le même aujourd'hui. Après que Norbert est mort, elle s'est remariée assez vite. Elle a épousé un banquier d'affaires, et elle s'appelle désormais Lynette Porter.

— Oh, mon… C'est l'un des gros bonnets de la ville.

— Je ne suis pas certaine de ce que ça signifie dans une petite ville comme la nôtre, répliqua sèchement Doreen. Mon mari était influent à West Vancouver, mais il était obséquieux.

— Je ne suis pas sûre que ce gars-là ne soit pas de la même trempe, déclara pensivement Nan. C'est une tournure des événements fascinante !

— Mais ça n'a rien à voir avec la disparition de Manny, vraiment ! lui rappela Doreen. Tout ce que nous faisons, c'est enquêter sur la personne qu'a vue Jenny il y a dix ans.

— Je l'annonce à Jenny immédiatement !

Et Nan raccrocha de nouveau au nez de Doreen.

Cela la fit rire. Elle regarda les animaux et leur lança :

— Apparemment, j'ai une mauvaise influence sur tout le monde, ici.

Mugs aboya, Doreen remplit son bol de nourriture et ensuite ceux de Goliath et Thaddeus.

— Je suis quasi certaine de vous avoir nourris, les amis, et que votre repas se trouve encore dans votre ventre, mais bon, si vous avez faim comme moi, peut-être devriez-vous en avoir un peu plus.

Et plutôt que de se préparer un sandwich, elle s'assit pour savourer un autre muffin à la banane. Puis, avec le second gâteau et une tasse de café, elle alla s'asseoir dehors, sur sa petite terrasse. *Ma très petite terrasse*, se dit-elle.

Cependant, elle serait temporaire désormais.

Dès qu'elle aurait terminé son café, elle irait faire établir un second devis. Cela lui fournirait les infos dont elle avait besoin. Juste au moment où elle était sur le point d'achever sa collation et de s'en aller, Nan rappela.

— Jenny te remercie. C'est exactement la personne à qui elle pensait. Elle a précisé que la femme a donné quelque chose à Manny. C'est l'une des raisons pour lesquelles ça lui a paru étrange.

— Tu sais ce que c'était ?

D'une voix devenue triomphante, Nan lui annonça :

— Oui. Elle a offert de l'argent à Manny.

Chapitre 31

I L POUVAIT Y avoir un tas de raisons qui justifieraient qu'une femme aurait donné de l'argent à Manny. Et il y avait aussi de bonnes et de mauvaises raisons pour lesquelles quelqu'un le ferait. Mais Doreen se focaliserait sur les bonnes. Peut-être que Lynette voulait se montrer charitable. Peut-être que son mari n'avait pas payé la dernière fois, concernant son *affaire* avec Manny, et avait envoyé sa femme pour régler sa facture. Bien que cette hypothèse la rende perplexe. Mais ça ne signifiait pas que c'était impossible. Les gens pouvaient accomplir toutes sortes d'actes étranges.

En vérité, la vie était ainsi faite. Alors qu'on pensait comprendre les gens, ils se mettaient à dérailler. Elle ne pouvait pas tirer de conclusions hâtives. Même si Jenny avait identifié l'épouse de Norbert, ce n'était pas suffisant pour poursuivre dans cette voie. Mais cela établissait une autre connexion entre les deux affaires. Cela justifiait également de retourner discuter avec Peter. Elle aurait aimé qu'il aitt un portable. Elle était tentée de lui en acheter un jetable afin qu'ils puissent communiquer tant qu'elle enquêtait. C'est alors que son téléphone sonna de nouveau. Elle fixa le numéro inconnu. Lorsqu'elle répondit, Jeremiah, le gérant du magasin d'occasions, le père de Peter, se mit à parler, d'une voix émue.

— Merci.

— De quoi ? s'enquit-elle, sur ses gardes.

— Peter est ici. Il est assez secoué, mais apparemment, vous avez trouvé Manny.

— Oui, c'est vrai, mais ce n'est pas la fin de l'enquête. Nous ne savons toujours pas ce qui lui est arrivé.

— Non, on en est conscients. Mais on vous en est reconnaissants. N'importe quoi à ce stade constitue une grande aide. Je n'arrive pas à croire que Peter ait délaissé la drogue et l'alcool depuis six mois, dit le vieil homme, d'une voix tremblante.

Après cela, ils discutèrent quelque temps, puis Doreen lança :

— C'est possible d'échanger avec votre fils une minute ?

— Bien sûr, bien sûr ! Hé, Peter, Doreen veut te parler.

Elle put entendre derrière lui Peter lui demander qui était Doreen.

— La femme aux ossements, avec tous les animaux, qui enquête sur Manny, expliqua-t-il, exaspéré. Voyons ! La femme à qui tu as parlé !

Le combiné passa d'une main à l'autre, et Peter fut à l'autre bout du fil.

— Allo ? dit-il d'une voix légèrement tremblotante.

— Bonjour, Peter ! J'espère que vous vous sentez mieux ?

— Pas tant que ça, mais le choc s'est un peu atténué. C'est toujours ça le pire, hein ?

— Je crois, oui, répondit gentiment Doreen. J'ai eu des nouvelles de la mère de Manny. Évidemment, vous vous en doutez, elle a été informée de sa mort aujourd'hui aussi. Elle a affirmé avoir vu sa fille une fois alors qu'elle se trouvait avec un groupe de dames d'église. Apparemment, elle marchait dans le parc, et Manny s'est approchée pour lui parler. Elle lui a dit de ne plus à s'inquiéter pour elle, car elle partait bientôt. Sa mère assure qu'à l'époque, Manny avait trouvé un moyen de déménager dans une autre partie du pays. Mais elle a aussi mentionné qu'elle avait vu quelqu'un avec lui, et il lui a fallu un moment pour trouver qui c'était. Cette femme a donné de l'argent à Manny.

— Des tas de gens nous filent de l'argent, vous savez, protesta Peter. Pensez-y. On fait toujours la manche.

— Cependant, dans ce cas-ci, c'était Lynette, la femme de Norbert.

Peter s'exclama.

— Oh, je m'en souviens ! (Il marqua une petite pause et demanda :) C'est important ?

— Dans ce genre d'affaires, il est quasi impossible de savoir ce qui l'est ou non. Mais vous savez vraiment pourquoi l'épouse de Norbert aurait donné de l'argent à Manny ?

— Pour un tas de raisons, je suppose… Mais la principale, c'est qu'elle souhaitait que Manny disparaisse. Elle prétendait qu'il l'avait humiliée et l'appelait par toutes sortes de surnoms méchants. Une sale personne, celle-là ! Elle parlait de frapper quelqu'un à terre. Elle était comme ça.

— A-t-elle donné beaucoup d'argent à Manny ?

— Oui, ça représentait une sacrée somme, admit-il. Et je crois que c'est pour ça que Manny croyait qu'il pouvait partir pour de bon cette fois.

— Était-ce la raison pour laquelle il avait reçu cet argent ? Est-ce qu'elle achetait Manny, l'intimant de rester loin de son mari ou un truc du genre ?

— Je ne crois pas qu'elle s'intéressait à son mari, pas

même un peu. Je pense qu'elle espérait que Manny disparaî-trait et cesserait de lui causer du tort. (Il ricana.) Norbert avait pour habitude de parler à Manny tout le temps. Il était vraiment malheureux dans son mariage, car elle avait cessé d'être une épouse de bien des façons.

— Donc peut-être que Norbert a plutôt approché Man-ny pour une amitié qu'autre chose.

— Je pense que oui, et peut-être plus. Il craquait vrai-ment pour lui. Le rendez-vous hebdomadaire a aussi pu représenter un moyen d'apporter de l'aide à Manny.

— C'est juste. Je suis contente que Manny ait été ami avec Norbert et vous jusqu'au bout.

Ce n'était pas mes meilleures paroles à prononcer, car Peter recommença à fondre en larmes.

— Vous ne vous rappelez pas à combien s'élevait le montant, si ? demanda Doreen, essayant de le soulager. Ou si c'est arrivé plus d'une fois ?

— C'était seulement une fois. On en a beaucoup parlé après, car Manny était fasciné par cette somme qu'elle lui avait offerte. C'étaient des milliers de dollars. Mais il s'est de nouveau retrouvé fauché peu de temps après, car il a payé une dose à tous ceux qu'il connaissait pour leur épargner deux ou trois passes.

— On dirait que les actions de Manny venaient du cœur, supposa Doreen en souriant. Vraiment dommage qu'il n'ait pas utilisé cet argent pour s'enfuir.

— Je pense que c'est ce qu'il avait prévu. Mais il en a parlé à Norbert, vous savez ?

Les sourcils de Doreen se haussèrent.

— Manny a raconté à Norbert ce que son épouse avait fait ?

— Oui. Norbert était vraiment en colère. Quand il a

quitté Manny, il lui a expliqué qu'il laverait cet affront. Mais il a aussi demandé à Manny de garder l'argent, et il lui a offert une belle bague. Manny l'a vendue et en a acheté une de remplacement bon marché au prêteur sur gages. Il ne l'aurait pas portée, mais il ne pouvait pas s'en séparer. Il avait vraiment été touché.

— OK, c'est parfait, lança Doreen.

Elle se dit aussi que Manny avait probablement dépensé tout l'argent de Lynette ainsi que celui de la revente de la bague de Norbert avant que Manny ne fréquente Norbert une semaine plus tard.

— Je me demande simplement si l'épouse s'est arrangée pour aider Manny à quitter la ville, reprit-elle.

— Si c'est le cas, elle n'en a pas parlé à Manny, répondit Peter. Honnêtement, ça aurait été bien mieux si elle avait conclu ce genre de marché. On ne peut pas donner de l'argent à un junkie. Ça part dans le bras, comme tout le reste.

— Tout de même, c'était une sacrée somme. Est-ce que Manny l'a revue ? Constatant qu'il n'avait toujours pas quitté la ville, est-elle revenue pour le lui reprocher ?

— Je l'ai croisée une fois. Et elle ne semblait pas ravie de nous trouver là, mais elle n'a pas hurlé ou quoi que ce soit. Je crois que Manny lui a simplement fait un doigt d'honneur quand elle est passée en voiture.

— Ce qui a dû la mettre hors d'elle…

— Oh oui, absolument ! s'exclama Peter en gloussant. Mais vous savez quoi ? On finit toujours par avoir ces intellos qui pensent que tous les autres sont en dessous d'eux.

Doreen n'en était que trop consciente, car elle avait dû fréquenter ces personnes. Malheureusement, elle craignait que, par le passé, elle ait pu donner l'impression d'en faire partie.

— Si vous repensez à d'autres confrontations ou à quelqu'un d'autre qui aurait pu réaliser quelque chose d'étrange, comme ce truc avec Lynette, vous me tiendrez au courant, n'est-ce pas ?

— Rien ne me vient en tête. Ça a été tellement bizarre. Je l'avais même oublié jusqu'à ce que vous en parliez.

— Étant donné que tout s'est passé au moment où Manny a disparu et Norbert est mort…

— Vous croyez que Lynette a quelque chose à voir avec la mort de Manny ? demanda Peter, la voix soudain rauque.

— Oh, j'en doute ! se hâta de répondre Doreen. Et souvenez-vous. On ne peut rien supposer. On a besoin de preuves.

Lorsqu'elle entendit les propos de Mack sortir de sa bouche, elle leva les yeux au ciel. Puis elle reprit :

— Ne commettez pas d'imprudences.

— Je suis trop fatigué pour ça.

— Je suis contente que vous soyez chez votre père.

— Oui, acquiesça Peter d'une façon bourrue. Moi aussi.

Doreen raccrocha et s'assit, réfléchissant à ces informations pendant quelques instants. Elle avait des soupçons, mais ça restait des hypothèses. C'était trop facile de juger la mauvaise personne à ce stade. Elle envoya un e-mail à Mack, lui relatant cette histoire d'argent donné par Lynette et les propos tenus par cette femme intimant à Manny de quitter la ville. Ce n'était rien qu'une autre pièce du puzzle. Ça aidait, mais pas suffisamment, tandis que les autres éléments manquaient toujours. Dans l'ensemble, elle n'avait aucun renseignement qui puisse faire la différence. Et c'était vraiment pénible. Elle commença par effectuer une recherche sur la plaque d'immatriculation. Quelles étaient les chances d'en découvrir une qui finissait par la lettre *Y*? Il devait y avoir un autre moyen de procéder.

Frustrée au bout de vingt minutes, Doreen prit son téléphone et composa le numéro de Mack. Lorsqu'il décrocha, elle l'interrogea :

— Vous avez réalisé des recherches sur ce fourgon ?

Il avait une voix douce quand il lui répondit :

— Bonjour, Doreen. Vous savez que c'est presque l'heure du dîner, n'est-ce pas ?

— Vraiment ? s'exclama-t-elle.

— Vraiment. Donc, non, je n'ai pas eu l'occasion de vérifier la plaque. Pourquoi ?

— Parce que je me demande si quelqu'un a déjà eu ce numéro auparavant.

— Vous vous souvenez ? Ce n'est pas un numéro. C'est une lettre, et il y en a sûrement des tas. J'ai bien lancé une requête, mais je ne sais plus si j'ai pensé à vérifier si des résultats sont sortis. J'ai été un peu occupé.

— Je comprends, mais je pense que c'est important.

— Je devrais pouvoir m'en charger d'ici. Je vous rappellerai.

Il disparut à l'autre bout du fil dès qu'il eut prononcé ces mots.

Doreen se prépara une tasse de thé et afficha un regard fixe et maussade. Cette affaire était sur le point d'exploser, et elle avait une assez bonne idée de ce qu'il s'était passé, mais elle ignorait comment. Elle se rassit et chercha l'adresse de Lynette. C'était vraiment la personne avec qui avoir une bonne discussion. C'était elle qui avait des secrets. Ou peut-être qu'elle s'en fichait. Elle n'avait vraiment pas attendu avant de se remarier. Alors, qui pouvait savoir à quoi ça rimait ?

Doreen trouva l'adresse, la localisa et constata que c'était à dix minutes en voiture d'ici. Assise là, ne faisant rien de toute façon, elle pensa : « C'est quoi ce bazar ? » Elle se leva et saisit ses clés.

Puis Mugs courut à côté d'elle, et Thaddeus cria derrière : « Thaddeus vient. Thaddeus vient. » Même Goliath vint flâner dans la pièce pour observer la scène.

Elle s'arrêta en grommelant et leur dit :

— Vraiment ? On doit tous y aller ?

Chapitre 32

Mercredi, fin d'après-midi...

MUGS ABOYA A plusieurs reprises, ce qui fit rire Doreen.

— D'accord ! C'est bon. Va pour une virée en voiture !

Les trois animaux de nouveau dans le véhicule, Doreen recula dans l'allée puis sortit de l'impasse, direction Gordon Avenue. Elle finit par tourner vers Dilworth Road afin de couper à travers la zone commerciale jusqu'à Dilworth Mountain. Dans son esprit, elle savait où elle était censée se rendre, mais certaines rues ne lui parurent pas familières. Elle enchaîna plusieurs virages et arriva finalement dans la bonne. Et peu après, à la demeure en question. C'était une énorme maison de maître tout en briques et sans âge. Elle était là, juste au coin de la rue, où elle bénéficiait d'une vue sur la ville en contrebas.

Doreen hocha la tête pour elle-même, remonta et tourna pour stationner, sortit avec les animaux et décida de faire une balade décontractée. Elle était en train de marcher de l'autre côté quand une Mercedes se gara dans l'allée. Leur grande porte de garage s'ouvrit, et la berline y pénétra, à côté d'un fourgon. Doreen s'arrêta net.

— Ils se sont rangés à côté d'un fourgon noir, murmura-t-elle.

Elle se dépêcha de sortir son téléphone et d'appeler Mack.

— Je n'ai pas encore eu l'occasion d'obtenir une réponse, lui lança-t-il sèchement.

— Nouvelle recherche, souffla-t-elle d'une voix douce. Intéressez-vous aux véhicules du nouveau mari de l'épouse de Norbert. Elle vient juste de garer sa Mercedes dans son garage, et il y a aussi un fourgon noir.

Mack jura à l'autre bout du fil. Elle lui coupa la parole :

— Oui, j'y suis. Oui, je regarde. Oui, j'ai une très bonne idée de ce qui s'est passé, et vous avez besoin que j'obtienne des preuves.

Puis elle lui raccrocha au nez et réalisa plusieurs fois le tour de l'impasse avant de remettre les animaux dans son véhicule et de s'asseoir avec eux, se demandant ce qu'elle pouvait bien faire maintenant. Il lui fallait le numéro de cette femme. Se servant de son portable, elle essaya de le dénicher, mais n'obtint rien. Il n'était pas dans l'annuaire. Elle avait besoin que Mack le trouve pour elle aussi. Et ça, ça allait tout bonnement le mettre en rogne.

Finalement, elle décida de laisser sa voiture, prenant Mugs et Goliath en laisse et Thaddeus sur son épaule. Elle monta jusqu'à la porte d'entrée et appuya sur la sonnette. C'était l'une des maisons bourgeoises élégantes qu'aurait adorées son mari. Elle-même en avait habité pas mal, mais elles ne l'attiraient pas. Elles avaient toujours une allure contemporaine et moderne, mais peu chaleureuse. Quand la porte s'ouvrit, une blonde joliment coiffée se tenait devant elle, le visage affichant un air ennuyé.

Cette femme lui rappela son passé. Toutes celles qu'elle

avait connues à cette époque avaient cette même élégance et le même air blasé.

— Oui ? demanda-t-elle.

Doreen lui adressa un sourire lumineux, et, d'un ton direct, lui dit :

— Je me demandais simplement pourquoi vous avez essayé de donner de l'argent à Manny pour qu'il quitte la ville.

La femme la fixa, et la peur se lut dans ses yeux. Doreen hocha la tête et ajouta :

— Exactement. Vous avez cru que tout aurait fini par disparaître ?

La femme scruta précipitamment autour d'elle.

— Vous feriez mieux d'entrer, intima-t-elle en ouvrant davantage la porte.

Doreen avança d'un pas vers l'intérieur, les animaux dans son sillage. Un beau plancher en ardoise avec une finition brillante faisait rutiler toute la pièce. Mais Doreen avait vu tellement plus agréable. Elle n'était absolument pas impressionnée, si la femme tentait de l'intimider. Elle n'était pas la bonne personne dans ce domaine.

— Alors, vous n'avez pas répondu à ma question.

— Et pourquoi vous le dirais-je ? répliqua sèchement la femme, dévoilant la laideur en elle. Ça ne vous concerne pas.

— J'ai compris que vous n'avez probablement pas apprécié que votre premier mari se tape Manny de façon régulière. Chaque semaine, pour être exacte, mais quelle différence cela faisait si Manny était toujours dans le coin ou pas ?

La femme la regarda avec horreur.

— Et comment vous pouvez être au courant de tout ça ?

— Je sais aussi, enchaîna Doreen, que Norbert a été accusé de voler la banque.

— Non, non, non, contesta la femme en secouant la tête. Il n'a pas été incriminé. C'est ça le truc. Ils allaient le licencier, mais ils n'allaient pas l'inculper.

— Alors quoi ? Vous ne pouviez pas le supporter ? Vous ne pouviez accepter l'humiliation ?

— De quoi parlez-vous ?

— Vous ne pouviez pas le tolérer, donc vous lui avez roulé dessus ?

— Je ne l'ai pas écrasé ! Comment osez-vous m'accuser ?

— Pourquoi pas ? Manny a disparu. Norbert meurt à suite d'un délit de fuite, et, un mois plus tard, vous voilà mariée et à un niveau supérieur de l'échelle sociale, énuméra Doreen en désignant la maison pour marquer ses propos.

Le visage de la femme devint rouge de colère, et elle tapa du pied sur le sol.

— Vous ne savez rien de tout ça ! Avez-vous une idée de ce que c'est quand votre mari veut passer du temps avec une prostituée ? Franchement, n'est-ce pas absolument dégoûtant ?

— Je crois que Manny était probablement une très chouette personne.

— Comment il ou elle aurait pu l'être, rétorqua agressivement Lynette. *C'était* une abomination !

— D'accord, concéda Doreen, haïssant cette femme pour avoir réduit Manny à un objet. Alors, vous l'avez tué.

La femme s'esclaffa. Et c'était un rire sincère. Le cœur de Doreen se serra, se rendant compte qu'elle avait tout faux.

— Je n'ai rien à voir avec *elle*. J'ai essayé de lui donner de l'argent, en espérant qu'elle quitte la ville et m'épargne l'humiliation que tous mes amis soient au courant. C'était déjà mauvais que Norbert quitte la banque avec un climat de suspicion autour de lui, raconta-t-elle d'une voix fatiguée, sa beauté étincelante se transformant en une allure clinquante qui dévoilait une image ternie par les années. Mais de savoir qu'il faisait des choses avec *cette* personne, mon Dieu !

Elle secoua la tête, incrédule.

— Et votre mariage un mois après la mort de Norbert ? demanda Doreen.

— Oh, vous devriez comprendre, répondit Lynette avec sarcasme. J'ai entendu dire que votre mari vous a jetée. Alors, vous êtes passée d'un monde où vous aviez tout, à rien. Eh bien, j'en avais assez de ne plus rien avoir. Je voulais tout.

Le cœur de Doreen se serra encore plus tandis qu'elle comprit que cette femme en savait déjà beaucoup sur son histoire, tout comme la moitié de la ville probablement.

— Vous vous êtes mariée si vite, reprit Doreen. Vous vous le tapiez probablement pendant que votre mari s'envoyait le pauvre Manny.

— *Pauvre Manny*, répéta sèchement Lynette. Ils se connaissaient depuis toujours. Il a continué à défendre son mode de vie, et de prétendre qu'il était simplement perturbé et avait besoin de soutien. (Elle secoua la tête.) C'est dégoûtant.

Doreen n'avait pas la même mentalité.

— Et votre second mari, tout cela le dérangeait-il ?

— Évidemment ! Lui-même voulait que tout disparaisse.

— Bien sûr qu'il le souhaitait, lâcha Doreen avec un léger sourire, ne croyant pas la moitié de ce que lui racontait Lynette. Je suppose que, depuis la mort de Norbert, la vie est belle, hein ?

— Pourquoi ne le serait-elle pas ? rétorqua sèchement la femme. Je veux dire, j'ai vécu l'enfer avant la mort de mon mari. C'était un soulagement qu'il parte. Et Manny aussi. Vous n'avez aucune idée de ce que ça représente, quand on est la risée de tout le monde.

— En réalité, je le sais. Pas pour les mêmes raisons, mais je sais sincèrement ce que ça fait d'être moquée.

— Alors, pourquoi vous me posez toutes ces questions ? Ça remonte à si longtemps.

— Parce qu'on a trouvé le corps de Manny.

La femme la regarda avec horreur.

— Eh oui. Ils ont découvert son corps. Et la police scientifique se penche dessus.

La femme recula d'un pas, la main posée sur la poitrine.

— Vous ne pensez pas que j'ai quelque chose à voir là-dedans, si ?

Doreen haussa un sourcil. Elle avait appris il y a longtemps que, souvent, les gens l'ouvraient si on leur donnait l'occasion de parler. Lynette secoua la tête.

— Pourquoi ça m'intéresserait ? Manny a si longtemps occupé la vie de mon mari que c'était un cauchemar d'humiliation. Mais ça n'était qu'une petite partie dégoûtante de plus dans ma vie à supporter.

— Vous auriez pu partir, observa Doreen.

— J'y ai pensé. Vous pouvez me croire. Et puis est arrivé Dean…

Elle avait prononcé cette dernière partie avec un sourire, un sourire qui racontait qu'elle s'était fait avoir et était tombée amoureuse. Il suggérait à Doreen que Dean avait enlevé Lynette comme le prince charmant qu'il semblait être et avait rendu paradisiaque sa vie infernale. Doreen opina du chef.

— Je suppose qu'il ne pense pas grand-chose de tout ça, si ?

— Non, il m'a expliqué que je devais quitter Norbert. Que je devais tout abandonner derrière moi.

— Alors, pourquoi ne l'avez-vous pas écouté ?

— J'ignorais comment m'y prendre, répondit simplement Lynette. Ça aurait été tellement bordélique.

— Se lever un matin, sortir de la maison et emménager avec votre nouveau petit ami, est-ce si bordélique ?

— Vous ne comprenez pas, lâcha brusquement Lynette. Mais je n'ai rien à voir avec la mort de Manny.

À ce moment-là, une voix derrière Doreen s'écria :

— Ma chérie, tout va bien ?

Chapitre 33

Mercredi, à l'heure du dîner...

LYNETTE AFFICHA UN large sourire et passa à côté de Doreen en courant, qui se tourna pour voir un monsieur aux cheveux argent dans l'embrasure de la porte. Il attrapa Lynette et l'embrassa avec douceur, puis regarda Doreen et s'enquit :

— Êtes-vous en train de harceler ma femme ?

— Pas du tout, se défendit Doreen avec un grand rictus. Je lui posais simplement des questions sur son rôle dans la mort de Manny.

Le visage de l'homme devint blafard.

— Quoi ? Que venez-vous de dire ?

— Mais elle a clarifié certains points avec moi, continua Doreen. Elle a affirmé qu'elle n'était pas impliquée, et je la crois maintenant. C'est vous seul qui vous en êtes occupé.

L'homme protesta. Lynette se tourna vers Doreen et lui demanda :

— Quoi ?

Doreen hocha la tête.

— Vous n'auriez pas quitté votre mari, même s'il vous faisait honte. Manny était quelque chose qu'il n'était même pas permis d'exister selon vous, alors Dean les a retirés tous les deux de l'équation avec ce beau fourgon noir. Véhicule que vous ne conduisez plus, n'est-ce pas ? Celui sans plaque d'immatriculation, dans le garage.

Il secoua lentement la tête, et, comme un éléphant dans un magasin de porcelaine, il se préparait à charger. Doreen leva une main et déclara :

— Arrêtez. Ne vous embêtez pas. Les flics ont trouvé le corps de Manny. Il est entre les mains de la police scientifique désormais.

Si elle avait trouvé que Dean était pâle avant ça, il avait maintenant la peau translucide.

Doreen se tourna vers Lynette et montra le visage de Dean.

— Vous voyez ? *Coupable.* Il a attiré Manny à lui en prétendant être un client, l'a emmené, l'a tué et l'a enterré à Paul's Tomb. Après ça, il a attendu quelques jours et a renversé Norbert avec son fourgon. Il n'a pas survécu, alors la voie était entièrement dégagée. Bon sang, Norbert volait probablement la banque pour financer sa fuite avec Manny. Avez-vous pris l'argent dans sa voiture en même temps ? Vous avez continué à conserver vos actifs et, trente jours plus tard, il vous a gardée bien près de lui en tant qu'épouse. Sans que personne ne le sache. (Elle se tourna pour affronter Dean.) Comment vous appelleriez ça ? *Faire le ménage ?*

— Ce n'est pas mal, admit Dean, d'une voix profondément caverneuse comme si de la rage était en train de bouillir à l'intérieur. C'est une jolie histoire. Pas que ce soit important. Aucun des deux ne méritait de vivre.

— Je suis sûre que votre femme est d'accord avec vous.

Lynette regarda fixement son mari puis Doreen. Elle se mit à reculer.

— Est-ce que c'est vrai, Dean ? As-tu renversé ce pauvre Norbert ?

— *Ce pauvre Norbert* ? Cet homme n'en était pas un, c'était un voleur infidèle, répliqua-t-il. Tu sais parfaitement que tu le souhaitais mort !

— On le soupçonnait de voler de l'argent à la banque. Il couchait avec cette chose qui faisait le trottoir et pouvait ramener à la maison toute sorte de maladies ! Évidemment que j'étais malheureuse ! Mais je ne voulais pas qu'il soit tué !

— Alors, vous auriez été contente s'il était simplement mort d'une attaque cardiaque ou d'une grosse maladie ? demanda Doreen.

La femme acquiesça.

— Exactement. Je désirais que tout ça s'arrête, mais pas qu'il soit assassiné.

— Tellement dommage, déplora gaiement Doreen. Car Dean s'en est chargé pour vous.

La femme dévisagea Doreen puis revint à Dean. Elle secoua la tête.

— Je t'en prie, promets-moi que tu n'as pas fait ça. *Je t'en prie.* Je t'en prie, dis-le-moi. (Elle leva les mains pour les poser sur les joues de Dean.) Je t'aime depuis si longtemps. Je t'en prie, dis-moi que tu n'as pas fait ça.

— Tout ce que j'ai entrepris, c'était pour toi, avoua-t-il désespérément à Lynette. Comme tu ne l'aurais pas quitté, je *devais* m'en occuper.

À travers la porte d'entrée ouverte, Doreen pouvait apercevoir plusieurs véhicules arriver, sirènes hurlantes. Dean ne chercha même pas à regarder derrière lui. Doreen sourit.

— Eh bien, vous allez devoir répéter ça plusieurs fois, car on vient vous chercher.

Dean la dévisagea et rétorqua :

— C'est votre parole contre la mienne. Les flics peuvent examiner le fourgon. Je m'en fiche.

— Il ne s'agit pas seulement de ma parole contre la vôtre. Nous avons un tas de témoins désormais. Et, bien sûr, le corps de Manny raconte en ce moment même son histoire aussi.

Dean grimaça à cette pensée et branla du chef.

— Vous ne savez rien.

— Je sais que Manny s'est battu. Il s'est battu pour sa vie. Et, à la toute fin, vous ne lui avez même pas accordé la décence de pouvoir être retrouvé pour que sa famille puisse le pleurer. Et ensuite, quand vous êtes revenu après l'avoir assassiné, vous étiez totalement serein et n'en avez jamais parlé à personne. Après ça, vous avez comploté la chute du pauvre Norbert. Ça a été trop facile, hein ? Et voilà que, dix ans plus tard, vous avez tout. Vous avez la belle maison, la jolie femme, le travail parfait… vous êtes le roi du monde. (Doreen leur adressa un sourire qui ferait grincer des dents n'importe qui. Sauf Dean, car il était trop arrogant pour le remarquer.) Vous avez bâti votre royaume sur des fondations en ruines. Vous l'avez construit avec des meurtres et des mensonges.

Lynette agrippa les mains de Dean et chuchota :

— Je t'en prie, raconte-moi la vérité.

Il se pencha doucement, embrassa son front et lui souffla :

— Ne t'inquiète pas pour ça.

— Vous avez remarqué qu'il ne dit jamais *non*, déclara joyeusement Doreen.

Lynette la dévisagea puis revint à son mari.

— Dean, je veux que tu me l'expliques maintenant en me regardant dans les yeux.

Il sourit et posa une main sur sa joue.

— Pourquoi écouterais-tu le moindre mot de cette femme ?

— Voyez ! reprit Doreen. Une fois encore, il n'a pas nié.

Derrière lui, elle pouvait voir Mack remonter le trottoir. Plusieurs hommes se dirigeaient vers le garage. Elle considéra Dean et lui balança :

— Vous ne pouvez pas le raconter, car ce serait un mensonge, et vous ne pouvez lui mentir parce que vous l'aimez. Vous avez tué son mari afin de la libérer et qu'elle puisse être avec vous.

Dean dévisageait fixement son épouse, et ses épaules s'affaissèrent.

— Je l'ai tué, avoua-t-il tout bas. Je le devais. Tu ne l'aurais pas quitté. Tu n'aurais pas abandonné ce misérable petit ver pleurnicheur pour moi. Je devais agir.

Lynette secoua la tête, sa main s'abattit sur sa bouche tandis qu'elle s'écriait :

— Non, non, je t'en prie, non !

Il voulut s'approcher d'elle, mais elle recula.

Doreen s'apprêtait à s'autoféliciter pour avoir résolu une affaire sans avoir commis de blessure lorsque Dean se tourna, attrapa un objet sur le buffet qui contenait ses clés et le jeta en direction de Doreen. Elle se prit violemment un bol en verre dans la poitrine et cria tandis qu'elle trébuchait en arrière et tombait au sol. Thaddeus se mit à brailler et s'envola. Elle allait bien, mais elle avait eu le souffle coupé.

Elle pouvait entendre Lynette hurler et intimer à Dean d'arrêter. Mais il s'équipa d'autre chose et se jeta sur Doreen pour la frapper avec. Comme il prenait son élan, Mugs lui sauta dessus. Dean l'éloigna cependant d'un coup de pied. Le chien chuta en gémissant tandis que Goliath lui grimpait dessus tout en enfonçant ses griffes dans le ventre plat de Dean. Celui-ci rugit et tenta de se débarrasser du chat, mais Mugs revint de nouveau sur lui.

Sans être en reste, Thaddeus vola jusqu'à la coupe de cheveux distinguée de Dean, l'ébouriffant de partout. Il plantait ses serres et assénait des coups de bec. Dean rugissait de colère, de frustration et de douleur tandis que les animaux l'attaquaient tous en même temps.

Et finalement, dans tout ce bazar, Doreen sentit des bras chauds l'envelopper et la remettre sur ses pieds. La voix de Mack se distingua dans le vacarme.

— Vous allez bien ?

Elle leva des yeux reconnaissants vers lui et hocha la tête.

— Ça ira.

— Bien. Vous voudriez bien rappeler vos défenseurs alors, s'il vous plaît.

Elle siffla une note aiguë, et Mugs retourna à ses côtés pendant que Goliath lui jeta un coup d'œil comme pour signifier : « Ça commençait à devenir chouette. » Pourtant, il sauta du ventre de Dean jusqu'au sol et marcha tranquillement jusqu'à elle. Puis Mack attrapa Thaddeus et le laissa retomber sur l'épaule de Doreen pendant qu'ils observaient tous les dégâts sur l'homme devant eux qui était en train de pleurer. Il était encore debout, mais lacéré et en sang.

— On dirait que Doreen a encore frappé, déclara Mack.

Deux flics derrière lui se mirent à ricaner.

— Il semblerait que Doreen et son *armée* ont encore frappé, corrigèrent-ils.

Doreen regarda Mack et lui annonça :

— Le fourgon noir est dans le garage. Vous êtes au courant, hein ?

— Maintenant, oui, acquiesça-t-il.

— Je ne crois pas que Lynette soit impliquée dans les meurtres, mais elle m'a tuyautée.

Cette dernière la considéra.

— De quoi parlez-vous ?

— Vous aviez payé Manny pour disparaître. Ça n'aurait eu aucun sens.

— Comment cela pourrait-il ne pas en avoir ? Elle m'humiliait ! Ma vie était un enfer à cause d'elle ! Pourquoi aurait-il été absurde de me débarrasser d'elle ?

— Bien sûr, mais quelqu'un s'est effectivement occupé de lui, la contredit Doreen. Et si ce n'était pas vous, alors qui ? Ce devait être quelqu'un pour qui c'était important. Et cela m'a menée vers l'homme qui vous aimait suffisamment pour tuer pour vous. Mais une fois qu'il fut débarrassé du méchant de *votre* histoire, il s'est chargé de celui de *son* histoire. (Elle eut un regard pour les animaux blottis contre elle.) Vous voyez ? Quand on aime quelqu'un, on ferait n'importe quoi pour les sauver.

— Sauf tuer, précisa Mack en guise d'avertissement, ce qui fit rire Doreen.

— Il ne faut jamais tuer. De plus, peu importe qui a balancé tout le matos dans le jardin de Richard, il n'avait aucune idée de ce que c'était. Des menottes dans la bruyère, dans ce cas.

— Oui, et alors maintenant quoi ? Quelque chose qui commence par un *N* ?

— Je n'espère pas, lâcha-t-elle en frémissant. Le seul mot qui me vient à l'esprit, c'est *neige*. Je n'aime pas ce que ça implique. Je suis une femme du soleil. Je n'aime pas beaucoup le froid.

— Alors, dans ce cas, n'y pensez pas, lâcha Mack avec aisance. Vous en avez peut-être fini désormais. Sortez toute cette notion de détective amateur de votre vie.

— Si c'est la seule autre option… contesta-t-elle en lui jetant un œil noir, je prendrai la neige. Après tout, ça ne peut pas être si difficile ! Les Grands Lacs gèlent par ici, alors peut-être que quelqu'un d'autre est perdu dans l'eau.

Mack roula des yeux.

— Vous connaissant, vous allez inventer un problème et considérer la neige comme l'arme du crime.

Elle lui lança un regard furieux.

— Me connaissant ? Serait-ce une insulte ?

Il rit.

— Allez. On vous ramène à la maison. Peu importe ce que sera la prochaine affaire, ce n'est pas celle du jour.

Doreen le laissa la mener vers sa voiture, et, au lieu de l'aider à entrer, il la porta jusqu'au siège passager et fit monter les animaux avant de s'installer derrière le volant. Elle devait l'admettre, elle tremblait quelque peu. Alors, être reconduite chez elle était une nouveauté qu'elle apprécierait. De plus, cela lui donnait le temps de réfléchir aux boules de neige. Ce n'était pas du tout une mauvaise idée…

Épilogue

TROIS JOURS. TOUT ce que Doreen avait désiré, c'était trois jours de paix et de calme. Enfin, c'est ce qu'elle avait cru vouloir. Mais au deuxième, vers midi, elle s'ennuyait ferme. Elle s'assit sur sa petite terrasse, une tasse de café à la main, mais son pied ne cessait de taper contre le plancher.

Elle finit par bondir.

— C'est ridicule ! annonça-t-elle à Mugs qui était étendu au soleil à ses côtés. Il faut qu'on se mette au boulot. C'est ça ou je vais devenir folle.

Elle descendit les marches de la terrasse, se demandant d'où pouvait bien provenir son haut niveau d'énergie. Hier, elle avait traîné son pitoyable popotin jusqu'à la cuisine et essayé avec difficulté de mettre en ordre toutes les pièces du puzzle. Mais maintenant, eh bien, elle était pleine de vigueur et prête à repartir.

Elle saisit la pelle et se dirigea vers le jardin pour commencer un nouveau parterre. Elle continuait à regarder en arrière les marques toujours présentes dans sa pelouse, pour figurer où l'extension de la terrasse était supposée arriver. Elle n'avait pas progressé en la matière, car, bien sûr, ce ne serait pas uniquement son travail, mais aussi celui de Mack. Est-ce qu'un projet de cette envergure était réalisable en un weekend ou en plusieurs ?

Aujourd'hui, c'était vendredi, et normalement, elle devrait jardiner chez Millicent, mais cette dernière avait de nouveau demandé à Doreen que Doreen vienne le samedi à la place. Après des semaines de travail dans le terrain de la mère de Mack, l'endroit avait l'air convenable. Alors, à moins que Millicent ou Mack aient besoin que Doreen fasse un extra, il faudrait probablement seulement deux heures, grand max, de désherbage pour garder le jardin en bon état.

Doreen ne souhaitait pas vraiment laisser tomber son revenu, mais elle n'était pas non plus très à l'aise avec l'idée de prendre de l'argent pour trois heures si elle pouvait s'en charger en deux.

Avec son premier coup de pelle dans son propre jardin, elle pouvait ressentir cette même satisfaction l'envahir. Elle aimait travailler sa terre. Elle adorait officier chez elle. Comme elle se rapprochait de la maison, elle baissa les yeux vers Mugs pour constater qu'il n'avait pas bougé.

— Tu n'es qu'un fainéant.

Il ouvrit les yeux, mais ne remua pas d'un poil. Elle vit aussi Goliath vautré dans l'herbe derrière elle, sa queue se balançant.

— Eh bien au moins, vous êtes là, avec moi.

Elle se pencha, tira sur une touffe de mauvaises herbes, la secoua, la jeta sur le côté pour constituer un nouveau tas et continua à avancer tout en se dirigeant vers le côté droit de sa propriété. Puis elle se rendit compte qu'elle n'avait pas eu de récent signe de vie de Thaddeus.

Elle se tourna et jeta un œil alentour.

— Thaddeus ? Thaddeus, où es-tu ?

Il y eut un bruit d'ailes, et le perroquet prononça : « Thaddeus est là. Thaddeus est là. »

Elle pivota pour le voir se dandiner vers elle, depuis la crique.

— Tu sais que tu n'es pas censé aller à la crique tout seul ! le gronda-t-elle. Pas avec le niveau d'eau qu'elle a atteint !

Il se contenta de pousser un cri et de s'ébouriffer de toutes ses plumes, ce qui la fit rire.

— Comme si tu t'intéressais à ce que je racontais.

Scrutant de plus près, elle capta la lueur de quelque chose devant lui, sur le sol.

— Qu'as-tu trouvé ?

Elle planta sa pelle dans la terre et se dirigea vers lui. Mais au lieu de se montrer coopératif, il attrapa le petit objet dans son bec et sauta à reculons.

— Non, non Thaddeus ! On ne joue pas avec ça !

Mais il n'écoutait pas, il était trop captivé par ce qu'il avait déniché, peu importe ce que c'était.

Elle lui lança un regard furieux, sachant que plus elle le pourchasserait, plus il reculerait ou s'envolerait.

Goliath marcha jusqu'à elle, étudiant l'oiseau avec grand intérêt.

— Tu es autorisé à courir après lui, lança-t-elle à Goliath.

Il la considéra lentement comme pour signifier : « Sérieusement ? »

À ce moment, Thaddeus s'arrêta et les observa tous les deux.

— Thaddeus, viens ici, lui intima Doreen en s'accroupissant devant lui.

Il commença à reculer, et Goliath se tapit au plus près du sol, comme s'il s'apprêtait à bondir. Elle posa une main sur son dos et lui dit :

— On n'inflige pas ça aux amis.

Il émit un étrange bruit ressemblant à un pépiement, et elle lui tapota gentiment le museau.

— Goliath, tiens-toi bien.

Thaddeus s'avança en bondissant comme s'il comptait lui donner ce qu'il tenait dans son bec. C'était petit, en métal. Elle ne saisissait pas trop, mais ça ressemblait à une étiquette.

— C'est cool, Thaddeus, souffla-t-elle en tendant une main.

Il la regarda, pencha la tête sur le côté et laissa tomber l'objet.

Doreen s'en saisit avant qu'il ne change d'avis. Elle l'analysa, remarquant les petites bosses dentelées. C'était une petite plaque nominative ou quelque chose destiné à un outil.

— Je n'ai aucune idée de ce que c'est, mais merci.

Elle le glissa dans sa poche, se releva et retourna à son bêchage.

Sauf que Thaddeus n'était pas content. Il lui cria dessus : « Thaddeus ! Thaddeus ! »

— Quel est le problème, Thaddeus ?

Il s'éloigna de quelques pas en bondissant. Elle fronça les sourcils, replongea profondément dans le sol la pelle et fit quelques pas vers lui. Immédiatement, il repartit vers la crique.

— Oh, ça sent pas bon… Pitié, dis-moi que tu n'as pas trouvé un autre cadavre !

Il se tourna, la vrilla des yeux et continua.

Elle marcha jusqu'au bout du chemin, là où la crique s'écoulait, mais le niveau de l'eau était bien plus bas. Elle observa le ruisseau, appréciant réellement le son qu'il produisait. Elle demanda :

— Alors, qu'est-ce que tu regardais ?

Thaddeus sauta sur place, mais il semblait toujours désirer qu'elle le suive. Le cœur serré, elle avança vers le petit pont que le perroquet traversait sur les lattes en bois.

— Attention, Thaddeus ! On n'a jamais fixé cette partie !

Il causa en retour : « Thaddeus va bien. Thaddeus va bien. »

Elle rit et, ayant capté l'attention de Goliath et de Mugs, elle parcourut prudemment son chemin sur le pont.

— Il va falloir qu'on appelle Mack pour qu'il nous donne un coup de main avec ça. Je sais qu'il appartient à la ville, mais il est certain qu'ils se ficheraient qu'on répare les planches cassées.

Comme c'était elle qui était passée à travers, elle apprécierait au moins de ne pas tomber une seconde fois. De l'autre côté de la crique, Thaddeus se dirigeait vers le lac.

— Thaddeus, ce n'est pas bien ! Je ne veux pas aller me promener maintenant.

Mais il ne fit qu'avancer encore un peu avant de s'arrêter.

Elle arriva derrière lui et aperçut un second reflet. Ainsi qu'une autre plaque nominative. Soucieuse, elle se pencha, prit l'objet et l'étudia. Elle sortit ensuite le premier de sa poche et dit :

— Étrange. Ce sont les mêmes.

L'une était cependant légèrement plus grande.

Thaddeus sauta sur son pied. Elle se baissa, tendit ses paumes afin qu'il puisse grimper dessus puis leva l'oiseau pour le laisser se glisser sur son épaule. Une fois installé, il chantonna doucement et frotta son bec contre sa joue.

— Merci pour ces cadeaux brillants, murmura-t-elle, gloussant tout en lui caressant doucement les plumes.

Elle étudia les plaques avec curiosité.

— Qu'est-ce que c'est ? Et qu'ont-elles à voir avec nous, bon sang ?

Évidemment, elle en avait conscience. Cela avait probablement un rapport avec une prochaine affaire. Qu'elle soit prête ou non.

C'est la fin du tome 8 de *Jolis Jardins Maudits, Des menottes dans la bruyère.*
Découvrez *Pic à glace dans le lierre : Jolis Jardins Maudits, tome 9*

Jolis Jardins Maudits :
Pic à glace dans le lierre,
tome 9

Un nouveau polar « cozy mystery », par Dale Mayer, auteure de best-sellers au classement du USA Today. Suivez les aventures de Doreen Montgomery, jardinière et détective en herbe, et de ses adorables assistants (un chat, un chien et un perroquet) dans leurs enquêtes criminelles dans la jolie ville de Kelowna au Canada.

Du luxe à la misère… Le chaos ne retombe jamais… Le temps efface la mémoire… Ou du moins, en partie !

Qui aurait cru que deux bouts de métal causeraient un tel chaos ? Doreen profite de quelques jours de tranquillité bien mérités après la résolution de sa dernière enquête. Mais toutes les bonnes choses ont une fin, par exemple lorsque Thaddeus, son perroquet gris africain au caractère bien à lui déterre deux plaques rectangulaires au bord du ruisseau. Il n'en faut pas plus pour que Doreen se lance à la poursuite d'un nouveau lapin blanc du passé, reliant les points entre une société de réparation qui a fermé ses portes depuis longtemps et la disparition d'une jeune fille à la même époque.

Le brigadier Mack Moreau ne croit pas que ces événements aient un quelconque rapport. Il estime que la récente recrudescence de morts suspectes n'est qu'une coïncidence.

Mack aimerait que Doreen se concentre sur les matériaux et l'analyse du coût que représente la rénovation de sa terrasse, et qu'elle laisse l'enquête entre ses mains. Mais comment est-ce possible, alors qu'elle sait qu'il se passe bien plus de choses que Mack ne le soupçonne ?

Crises cardiaques, testaments injustes, disparition d'un pic à glace… tout cela est intimement lié. Reste à démêler le pourquoi du comment…

Le tome 9 est disponible !

Pour en savoir plus, visitez le site web de Dale Mayer.

https://geni.us/DMFRIcepickUni

Note de l'auteure

Merci d'avoir lu *Des menottes dans la bruyère : Jolis Jardins Maudits, tome 8* ! Si vous avez apprécié le livre, merci de prendre un moment pour laisser votre avis.

Chers lecteurs,

J'aime avoir de vos nouvelles, alors n'hésitez pas à me contacter sur mon site web : www.dalemayer.com ou sur ma page d'auteure Facebook. Pour être informés des nouvelles parutions et des offres spéciales, inscrivez-vous à ma newsletter ou suivez-moi sur BookBub. Si vous souhaitez rejoindre mon groupe de lecteurs, voici la page d'inscription sur Facebook.

À bientôt,
Dale Mayer

À propos de l'auteure

Dale Mayer est une auteure de best-sellers au classement de *USA Today*, connue pour ses romances militaires sur les forces spéciales, sa série *Psychic Visions* et sa série *Jolis Jardins Maudits*, dans le genre cozy mystery. Ses romances contemporaines sont vibrantes d'émotion et de passion (série *Broken But… Mending, Hathaway House*). Ses thrillers vous laisseront à bout de souffle (séries *By Death* et *Kate Morgan*) et ses comédies romantiques vous feront rire aux éclats (*It's a Dog's Life*, une novella hors-série, et la série *Broken Protocols* avec Charming Marvin, le chat).

Elle laisse libre cours aux séries qui lui viennent… dont certaines sont carrément folles, enfreignant toutes les règles et croisant différents genres !

En plus de ses romans de fiction, elle écrit également des textes documentaires dans de nombreux domaines, dont la rédaction de CV, le jardinage de loisir et le système de crédit immobilier américain. Elle a récemment publié la série professionnelle *Career Essentials*. Tous ses livres sont disponibles aux formats papier et ebook.

Contactez Dale Mayer en ligne

Site web de Dale – www.dalemayer.com
Twitter – @DaleMayer
Facebook Page – geni.us/DaleMayerFBFanPage
Facebook Group – geni.us/DaleMayerFBGroup
BookBub – geni.us/DaleMayerBookbub
Instagram – geni.us/DaleMayerInstagram
Goodreads – geni.us/DaleMayerGoodreads
Newsletter – geni.us/DaleNews

www.ingramcontent.com/pod-product-compliance
Lightning Source LLC
Chambersburg PA
CBHW071425200726
48294CB00002B/518